U0138341

學會日本人常說的口語慣用語

讓你突破學習卡關的瓶頸！

發 行 人　鄭俊琪

出版統籌　李尚竹

作者審閱　藤本紀子、周若珍

責任編輯　錢玲欣

日文錄音　和田奈穗実、二瓶里美

美術編輯　黃郁臻、鄭恩如

點讀製作　林育如

出版發行　希伯崙股份有限公司
　　　　　105 台北市松山區八德路三段 32 號 12 樓
　　　　　電話：(02)2578-7838
　　　　　傳真：(02)2578-5800
　　　　　劃撥：1939-5400
　　　　　電子郵件：service@liveabc.com

法律顧問　朋博法律事務所

印　　刷　禹利電子分色有限公司

出版日期　2019 年 9 月 再版二刷

日語老師為你整理的
圖解 日語口語

英語數位學習第一品牌

目錄

作者序 6

編輯室報告 8

如何使用本書 9

MP3 音檔下載說明 + 點讀筆功能介紹 11

1-1
飲食
大吃大喝真過癮，品嚐美食之餘也別忘了學學這些好吃好喝的飲食相關口語喔。

14

1-2
裝扮
從頭到腳、由裡到外，舉凡穿著打扮、髮型服飾、風格潮流等重點，一網打盡。

38

1-3
交通
馬路在走，知識要有。騎車開車、搭乘交通工具或走路，交通口語學了再出發。

56

1-4
居家
住家內外的設施跟環境，跟我們息息相關的居家生活口語你不能不知道！

72

1-5
休閒
無論影視娛樂或是旅遊玩耍，實用有趣的休閒口語，讓你邊玩邊學沒壓力。

88

1-6
時間金錢
寶貴的時間和金錢人人愛，你知道跟時間流逝、財務收支有關的說法有哪些嗎？

108

1-7
網路用語
想要搞懂網路熱門流行用語、上網聊天看網頁更輕鬆？那你絕不能錯過本單元！

126

2-1
人際關係
家人朋友、同性異性之間的相處來往關係，常用的口語都在這裡喔。

136

2-2
角色
只要用一個詞彙就能說出符合對方人格形象的角色稱謂，簡短有力又有趣。

156

2-3
個性
急性子還是慢郎中？積極或是消極？本單元教你關於人的個性口語怎麼說。

180

2-4
行為
從一個人對外所做出的動作和反應，來學學跟行為相關的口語有哪些。

202

2-5
情緒
想用口語來表達自己開心、生氣、或厭煩的情緒嗎？現在就來學一學吧。

218

2-6
生理
我們將在本單元，學習用日文口語說出身體部位和生理狀況，可別錯過唷。

232

2-7
不當舉止
小至塗鴉惡作劇，大到暴力犯罪，學會相關口語怎麼說，拒絕不良行為。

254

索引 **276**

作者序

各位讀者們，大家好！我是這本書的作者藤本紀子。我來自日本兵庫縣，來台灣已經 12 年。各位學日文學了多久呢？在學習日文的過程中，有沒有什麼煩惱或困擾呢？

「課本上的日文我都懂，但日劇跟電影裡的日文都聽不太懂……」「日本綜藝節目裡的搞笑藝人，到底在講什麼啊 ??」「我想看懂偶像雜誌的內容。」「我講的日文為什麼跟日本人說的日文不太一樣？」……這些問題，搞不好只是因為各位不知道單字而已唷！中文裡頭有很多流行語、年輕人用語、網路用語對吧？日文裡也有很多！學會這些用法之後，或許就能突破目前的瓶頸，學習日文也就變得更好玩喔！在這本書裡，除了一般日文教科書上比較少見的（有點低級的……）俗語、年輕人用語之外，更介紹許多日本人在日常生活上常用的慣用句、諺語等有趣的日文說法。

為了日文初學者，本書的例句都標註了羅馬拼音，即使是對平假名、片假名不太熟悉的讀者，也可以透過這本書有所收穫；進階日文學習者也應該可以透過學到一些新的用法，而感到大開眼界喔！請各位好好善用本書，一起成為「日文口語王」吧 !!

藤本紀子

東吳大學日本語文學系碩士

曾任　神戶國際語學學院日語講師
　　　大阪 MERIC 日本語學校日語講師
　　　德霖技術學院日語講師

現任　中國文化大學推廣教育部日語講師
　　　何嘉仁國際教育學院日語講師
　　　台灣證券交易所、伊藤忠、松下等
　　　企業日語班講師

我 和藤本紀子老師是認識 10 年的好友，這次很榮幸也很開心受到紀子老師的邀請共同撰寫《日語老師為你整理的圖解日語口語》，默契十足的我們合作得非常愉快。

在《日語老師為你整理的圖解日語口語》裡，紀子老師負責整體構想與日文例句，而我負責的是中文說明部份。由日籍與台籍教師分別以自己的母語，用最貼近口語的例句來說明各種生活慣用句，正是本書最大的特色。

《日語老師為你整理的圖解日語口語》以生活中的食衣住行等項目分門別類，每一個單元都收錄數十句屬於同類型的用法。由於本書強調「自然的口語」，因此並不特別講解文法，例句的說明與中譯也採用符合情境的意譯而非直譯；此外，本書的例句皆附註羅馬拼音，因此不論是進階學習者或是初學者，都能藉由本書學會最道地的日文說法。

但願這本書能帶給所有日文學習者有別於以往的學習樂趣，別忘了，學好外語的不二法門，就是永遠保持快樂的心情唷！

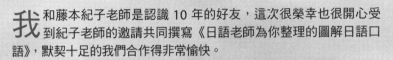

日文教師、日文譯者
淡江大學日本語文學系碩士
現任教於語言訓練測驗中心（LTTC）、臺北市立和平高中，亦為十二年國教第二外語課綱委員。教學與口筆譯資歷約十五年，曾任教各社區大學、補習班、高中職；譯作類型涵蓋文學、科普、心理、教育、生活等，至今譯文超過一千萬字。

Facebook 粉絲頁：
https://www.facebook.com/narumi.nihongo/

編輯室報告

輕鬆讀、簡單學

日文口語慣用語
比你想像
有趣的多！

　　有時候，我們常會在日文的雜誌海報、動漫戲劇、網路論壇，看或聽到一些日本人常用的慣用語，例如「定番アイテム：基本款」、「鉄板ネタ：保證好笑的梗」、「構ってちゃん：討拍」等等。這些慣用語包含了俚語、俗語、流行用語或縮語，看起來並不會太長或太難，但是有些無法從字面上猜出它的真正意思，就算查字典也不一定查的到。也許我們無法理解整個句子或文章，但如果能了解這些慣用語的涵義和用法，也就能猜懂大致意思。這本書就是為了讓學習者對日文慣用語有更進一步的認識而發想設計完成的。

　　本書歸納成「日常」、「人」兩大主題，其下再細分類為 14 個單元。包括日常生活息息相關的食衣住行、休閒、時間金錢、常用的網路用語；人本身的個性、情緒、生理，以及對外的行為和人際關係等等。

　　由專業的日文老師精心整理出約 1100 個日本人最常使用的慣用語。

見字辨義的詞：

アヒル口 鴨子嘴
腹八分目 吃八分飽

先了解其原義或由來，才能明白引申義的字：

懐が暖かい 荷包滿滿
御曹司 富二代

和製英語或流行語的說法：

モンスターペアレント
怪獸家長
パリピ 狂歡咖

　　針對這些用語的來源及用法情境，加上簡單易懂的說明及實用例句。另外在假名上標記了羅馬拼音，希望讓日語初學者也能試著唸唸這些有趣的慣用語，藉以增加學習的成就感。全書搭配全彩圖片幫助記憶，讓讀者能看圖理解並靈活運用這些慣用語。

　　本書提供了簡單易學、有趣又常用的日文口語，希望更多讀者能卸下學習語言的心防，輕鬆地邊讀邊學日文口語慣用語！

如何使用本書

本書由專業的日文老師精心彙整了日本常用的口語、慣用語及流行語，讓您學道地的日文口語，更貼近日本生活。

1

日常

1-1 飲食 14
1-2 裝扮 38
1-3 交通 56
1-4 居家 72
1-5 休閒 88
1-6 時間金錢 108
1-7 網路用語 126

扉頁 ···

本書分為「日常」、「人」兩大類。

> **單元主題**
> 其下總共再分為
> 14 個主題。

> **點讀標示 +MP3 音軌**
> 先從光碟裡下載本書的點讀筆音檔，將其安裝至點讀筆裡，點選這裡；或是從光碟裡下載 MP3 音檔，根據書上的音軌播放音檔，即可聽到書上的內容。

內文 ···

精選約 1100 個日常生活或對話裡常出現的口語和慣用語，搭配說明解釋、日中例句、和生動的全彩圖片，有效幫助讀者理解其由來和用法。

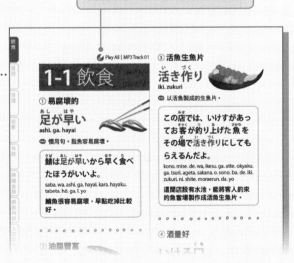

⑤ 非熟客
いちげん
一見さん
ichigen. san
釋 指沒有透過熟客介紹，第一次來店的客人。在門口寫著「一見さんお断（ことわ）り」的店家，會婉拒這種客人入店消費。

きょうと の りょうてい いちげん
京都の料亭には一見さん
ことわ みせ き
お断りの店があるから気を
つけてね。
kyóto. no. ryóté. ni. wa. ichigen. san. okotowari. no. mise. ga. aru. kara. ki. o. tsukete. ne

京都有些料亭會婉拒非熟客入內消費，要留意囉。

⑥（台灣式）乾杯，一飲而盡
いっき の
一気飲み
ikki. nomi
釋 「一気」是一口氣做完某種行為的意思，這裡是指«台式的乾杯動作»。

き の
ビールを一気飲みするのは
危険ですよ。
biru. o. ikki. nomi. suru. no. wa. ki... yo

一口氣喝光啤酒很危險

⑦ 喝一杯
いっぱい
一杯ひっかける
ippai. hikkakeru
釋 意指回家途中先前往某處而不直接回家。

かえ いっぱい
帰りにどこかで一杯ひっか
かえ
けてから帰ろうか。
kaeri. ni. dokoka. de. ippai. hikkakete. kara. kaeróka

先去喝一杯再回家吧。

⑧ 隱藏版菜單
うら
裏メニュー
ura. menyú
釋 沒有寫在正式菜單裡，只有常客等少數客人知道的特別料理。

この店、実はすごくおいし
ちゅうもん
い裏メニューがあるんだ
よ。今度注文してみて。

㉘ 無視
そっぽ む
外方を向く
soppo. o. muku
釋 望向其他方向而不看著對方，引申為無視於對方。

ぎいん しつげん
あの議員は失言のせいで、
ゆうけんしゃ そっぽ む
有権者から外方を向かれ
た。
ano. giin. wa. shitsugen. no. sé. de, yúkensha. kara. soppo. o. mukareta

那位議員因為失言而遭到掌權者的無視。

㉙ 耍賴
だだ こ
駄々を捏ねる
dada. o. koneru
釋 形容小孩因為自己的願望無法達成而任性要賴。

おもちゃ売り場で子供が
か か だだ
「買って！買って！」と駄々
こ
を捏ねている。
omocha. uriba. de. kodomo. ga. "katte! katte!" to. dada. o. konete. iru

玩具賣場有個孩子在要賴，一直大喊：「買給我！買給我！」

㉚ 裝睡
たぬき ね い
狸寝入り
tanukineiri
釋 日本自古認為狸會騙人，因此用這個說法來指「故意裝睡，以避免自己不想做的事情」。

あなた、
たぬき
また狸
ね い
寝入りしてるんでしょ。早
か もの い
く起きて！買い物に行くわ
よ！
anata. mata. tanukineiri. shiteru. n. desho. hayaku. okite! kaimono. ni. iku. wa. yo!

老公，你又在裝睡了對吧。快起來！要去買東西囉！

㉛ 不要囉唆
い
つべこべ言わずに
tsubekobe. iwazu. ni
釋 斥責他人「不要囉唆或找一堆藉口」。

い だま
つべこべ言わずに、黙って
れんしゅう
練習しろ！
tsubekobe. iwazu. ni. damatte. renshú. shiro!

不要囉唆，給我安靜練習！

MP3 音檔下載說明 + 點讀筆功能介紹

認識點讀筆

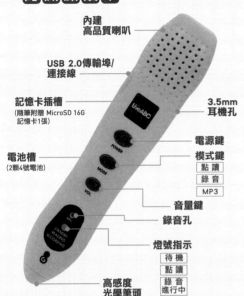

內建高品質喇叭

USB 2.0傳輸埠/連接線

記憶卡插槽
(隨筆附贈 MicroSD 16G 記憶卡1張)

3.5mm 耳機孔

電池槽
(2顆4號電池)

電源鍵

模式鍵
| 點 讀 |
| 錄 音 |
| MP3 |

音量鍵

錄音孔

燈號指示
| 待 機 |
| 點 讀 |
| 錄 音 進行中 |

高感度光學筆頭

四大功能

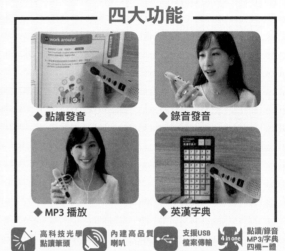

◆ 點讀發音　　　　　◆ 錄音發音

◆ MP3 播放　　　　　◆ 英漢字典

高科技光學點讀筆頭　　內建高品質喇叭　　支援USB檔案傳輸　　點讀/錄音 MP3/字典 四機一體 4 in one

尺寸	14.6 x 3.1 x 2.4 (CM)	重量	37.5g (不含電池)
記憶體	含 16G micro SD 記憶卡	電源	4 號 (AAA) 電池 2 顆
配件	USB 傳輸線、使用說明書、錄音卡 / 音樂卡 / 字典卡、micro SD 記憶卡 (已安裝)		

安裝點讀音檔

使用前請先確認 LiveABC 點讀筆是否已完成音檔安裝

Step1
將點讀筆接上 USB 傳輸線並插入電腦連接埠。

Step2
開啟點讀筆資料夾後，點選進入「Book」資料夾。

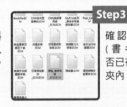

Step3
確認本書音檔 (書名 .ECM) 是否已存在於資料夾內。

若尚未安裝音檔，請完成以下步驟後方能使用點讀功能。

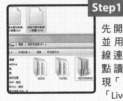

Step1
先開啟光碟，並用 USB 傳輸線連接電腦和點讀筆，會出現「光碟」和「LiveABC 點讀筆」的資料夾。

Step2
開啟光碟裡的「點讀筆音檔」資料夾，點選本書點讀音檔 (.ECM) 並複製。

Step3
在 LiveABC 點讀筆「Book」資料夾裡貼上點讀音檔，即可完成安裝。

◆若光碟遺失或無法使用，請上 LiveABC 官網下載點讀音檔。

開始使用點讀筆

Step1

1. 將 LiveABC 光學筆頭指向本書封面圖示。
2. 聽到「Here We Go!」語音後即完成連結。

Step2 開始使用書中的點讀功能

點 🌙 Play All，即可聽到本單元的主要字彙和日文例句。

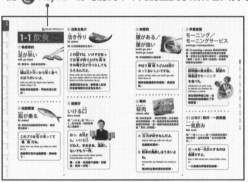

◎每本書可點讀之內容依該書編輯規劃為準

搭配功能卡片使用

錄音功能 請搭配錄音卡使用

模式切換：點選 RECORD & PLAY 錄音卡，聽到「Recording Mode」表示已切換至錄音模式。

開始錄音：點選 ⊙，聽到「Start Recording」開始錄音。

停止錄音：點選 ■，聽到「Stop Recording」停止錄音。

播放錄音：點選 ▶，播放最近一次之錄音。

刪除錄音：刪除最近一次錄音內容，請點選 🗑。(錄音檔存於資料夾「\recording\meeting\」)

MP3 功能 請搭配音樂卡使用

模式切換：點選 MUSIC PLAYER 音樂卡，並聽到「MP3 Mode」表示已切換至 MP3 模式。

開始播放：點選 ▶，開始播放 MP3 音檔。

新增 / 刪除：請至點讀筆資料夾位置「\music\」新增、刪除 MP3 音檔。

英漢字典功能 請搭配英漢字典卡使用

模式切換：點選 Dictionary ON，聽到「Dictionary on」表示已切換至字典模式。

單字查詢：依序點選單字拼字，完成後按 Enter，即朗讀字彙的英語發音和中文語意。

關閉功能：使用完畢點選 Dictionary OFF，即可回到點讀模式。

更多點讀筆使用説明
請掃描 QRcode

1

日常

1-1 飲食 *14*

1-2 裝扮 *38*

1-3 交通 *56*

1-4 居家 *72*

1-5 休閒 *88*

1-6 時間金錢 *108*

1-7 網路用語 *126*

1-1 飲食

① 易腐壞的

足が早い
ashi. ga. hayai

💬 慣用句。指魚容易腐壞。

鯖は足が早いから早く食べたほうがいいよ。

saba. wa. ashi. ga. hayai. kara. hayaku. tabeta. hô. ga. î. yo

鯖魚很容易腐壞,早點吃掉比較好。

② 油脂豐富

脂が乗る
abura. ga. noru

💬 指魚的油脂隨著季節增加,變得更加美味。

このブリは脂が乗ってて最高だね。

kono. buri. wa. abura. ga. notte. te. saikô. da. ne

這條青甘魚的油脂豐富,美味極了。

③ 活魚生魚片

活き作り
iki. zukuri

💬 以活魚製成的生魚片。

この店では、いけすがあってお客が釣り上げた魚をその場で活き作りにしてもらえるんだよ。

kono. mise. de. wa, ikesu. ga. atte. okyaku. ga. tsuri. ageta. sakana. o. sono. ba. de. iki. zukuri. ni. shite. moraerun. da. yo

這間店設有水池,能將客人釣來的魚當場製作成活魚生魚片。

④ 酒量好

いける口
ikeru. kuchi

💬「いける」是「行(い)く」的可能形。用於誇獎別人酒量好。

おっ、お兄さん、いける口だねえ。まあまあ、遠慮しないでもう一杯。

o, onîsan, ikeru. kuchi. danê. mâmâ, enryo. shinaide. mô. ippai

喔,小哥,你酒量不錯嘛。別客氣,再來一杯吧。

⑤ 非熟客

一見さん
いちげん

ichigen. san

💬 指沒有透過熟客介紹，第一次來店的客人。在門口寫著「一見さんお断（ことわ）り」的店家，會婉拒這種客人入店消費。

> 京都の料亭には一見さん
> きょうと　りょうてい　いちげん
> お断りの店があるから気を
> ことわ　みせ　き
> つけてね。
>
> kyôto. no. ryôtê. ni. wa. ichigen. san. okotowari. no. mise. ga. aru. kara. ki. o. tsukete. ne
>
> 京都有些料亭會婉拒非熟客入內消費，要留意喔。

⑥（台灣式）乾杯，一飲而盡

一気飲み
いっき　の

ikki. nomi

💬「一気」是一口氣做完某種行為的意思，這裡是指像「台式的乾杯動作」。

> ビールを一気飲みするのは
> いっき　の
> 危険ですよ。
> きけん
>
> bîru. o. ikki. nomi. suru. no. wa. kiken. desu. yo
>
> 一口氣喝光啤酒很危險喔。

⑦ 喝一杯

一杯ひっかける
いっぱい

ippai. hikkakeru

💬 意指回家途中先前往某處而不直接回家。

> 帰りにどこかで一杯ひっか
> かえ　いっぱい
> けてから帰ろうか。
> かえ
>
> kaeri. ni. dokoka. de. ippai. hikkakete. kara. kaerôka
>
> 先去喝一杯再回家吧。

⑧ 隱藏版菜單

裏メニュー
うら

ura. menyû

💬 沒有寫在正式菜單裡，只有常客等少數客人知道的特別料理。

> この店、実はすごくおいし
> みせ　じつ
> い裏メニューがあるんだ
> うら
> よ。今度注文してみて。
> こんど　ちゅうもん
>
> kono. mise, jitsu. wa. sugoku. oishî. ura. menyû. ga. arun. dayo. kondo. chûmon. shite. mite
>
> 這間店其實有非常好吃的隱藏版菜單喔。下次你可以點點看。

装扮
交通
居家
休閒
時間金錢
網路用語
人際關係
角色
個性
行為
情緒
生理
不當舉止

⑨ 大碗／超大碗

大盛り／デカ盛り・メガ盛り

ô. mori / deka. mori ・ mega. mori

💬 「でかい」是「很大」的意思。「メガ」則是英文 mega，同樣是巨大的意思。

> 牛丼、大盛りつゆだくで！
>
> gyûdon, ô. mori. tsuyu. dakude!
>
> 我要一碗大碗牛丼，醬汁多一點！

⑩ 續碗、續杯

おかわりする

okawari. suru

💬 在「代（か）わり：替代」前面加上表示禮貌的「御（お）」。飲料或食物都可以使用。

> すみません。ビール、おかわりください。
>
> sumimasen. bîru, okawari. kudasai
>
> 不好意思，我的啤酒要續杯。

⑪ 兒童餐

お子様ランチ

okosama. ranchi

💬 針對小學低年級以下兒童製作的餐點，將白飯、配菜與甜點都盛裝在餐盤上。菜色多為兒童喜歡的蛋包飯、蕃茄雞肉炒飯、漢堡排、炸薯條等，有時還會附贈小玩具。有些店家也可以接受大人點兒童餐。

> 申し訳ございませんが、当店のお子様ランチは小学生以下のお子様限定でございます。
>
> môshiwake. gozaimasen. ga, tôten. no. okosama. ranchi. wa. shôgakusê. ika. no. okosama. gentê. de. gozaimasu
>
> 非常抱歉，本店的兒童餐只提供給小學生以下的兒童。

⑫ 年菜

御節料理

osechi. ryôri

💬 過年（新曆 1/1～1/3 左右）食用的料理。通常裝在多層的方形盒中，每一道料理都有獨特的吉祥意義。

最近は御節料理を家で作る
人は少なくなって、デパー
トやインターネットでの注
文が増えています。

saikin. wa. osechi. ryôri. o. ie. de. tsukuru.
hito. wa. sukunaku. natte, depâto. ya.
intânetto. de. no. chûmon. ga. fuete. imasu

最近自己在家做
年菜的人變少
了，愈來愈多人
在百貨公司或網
路上訂購年菜。

○ ○ ○ ○ ○ ○ ○ ○ ○ ○ ○ ○ ○ ○ ○ ○ ○ ○ ○ ○

⑬ 喝下午茶

お茶する
ocha. suru

💬 1980年代的流
行語。以前多為男生在搭訕女生的時候使
用，如「お茶しない？：要不要喝杯茶
啊」。現代則是指一般「喝下午茶」。

昨日おしゃれなカフェでお
茶してたら、芸能人に会っ
たの。

kinô. osharena. kafe. de. ocha. shite. tara,
gênôjin. ni. attano

我昨天在一間很有品味的咖啡廳
喝下午茶的時候，遇見了一位藝
人耶。

⑭ 下酒菜

おつまみ／酒の肴
otsumami / sake. no. sakana

💬「つまむ：用指尖捏
起」的名詞化。指喝酒時
能用手捏起來吃的食物。
「肴（さかな）」是指搭配酒
的食物。

ビールのおつまみ
はやっぱり枝豆だね。

bîru. no. otsumami. wa. yappari. edamame.
dane

和啤酒最搭的下酒菜就是毛豆了。

○ ○ ○ ○ ○ ○ ○ ○ ○ ○ ○ ○ ○ ○ ○ ○ ○ ○ ○

⑮ 生吃（活海鮮）

踊り食い
odori. gui

💬 指生吃活的海鮮。

初めて白魚の踊り食いを食
べたんだけど、とてもおい
しかった。

hajimete. shirauo. no. odorigui. o. tabetan.
dakedo, totemo. oishikatta

這是我第一次生吃活銀魚，非常
美味。

裝扮

交通

居家

休閒

時間金錢

網路用語

人際關係

角色

個性

行為

情緒

生理

不當舉止

⑯ 宅配到府的名產美食

お取り寄せグルメ

otoriyose. gurume

💬 動詞是「取り寄せる：訂貨；調貨」，這裡是名詞，指「宅配美食」。

人気店のスイーツをお取り寄せして食べた。

ninkiten. no. suîtsu. o. otoriyose. shite. tabeta

我訂了可以宅配到府的超人氣甜點來吃。

⑰ 媽媽的味道

お袋の味

ofukuro. no. aji

💬「お袋：母親」。指幼年時期「媽媽在家裡煮東西的味道」，或是「會讓人想起媽媽手藝的料理」。

日本人にとってお袋の味と言えば、やはり味噌汁ではないでしょうか。

nihonjin. ni. totte. ofukuro. no. aji. to. ieba, yahari. misoshiru. dewa. naideshôka

對日本人來說，所謂媽媽的味道應該就是味噌湯吧。

⑱ 翻桌率高

回転が速い

kaiten. ga. hayai

💬 指餐飲店客人輪替的速度很快。

この店は人がたくさん並んでいるけど、回転が速いからすぐに食べられるよ。

kono. mise. wa. hito. ga. takusan. narande. irukedo, kaiten. ga. hayai. kara. suguni. taberareru. yo

這家餐廳雖然很多人排隊，但翻桌率高，馬上就會輪到我們了。

⑲（在拉麵店）加麵

替え玉

kaedama

💬 加麵是從福岡某家拉麵店開始的服務。並非所有拉麵店都有這種服務，想加麵的話請事先確認喔！

A: 替え玉お願いします。

kaedama. onegai. shimasu

我要加麵。

B: はい、どうぞ。

hai, dôzo

好的。

⑳ 甜麵包／鹹麵包

菓子パン／
惣菜パン

kashi.pan / sôzai.pan

💬 巧克力、奶油、果醬、紅豆等甜口味的麵包，稱為「菓子パン」；玉米、火腿、鮪魚等鹹口味的麵包，稱為「惣菜パン」。

> 菓子パンは太りそうだから、惣菜パンを買って帰ろう。
>
> kashi. pan. wa. futorisô. dakara, sôzai. pan. o. katte. kaerô

吃甜麵包比較容易胖，我還是買鹹麵包回去好了。

㉑ 甜薑

がり

gari

💬 壽司店的糖醋薑片。因咀嚼時會發出清脆聲響而得名。

> 寿司を食べた後にがりを食べると口の中がさっぱりします。
>
> sushi. o. tabeta. ato. ni. gari. o. taberu. to. kuchi. no. naka. ga. sappari. shimasu

吃完壽司後再吃甜薑，嘴裡就會變得清爽。

㉒ 零食

間食

kanshoku

💬 在正餐與正餐之間吃的東西，也就是「零食」。

> 間食は太るからやめないといけないとはわかっているけど、なかなかやめられない。
>
> kanshoku. wa. futoru. kara. yamenaito. ikenaito. wa. wakatte. irukedo, nakanaka. yamerarenai

明知吃零食會胖，必須戒掉才行，可是卻怎麼也戒不掉。

㉓ 卡通便當

キャラ弁

kyara. ben

💬「キャラクター弁当（べんとう）」的簡稱。用白飯和配菜繪製出動漫人物圖樣的便當。由於牽涉到營養與衛生的問題，現在有愈來愈多幼稚園禁止園童帶卡通便當。

ゆいちゃんママはいつもかわいいキャラ弁を作ってて、すごいね。

Yui. chan. mama. wa. itsumo. kawaî. kyara. ben. o. tsukuttete, sugoi. ne

結衣的媽媽經常製作可愛的卡通便當，好厲害唷。

㉔ 爽口

きれがある

kire. ga. aru

💬 指酒類清新爽口。

このビール、こくがあるのにきれがあってうまいね。

kono. bîru, koku. ga. aru. noni. kire. ga. atte. umai. ne

這款啤酒味道濃郁卻很爽口，真好喝。

㉕ 合口味

口に合う

kuchi. ni. au

💬 慣用句。指東西的味道適合自己的口味。

お口に合うかわかりませんが、どうぞ。

okuchi. ni. au. ka. wakarimasenga, dôzo

不知道這合不合您的口味，請嚐嚐看。

㉖ 講究吃，懂味道

口が肥える／舌が肥える

kuchi. ga. koeru / shita. ga. koeru

💬 慣用句。

林さんは色々なお店を食べ歩いているから、舌が肥えているね。

Hayashi. san. wa. iroirona. omise. o. tabe. aruite. irukara, shita. ga. koete. iru. ne

林先生造訪過許多餐廳，很懂得吃。

㉗ 美食家、老饕

グルメ／食通

gurume / shokutsû

💬「グルメ」源自法文的 gourmet，指「美食家或美食」。「通（つう）」是「內行」的意思。

彼は社内一のグルメだか
ら、レストランのことは彼
に聞いたらいいよ。

kare. wa. shanai. ichi. no. gurume. dakara,
resutoran. no. koto. wa. kare. ni. kîtara. î. yo

他是公司裡首屈
一指的美食家，
請他推薦餐廳準
沒錯。

○ ○ ○ ○ ○ ○ ○ ○ ○ ○ ○ ○

㉘ 還沒吃過就排斥

食わず嫌い
kuwazu. girai

💬 名詞，指都還沒吃過某種食物，根本
不知道它的味道，就斷定自己討厭它。

食わず嫌いはよくないよ。
一度食べてみて。

kuwazu. girai. wa. yoku. nai. yo.
ichido. tabete. mite

連吃都沒吃就排
拒，不是好事。
至少先嚐嚐看嘛。

㉙ 酒量差的人

下戸
geko

💬「戸（こ）」是日
本古時候的課稅單
位；人們在舉辦婚
禮時能提供多少酒，也必須依照「上戸
（じょうご）」、「中戸（ちゅうご）」、「下戸」
的階級來決定。後來便稱「不會喝酒的
人」為「下戸」。

私は下戸なので、飲み会で
もずっとウーロン茶ばかり
飲んでいる。

watashi. wa. geko. nanode, nomikai.
demo. zutto. ûroncha. bakari. nonde. iru

我不會喝酒，所以和朋友喝酒聚
會的時候也只喝烏龍茶。

○ ○ ○ ○ ○ ○ ○ ○ ○ ○ ○ ○

㉚ 花枝腳

げそ
geso

💬「下足（げそく）」是
鞋子。從鞋子想到腳，再聯想到「花枝
腳」，因此將花枝腳料理稱為「ゲソ」。

生ビールとゲソの天ぷら、
1つください。

nama. bîru. to. geso. no. tenpura, hitotsu.
kudasai

我要一杯生啤酒和一份炸花枝腳。

㉛ 濃郁

こくがある

koku. ga. aru

指食物或飲料具有濃郁甘甜的味道。

このカレーはこくがあっておいしいですね。

kono. kare. wa. koku. ga. atte. oishî. desu. ne

這份咖哩味道濃郁，真不賴。

㉜ 有嚼勁

腰(こし)がある／腰(こし)が強(つよ)い

koshi. ga. aru / koshi. ga. tsuyoi

形容麵類的口感紮實。

やはり讃岐(さぬき)うどんは腰(こし)があっておいしいですね。

yahari. sanuki. udon. wa. koshi. ga. atte. oishî. desu. ne

讚岐烏龍麵果然有嚼勁，真是美味。

㉝ 當地特有的美食

ご当地(とうち)グルメ

gotôchi. gurume

「ご当地」是當地特產的意思。「ご当地グルメ」屬於振興地區運動的一環，除了鄉土料理外，還有許多近年新研發的料理。

ご当地(とうち)グルメを味(あじ)わうのも、旅(たび)の楽(たの)しみの一(ひと)つですよね。

gotôchi. gurume. o. ajiwau. nomo, tabi. no. tanoshimi. no. hitotsu. desu. yo. ne

品嚐當地美食也是旅行的樂趣之一呢。

㉞ 下飯菜

ご飯(はん)のお供(とも)

gohan. no. otomo

適合搭配白飯一起吃的食物。

私(わたし)にとって一番(いちばん)のご飯(はん)のお供(とも)はやっぱり辛子明太子(からしめんたいこ)です。

watashi. ni. totte. ichiban. no. gohan. no. otomo. wa. yappari. karashi. mentaiko. desu

對我來說，最下飯的就是辣味明太子了。

㉟ 馬肉

桜肉
さくらにく
sakuru. niku

💬 日本有食用馬肉的習慣。此名稱的由來眾說紛紜，有一說是因為馬肉的顏色像櫻花的顏色，但一般認為應是避免直接說「馬肉」的暗語。

> A: 桜肉が好きなんだよ。
> さくらにく　す
>
> sakura. niku. ga. suki. nan. da. yo
>
> 我喜歡吃馬肉。
>
> B: 熊本の馬刺しはうまいよね。
> くまもと　ば　さ
>
> kumamoto. no. basashi. wa. umai. yo. ne
>
> 熊本的生馬肉很好吃對吧。

㊱ 酒量好 / 不好

酒に強い／弱い
さけ　つよ　　　よわ
sake. ni. tsuyoi / yowai

💬 在各種形容酒量的詞彙中，一般最常用的說法。

> あの人、お酒弱いから、あんまり飲ませたらだめだよ。
> ひと　　さけよわ　　　　　　の
>
> ano. hito, osake. yowai. kara, anmari. nomasetara. dameda. yo
>
> 那個人酒量不好，不要勉強他喝太多喔。

㊲ 喝到爛醉

酒に飲まれる
さけ　の
sake. ni. nomareru

💬 指喝酒喝到爛醉，失去理性。

> 酒を飲んでも飲まれるな。
> さけ　の　　　　　　の
>
> sake. o. nondemo. nomareru. na
>
> 喝酒不要喝到爛醉。

㊳ 不加芥末

さび抜き
ぬ
sabinuki

💬 「さび」是「わさび」的意思，指握壽司裡不加芥末。

> すみません、たまごとエビはさび抜きでお願いします。
> ぬ　　ねが
>
> sumimasen, tamago. to. ebi. wa. sabinuki. de. onegai. shimasu
>
> 不好意思，我的玉子燒壽司和蝦壽司不要加芥末。

裝扮
交通
居家
休閒
時間金錢
網路用語
人際關係
角色
個性
行為
情緒
生理
不當舉止

㊴ 片魚

三枚おろし／
三枚におろす

さんまい おろし

sanmai. oroshi / sanmai. ni. orosu

💬 將魚左右兩側的肉切下，分成左肉片、右肉片和魚骨三部分。

鯵を三枚におろしてから、塩を振って焼きます。

あじ さんまい しお ふ や

aji. o. sanmai. ni. oroshite. kara, shio. o. futte. yakimasu

將竹莢魚片好後，灑上鹽巴烘烤。

㊵ 用餐或喝酒時最後吃的東西

締め

し

shime

💬 動詞「締める：束緊，關閉」的名詞化。

鍋の締めはやっぱり雑炊だな。

なべ し ぞうすい

nabe. no. shime. wa. yappari. zôsui. dana

吃火鍋時，最後一定要用剩下的湯煮成粥來作結束啊。

㊶ 酒鬼

酒豪／ざる

しゅごう

shugô / zaru

💬「ざる」是洗菜用的瀝水器皿，有暗指「不會囤積水分；不留酒」的意思。

彼女、あんなにかわいい顔して、酒豪なんだぜ。

かのじょ かお しゅごう

kanojo, annani. kawaî. kaoshite, shugô. nan. daze

別看她長得那麼可愛，她可是個酒鬼喔。

㊷ 食量小、吃不多

食が細い

しょく ほそ

shoku. ga. hosoi

💬 慣用句。

うちの子どもは食が細いから心配なの。

こ しょく ほそ しんぱい

uchi. no. kodomo. wa. shoku. ga. hosoi. kara. shinpai. nano

我們家小孩吃得很少，讓我有點擔心。

㊸ 食慾旺盛、食量大

食が進む／
箸が進む

しょく すす はし すす

shoku. ga. susumu / hashi. ga. susumu

💬 慣用句。

> この料理はピリ辛で食が進むね。
>
> りょうり から しょく すす
>
> kono. ryôri. wa. pirikara. de. shoku. ga.
> susumu. ne
>
> 這道菜有點辣，相當開胃呢。

㊹ 神智清醒

しらふ

shirafu

💬 有時漢字會寫成
「白面」，由來應是
「因為沒喝酒而沒有
臉紅」。一般用於形容「沒有喝酒、神智
清醒」的狀態。

> しらふのときには絶対言えないようなロマンチックな言葉も、酔っ払ったら気が大きくなって言える。
>
> ぜったい い ことば よ ぱら き おお い
>
> shirafu. no. toki. niwa. zettai. ienai. yôna.
> romanchikkuna. kotoba. mo, yopparattara.
> ki. ga. ôkiku. natte. ieru
>
> 平常清醒時絕對說不出口的肉麻
> 話，一旦喝醉了就敢大膽說出來。

㊺ 甜點

スイーツ／デザート

suîtsu / dezâto

💬 指甜品。以前大多使用「デザート
(dessert)」，但從 2000 年左右開始變得
比較常用「スイーツ (sweets)」。

> 昨日ホテルのスイーツビュッフェに行ってきたの。ケーキ以外にクレープもパンケーキもあったよ。
>
> きのう い いがい
>
> kinô. hoteru. no. suîtsu. byuffe. ni. itte.
> kitano. kêki. igai. ni. kurêpu. mo. pankêki.
> mo. atta. yo
>
> 我昨天去吃了飯店的甜點吃到
> 飽，除了蛋糕之外，還有可麗餅
> 和鬆餅呢。

㊻ 辣椒

鷹の爪

たか つめ

taka. no. tsume

💬 辣椒的品種之一，因形狀似鷹爪而得
名。通常曬乾後使用於
各種料理。

ごま油で鷹の爪を弱火で炒めて、それから薄切りのごぼうを炒めます。

goma. abura. de. taka. no. tsume. o. yowabi. de. itamete, sorekara. usugiri. no. gobô. o. itamemasu

先用麻油小火炒辣椒,再加入切成薄片的牛蒡拌炒。

ο ο ο ο ο ο ο ο ο ο ο ο ο ο

㊼ 在家裡跟朋友們喝酒

宅飲み
taku. nomi

💬「自宅(じたく)で飲み会(のみかい)」的簡稱。帶有強調「比在外面喝酒便宜」之意。

給料日前でお金ないから、華奈の家で宅飲みしようよ。

kyûryôbi. mae. de. okane. nai. kara, Kana. no. ie. de. taku. nomi. shiyô. yo

我還沒領薪水,現在很窮,所以就在華奈家喝吧。

㊽ 站著吃 / 站著喝

立ち食い／
立ち飲み
tachigui / tachinomi

💬 日本某些車站內的麵店沒有設置座位,一來可節省空間,二來供餐的速度也較快,因此翻桌率高。最近也出現站著吃的西餐廳、牛排店等,很受年輕人歡迎。

駅の立ち食いそば屋で晩ごはんを済ませた。

eki. no. tachigui. sobaya. de. bangohan. o. sumaseta

我在車站裡站著吃的麵店解決了晚餐。

ο ο ο ο ο ο ο ο ο ο ο ο ο ο

㊾ 吃到飽 / 喝到飽

食べ放題／
飲み放題
tabehôdai / nomihôdai

💬 日文的「放題」是「為所欲為」的意思。燒肉、涮涮鍋、壽司等餐廳的吃到飽,日文稱「食べ放題」;在居酒屋、餐廳、KTV 等的無限暢飲,則稱「飲み放題」。

あの焼肉屋（やきにくや）、２４８０円（にせんよんひゃくはちじゅうえん）で９０分（きゅうじゅっぷん）食（た）べ放題（ほうだい）だよ。行（い）ってみない？

ano. yakinikuya, nisenyonhyakuhachijûen. de. kyûjuppun. tabehôdai. dayo. itte. minai?

那家燒肉店，2480 日圓就能 90 分鐘吃到飽耶。要不要去吃吃看？

(50) 茶葉梗垂直浮起

茶柱（ちゃばしら）が立（た）つ

chabashira. ga. tatsu

泡茶的時候，假如「茶葉梗在杯中垂直浮起」，便稱為「茶柱が立つ」，一般認為是一種好兆頭。

A: **あ！茶柱（ちゃばしら）が立（た）った。何（なに）かいいことがあるかな。**

a! chabashira. ga.tatta. nanika. î. koto. ga. aru. kana

啊！茶葉梗豎著浮起來了。我是不是會走好運呢。

B: **茶柱（ちゃばしら）が立（た）ったことは人（ひと）に話（はな）さないほうがいいのよ。**

chabashira. ga. tatta. koto. wa. hito. ni. hanasanai. hôga. î. no. yo

這種事不要說出來比較好唷。

(51) 同時喝兩種以上的酒；混酒

ちゃんぽん

chanpon

指「兩種以上的東西混在一起」，用於喝酒時即是「混酒」之意。

日本酒（にほんしゅ）とウイスキーをちゃんぽんしたら悪酔（わるよ）いするよ。

nihonshu. to. uisukî. o. chanpon. shitara. waruyoisuru. yo

要是混著喝日本酒和威士忌，很容易爛醉唷。

(52) 微波

チンする

chinsuru

「チン」是微波爐加熱完成時「叮」的聲音，加「する」動詞化，表示「用微波爐加熱」。

冷蔵庫（れいぞうこ）のおかず、レンジでチンして食（た）べてね。

rêzôko. no. okazu, renji. de. chinshite. tabete. ne

冰箱裡的菜，你自己微波加熱吃喔。

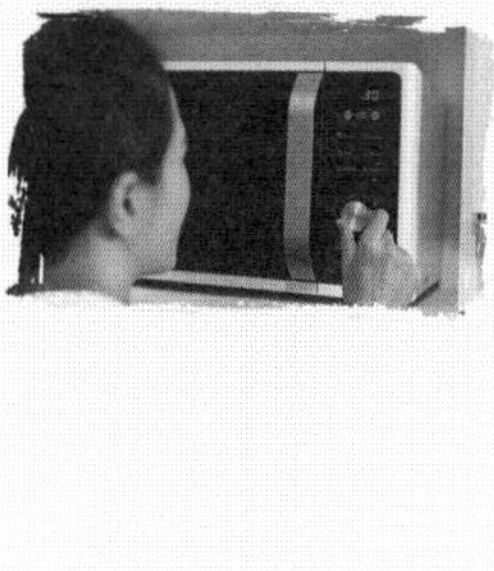

(53) 醉倒

つぶれる

tsubureru

「潰（つぶ）れる」是「崩場、坍壞」的意思。在這裡是指「酒喝太多，無法動彈」。

一緒(いっしょ)に飲(の)んでた女(おんな)の子(こ)が強(つよ)すぎて、こっちが先(さき)につぶれてしまった。

isshoni. nondeta. onnanoko. ga. tsuyosugite, kocchi. ga. sakini. tsuburete. shimatta

跟我一起喝酒的女生酒量太好了，結果是我先醉倒。

(54) 偷吃

つまみ食(ぐ)い

tsumamigui

「つまむ」是用指尖捏起之意。

テーブルの上(うえ)のおかず、つまみ食(ぐ)いしちゃだめよ。

têburu. no. ue. no. okazu, tsumamigui. shicha. dame. yo

桌上的菜不可以偷吃喔。

(55) 爛醉如泥

泥酔(でいすい)

dêsui

此詞源自李白的〈襄陽歌〉。「泥」是一種一旦離開水，就會像泥巴一樣軟爛的蟲。

昨日(きのう)は泥酔(でいすい)するまで飲(の)んで全(まった)く記憶(きおく)がない。

kinô. wa. dêsui. suru. made. nonde. mattaku. kioku. ga. nai

我昨天晚上喝到爛醉如泥，什麼都不記得了。

(56) 雞翅

手羽先(てばさき)

tebasaki

這是指「雞翅靠末端」的部分；比較靠身體的部分稱為「手羽元（てばもと）」。

名古屋(なごや)に行(い)くなら、絶対(ぜったい)手羽先(てばさき)を食(た)べたほうがいいですよ。

nagoya. ni. ikunara, zettai. tebasaki. o. tabeta. hôga. î. desu. yo

去名古屋一定要吃雞翅喔。

日語老師為你整理的圖解日語口語 讀者回函卡

謝謝您購買本書，請填寫回函卡，提供您的寶貴建議。如果您願意收到 LiveABC 最新的出版資訊，請留下您的 e-mail，我們將寄送 e-DM 給您。

歡迎加入 LiveABC 互動英語粉絲團，天天互動學英語。請上 FB 搜尋「LiveABC 互動英語」，或是掃瞄 QR code。

姓名		性別 □男 □女
出生日期	年　月　日	聯絡電話
E-mail	□ 我願意收到 LiveABC 出版資訊的 e-DM	
學歷	□ 國中以下　□ 國中　□ 高中 □ 大專及大學　□ 研究所	
職業	□ 學生　□ 資訊業　□ 工　□ 商 □ 服務業　□ 軍警公教　□ 自由業及專業 □ 其他_____	

您以何種方式購得此書？
□ 書店　□ 網路　□ 其他_____

您覺得本書的價格？
	書名	封面	內容	編排	紙張
偏低					
合理					
偏高					

您對本書的評價
	書名	封面	內容	編排	紙張
很滿意					
還不錯					
普通					
不滿意					
很後悔					

您希望我們製作哪些學習主題？

您對我們的建議：

縣　市

市區鄉鎮

村里路街

段

鄰巷

手號

樓室

希伯崙股份有限公司客戶服務部　收

英語數位學習第一品牌

(57) 百貨公司地下樓層（食品賣場）

デパ地下

depachika

「デパート地下食料品売り場（ちかしょくりょうひんうりば）」的簡稱。日本百貨公司的地下樓層沒有附座位的美食街，只有販售許多知名餐廳的熟食與甜點等等。

今日の晩御飯はデパ地下でお惣菜とサラダを買って帰ろう。

kyô. no. bangohan. wa. depachika. de. osôzai. to. sarada. o. katte. kaerô

我今天去百貨公司地下樓層買些熟食跟沙拉回家當晚餐好了。

(58) 叫外送

出前を取る

demae. o. toru

日本的「出前：外送」服務始於江戶時代。通常拉麵、蕎麥麵、烏龍麵、壽司等日式料理的外送服務叫「出前」，而披薩等西式餐點的外送服務稱為「デリバリー (delivery)」。

今日はお客さんが来るから、寿司の出前でもとろうか。

kyô. wa. okyakusan. ga. kuru. kara, sushi. no. demae. demo. torô. ka

今天有客人要來，我們叫壽司外送吧。

(59) 天婦羅飯糰

天むす

tenmusu

這是「天ぷら：天婦羅」＋「おむすび：飯糰」的說法，也就是「包著炸蝦的飯糰」。源於三重縣，但在名古屋流傳開來，現在日本全國都吃得到。

名古屋駅で天むすを買ってお土産に持って帰った。

nagoya. eki. de. tenmusu. o. katte. omiyage. ni. motte. kaetta

我在名古屋車站買了天婦羅飯糰當伴手禮帶回家。

(60) 醉後易哭 / 易笑的人

泣き上戸／笑い上戸

nakijôgo / waraijôgô

「上戶」是「下戶（げこ）」的反義詞。指喝酒後容易哭或笑的人。

あの人は泣き上戸だから、酔ったらすぐに泣き出すんだよ。

ano. hito. wa. nakijôgo. dakara, yottara. suguni. nakidasun. da. yo

他只要一喝醉就會哭。

蕎麦は喉越しがよくて、さっぱり食べられますね。

soba. wa. nodogoshi. ga. yokute, sappari. taberaremasu. ne

蕎麥麵容易入喉，吃起來十分清爽。

ㅇㅇㅇㅇㅇㅇㅇㅇㅇㅇㅇㅇㅇㅇ

(61) 沒熟透

生焼け
namayake

💬 指餐點沒有熟透。

すみません、このハンバーグ生焼けなんですけど。焼き直してもらえますか？

sumimasen, kono. hanbâgu. namayake. nan. desu. kedo. yakinaoshite. moraemasuka?

不好意思，這份漢堡排沒有熟透，可以請您幫我再煎一下嗎？

㉓63 續攤

はしご（酒）
hashigo (zake)

💬 「はしご」是梯子。這裡是比喻像爬梯子一般，一家接著一家喝的意思。

昨日は居酒屋を何軒もはしごして酔っ払っちゃったよ。

kinô. wa. izakaya. o. nangen. mo. hashigoshite. yopparacchatta. yo

我昨天一連去了好幾家居酒屋續攤，最後喝醉了。

ㅇㅇㅇㅇㅇㅇㅇㅇㅇㅇㅇㅇㅇㅇ

㉒62 順口、容易入喉

喉越しがいい
nodogoshi.ga.î

💬 指食物或飲料可以滑順地經過喉嚨。

㉔64 自助式吃到飽餐廳

バイキング／ビュッフェ
baikingu / byuffe

💬 日本第一家 buffet 餐廳叫「Viking」，之後日本便將這種吃到飽形式的餐飲稱為「バイキング」。不過最近較常見的是來自法文的「ビュッフェ(buffet)」一詞。

あのホテルは朝食バイキングの種類が多くて有名です。

ano. hoteru. wa. chôshoku. baikingu. no. shurui. ga. ôkute. yûmê. desu

那家旅館以自助式早餐的種類豐富而聞名。

あまり食べ過ぎないで、腹八分目にしておいたほうが体にいいよ。

amari. tabesugi. naide, hara. hachibunme. ni. shite. oita. hô. ga. karada. ni. î. yo

不要暴飲暴食，吃八分飽對身體比較好喔。

○ ○ ○ ○ ○ ○ ○ ○ ○ ○ ○ ○

⑥⑤ 有嚼勁

歯応えがある
hagotae.ga.aru

💬 多用於正面之意。指食物咀嚼起來帶有彈性與韌性。

鶏の軟骨はこりこりと歯応えがあっておいしい。

tori. no. nankotsu. wa. korikorito. hagotae. ga. atte. oishî

雞軟骨富有嚼勁，相當好吃。

○ ○ ○ ○ ○ ○ ○ ○ ○ ○ ○ ○

⑥⑥ 吃八分飽

腹八分目
hara. hachibunme

💬 控制食量，避免吃得太撐。

⑥⑦ 冬粉

春雨
harusame

💬 因似春天的綿綿細雨而得名。

今日は晩御飯に麻婆春雨を作った。

kyô. wa. bangohan. ni. mâbôharusame. o. tsukutta

我今天晚餐煮了麻婆冬粉。

○ ○ ○ ○ ○ ○ ○ ○ ○ ○ ○ ○

⑥⑧ 晚間小酌

晩酌
banshaku

💬 特指在家吃晚餐時喝點小酒。

夫婦で毎日晩酌しています。

ふうふ　まいにちばんしゃく

fûfu. de. mainichi. banshaku. shite. imasu

我們夫妻每晚都會在家裡小酌一番。

---

⑥⑨ 涼拌豆腐

冷奴

ひややっこ

hiyayakko

💬 淋上調味料或搭配香辛料食用的冰鎮豆腐。

冷奴はやっぱり葱と鰹節で食べるのが一番です。

ひややっこ　ねぎ　かつおぶし　た　いちばん

hiyayakko. wa. yappari. negi. to. katsuobushi. de. taberu. no. ga. ichiban. desu

涼拌豆腐還是配上蔥花和柴魚片最好吃。

---

⑦⓪ 吐司邊

パンの耳

みみ

pan. no. mimi

💬 吐司的邊緣。

食パンの耳を切って、油で揚げて砂糖をまぶすと、おいしいお菓子になるよ。

しょく　みみ　き　あぶら　あ　さとう　かし

shokupan. no. mimi. o. kitte, abura. de. agete. satô. o. mabusu. to, oishî. okashi. ni. naru. yo

把吐司邊切一切，炸過之後再撒上砂糖，就是一道美味的甜點唷。

---

⑦① 庶民美食

B級グルメ

ビーきゅう

bîkyû. gurume

💬 指「便宜又大眾化，一般民眾都吃得起的美食」。例如台灣的豬血糕、臭豆腐等夜市小吃，或是日本各地具有特色的庶民美食。

全国のB級グルメを食べ歩いています。

ぜんこく　ビーきゅう　た　ある

zenkoku. no. bîkyû. gurume. o. tabearuite. imasu

我會到全國各地去品嚐庶民美食。

⑦ 啤酒花園

ビアガーデン

biagâden

💬 源自英文的 beer garden，意指「百貨公司或旅館夏季在頂樓設置露天簡易座位，並提供餐飲」的服務。有些地方還會設置大螢幕，讓客人一起觀賞球賽。

> **今日仕事帰りにビアガーデンでナイター観戦しよう！**
> （きょう　しごとがえ　　　　　　　　　　　　　かんせん）
>
> kyô. shigotogaeri. ni. biagâden. de. naitâ. kansen. shiyô!
>
> **今天下班之後就去啤酒花園看晚場的球賽吧！**

⑦ 辛辣

ピリ辛
（から）

pirikara

💬 指辣椒或胡椒的辣味。

> **ピリ辛コンニャクはお酒が進むね。**
> （から　　　　　　　　　　さけ　　すす）
>
> pirikara. konnyaku. wa. osake. ga. susunu. ne
>
> **辣蒟蒻非常下酒呢。**

⑦ 家庭餐廳

ファミレス

famiresu

💬 原字是「ファミリーレストラン」，是以 family + restaurant 拼成的和製英語。這種餐廳價格較低，上餐速度快，適合全家用餐；當然學生、上班族也都會去。ロイヤルホスト（Royal Host：樂雅樂）、サイゼリヤ（Saizeriya：薩莉亞）、デニーズ（Denny's）、ガスト（GUSTO）皆屬此類餐廳。

> **ファミレスでパフェ食べようか。**
> （た）
>
> famiresu. de. pafe. tabeyôka
>
> **我們去家庭餐廳吃聖代吧。**

⑦ 宿醉

二日酔い
（ふつかよ）

futsukayoi

💬 指喝太多酒，隔天感到頭痛、想吐，非常難受。

> **二日酔いで頭が痛いよ。**
> （ふつかよ　　　あたま　　いた）
>
> futsukayoi. de. atama. ga. itai. yo
>
> **我今天宿醉，頭很痛。**

⑦⑥ 品牌牛

ブランド牛
burandogyû

💬 ブランドは「brand：品牌」的意思。指針對品種、產地、飼育方法等設立基準，肉質優異的高級牛肉。包括神戶牛、松阪牛、近江牛、米澤牛等等。

松阪牛みたいな高級なブランド牛は、一般人にはなかなか手が届かない。

matsuzakaushi. mitaina. kôkyûna. burandogyû. wa, ippanjin. niwa. nakanaka. te. ga. todokanai

像松阪牛那種高級的品牌牛，一般人幾乎吃不起。

⑦⑦ 山豬肉鍋

牡丹鍋
botannabe

💬 一種用「いのしし：山豬」的肉和蔬菜、豆腐加上味噌煮成的火鍋。因將山豬肉切成薄片，並擺盤成牡丹花的形狀而得名。

篠山の牡丹鍋は冬の名物郷土料理ですよ。

sasayama. no. botannabe. wa. fuyu. no. mêbutsu. kyôdoryôri. desu. yo

篠山的牡丹鍋是當地知名的冬季鄉土料理。

⑦⑧ 另一個胃

別腹
betsubara

💬 意指就算已經吃飽了，遇到喜歡的食物還是吃得下，就像還有另一個胃一樣。多用於女性吃甜食時。

ああ、お腹いっぱい。でも甘い物は別腹だよねー。ケーキ頼んじゃおう。

â, onaka. ippai. demo. amai. mono. wa. betsubara. da. yo. nê. kêki. tanonjaô

啊，肚子好撐。可是甜食是裝在另一個胃嘛。那我點一個蛋糕好了。

⑦⑨ 美味至極

頬が落ちる／
ほっぺたが落ちる
hô. ga. ochiru / hoppeta. ga. ochiru

💬 慣用句。比喻食物非常美味。

焼き立てのパンはほっぺた
が落ちるほどおいしいね。

yakitate. no. pan. wa. hoppeta. ga. ochiru.
hodo. oishî. ne

剛烤好的麵包真是太美味了。

ホルモン焼きは安くておい
しいね。

horumonyaki. wa. yasukute. oishî. ne

烤豬腸便宜又好吃。

⑧⑩ 洋芋片

ポテチ

potechi

「ポテトチップス」的簡稱。

ソファに寝転んで、ポテチ
食べながらテレビ見てる時
間が一番 幸 せ。

sofa. ni. nekoronde, potechi. tabenagara.
terebi. miteru. jikan. ga. ichiban. shiawase

躺在沙發上
一邊吃洋芋片
一邊看電視，
是最幸福的時
光。

⑧② 微醺

ほろ酔い

horoyoi

「ほろ」是「有一點、稍微」的意思。

お酒はほろ酔い程度に楽し
むのが一番ですね。

osake. wa. horoyoi. têdo. ni. tanoshimu.
noga. ichiban. desune

喝酒只喝到微醺，
才是最棒的享受。

⑧① 烤豬腸

ホルモン焼き

horumonyaki

烤豬內臟（主要為小腸、大腸）。關
於名稱的由來，有一說是因為可增強精
力，因此稱為「ホルモン：荷爾蒙」；另
一說是源自於「放（ほう）るもの：無用
之物」一詞。

⑧③ 員工餐

賄い（料理）

makanai (ryôri)

餐廳專為員工準備的餐點，不提供給
客人。

このバイトはまかないがあるから、一人暮らしにはとても助かる。

kono. baito. wa. makanai. ga. aru. kara, hitorigurashi. ni. wa. totemo. tasukaru

這份兼職工作有附員工餐，對獨居的人來說很方便。

新幹線に乗る前に、駅前の喫茶店でモーニングを食べた。

shinkansen. ni. noru. mae. ni, ekimae. no. kissaten. de. môningu. o. tabeta

我在搭新幹線之前，在車站前的咖啡廳吃了早餐套餐。

⑧ 荷包蛋

目玉焼き
medamayaki

💬 因將蛋黃比喻為眼珠而得名。

朝ごはんの目玉焼きは半熟にしてね。

asagohan. no. medamayaki. wa. hanjuku. ni. shite. ne

我早餐的荷包蛋要半熟喔。

⑧ 內臟鍋

もつ鍋
motsunabe

💬「もつ」是「臟物（ぞうもつ）」的簡稱。將牛或豬的內臟和韭菜、高麗菜一起煮成的火鍋，是博多的鄉土料理。

あの店は本格的な博多のもつ鍋が食べられるんだよ。

ano. mise. wa. honkakutekina. hakata. no. motsunabe. ga. taberarerun. da. yo

在那家店可以吃到道地的博多內臟鍋喔。

⑧ 早餐套餐

モーニング／モーニングサービス
môningu / môningusâbisu

💬 以 morning＋service 拼成的和製英語。由咖啡廳等店家提供的便宜早餐套餐，常見於名古屋等中部地方。早餐套餐（咖啡＋吐司＋蛋等）與單點一杯咖啡的價格往往相同。

⑧⑦ 宵夜

夜食
やしょく

yashoku

💬 指在「夕食（ゆうしょく）／晩御飯（ばんごはん）：晩餐」後吃的東西。

> 小腹がすいたので、夜食にインスタントラーメンを食べた。
> こ ばら やしょく た
>
> kobara. ga. suita. node, yashoku. ni. insutantorâmen. o. tabeta

我肚子有點餓，所以吃了泡麵當宵夜。

○ ○ ○ ○ ○ ○ ○ ○ ○ ○ ○ ○ ○

⑧⑧ 對嘴喝

ラッパ飲み
の

rappanomi

💬 直接對嘴喝玻璃瓶或寶特瓶裝的飲料，因看起來像吹喇叭的動作而得名。

> あの人、ワインをラッパ飲みするなんて下品だね。
> ひと の げ ひん
>
> ano. hito, wain. o. rappanomi. suru. nante. gehin. da. ne

那個人竟然直接對嘴喝紅酒，真沒氣質。

⑧⑨ 調理包

レトルト食品
しょくひん

retoruto. shokuhin

💬 「レトルトパウチ (retort pouch) 食品」的簡稱。有咖哩、湯、義大利麵醬、漢堡排、粥等等。只要隔水加熱，或是倒入容器內微波加熱即可食用。

> 今日の晩御飯、買い物に行く時間なかったから、レトルトカレーでいいか。
> きょう ばんごはん か もの い じ かん
>
> kyô. no. bangohan, kaimono. ni. ikujikan. nakatta. kara, retoruto. karê. de. î. ka

今天沒時間去買晚餐，乾脆吃調理包的咖哩好了。

あ行・か行・さ行・た行・な行・は行・ま行・や行・ら行・わ行

1-2 裝扮

① 清爽俐落

あか ぬ
垢抜ける
akanukeru

💬「垢」是「汙垢」，「抜ける」是「掉落；脫離」的意思，指「容貌或行為舉止清爽俐落」的樣子。

じょゆう　　　　　　や
あの女優さん、痩せてから
あか ぬ
垢抜けたね。

ano. joyû. san, yasete. kara. akanuketa. ne

那位女明星瘦下來之後，變得清爽俐落許多呢。

② 鴨子嘴

ぐち
アヒル口
ahiru. guchi

💬 字義是「鴨子嘴」，形容「嘴巴像鴨子一樣，嘴角上揚，嘴唇微微突出」，有點嘟嘴的感覺，看起來很可愛。

ぐち　　おんな　こ
アヒル口の女の子ってかわ
いいよね。

ahiru. guchi. no. onna. no. ko. tte. kawaî.
yo. ne

鴨子嘴的女生很可愛對吧。

③ 美式休閒風

アメカジ
amekaji

💬「アメリカン・カジュアル (American casual)」的簡稱，指「美式的休閒裝扮」。廣義可以泛指美式的穿着打扮，如丹寧褲、卡其褲、運動鞋等。狹義上則可指日本在 1960 年代流行的一種常春藤風格 (ivy look)。

アメカジファッションのポイントはチェックのシャツとデニムです。

amekaji. fasshon. no. pointo. wa. chekku.
no. shatsu. to. denimu. desu

美式休閒風的穿搭重點就是格子襯衫配丹寧褲。

④ 一絲不掛

いっ　し　まと
一糸纏わぬ
isshi. matowanu

💬 身上沒有任何衣物遮蔽，也就是「裸體」的意思。

ハリウッドスターのAは雑誌で一糸纏わぬヌード姿を披露した。

hariuddo. sutâ. no. A. wa. zasshi. de. isshi. matowanu. nûdo. sugata. o. hirô. shita

這期雜誌上有好萊塢明星 A 一絲不掛的裸體照。

⑤ 最好的衣服

一張羅

icchôra

💬 指「自己擁有的衣服中最高級的一件，或是唯一的一件」。

突然の大雨で一張羅が台無しになった。

totsuzen. no. ôame. de. icchôra. ga. dainashi. ni. natta

突然傾盆大雨，害我最好的一件衣服報銷了。

⑥ 改變形象

イメチェン

imechen

💬 和製英語「イメージ・チェンジ (image＋change)」的簡稱。指外表或做事方法有別於以往，帶給人不同的印象。

髪型をショートにして、イメチェンしてみたんだけど、どう？

kamigata. o. shôto. ni. shite, imechen. shite. mita. n. da. kedo, dô?

我剪了短髮，試著改變形象，好看嗎？

⑦ 刺青

入れ墨（刺青）／タトゥー

irezumi (irezumi) / tatû

💬「入れ墨」是「紋身；刺青」，也可叫做「タトゥー (tatû)」。因為刺青容易與黑道或不良份子產生聯想，因此日本有些公共澡堂或游泳池會謝絕有刺青的客人進入。

彼女、肩にハートのタトゥー入れてるんだって。

kanojo, kata. ni. hâto. no. tatû. ireteru. n. datte

聽說她的肩上刺了一顆愛心。

⑧ 同款不同色

色違い
<ruby>色<rt>いろ</rt>違<rt>ちが</rt></ruby>い
irochigai

💬 是指「東西的款式、花樣都相同，只有顏色不同」。

<ruby>気<rt>き</rt></ruby>に<ruby>入<rt>い</rt></ruby>ったセーターを<ruby>色<rt>いろ</rt>違<rt>ちが</rt></ruby>いで<ruby>3枚<rt>さんまい</rt>買<rt>か</rt></ruby>ってしまった。

ki. ni. itta. sêtâ. o. irochigai. de. san. mai. katte. shimatta

我很喜歡一件毛衣，買了三件同款不同色的。

⑩ 前後穿反

後ろ前
<ruby>後<rt>うし</rt></ruby>ろ<ruby>前<rt>まえ</rt></ruby>
ushiromae

💬 指穿衣服時，將後面穿到前面，前後顛倒。

そのＴシャツ、<ruby>後<rt>うし</rt></ruby>ろ<ruby>前<rt>まえ</rt></ruby>だよ！

sono. ti. shatsu, ushiromae. da. yo!

你的T恤前後穿反了！

○ ○ ○ ○ ○ ○ ○ ○ ○ ○ ○ ○

⑨ 紮衣服

インする
in. suru

💬 將源自英文 in 的外來語「イン」動詞化，表示「將衣襬紮進褲子或裙子裡」。

シャツの<ruby>前<rt>まえ</rt></ruby>だけインすると、<ruby>抜<rt>ぬ</rt></ruby>け<ruby>感<rt>かん</rt></ruby>が<ruby>出<rt>で</rt></ruby>ておしゃれに<ruby>見<rt>み</rt></ruby>えますよ。

shatsu. no. mae. dake. in. suru. to, nukekan. ga. dete. oshare. ni. miemasu. yo

只紮襯衫的前襬，就能營造出慵懶的時尚感。

⑪ 穿太少

薄着する
<ruby>薄<rt>うす</rt>着<rt>ぎ</rt></ruby>する
usugi. suru

💬「薄着」是指在天氣寒冷時沒有穿足夠的衣服；而「厚着 (あつぎ)」則是指穿太多件禦寒衣物，反義詞為「厚着する：穿太多」。

コートの<ruby>下<rt>した</rt></ruby>は<ruby>半袖<rt>はんそで</rt></ruby>のＴシャツ<ruby>一枚<rt>いちまい</rt></ruby>？そんな<ruby>薄着<rt>うすぎ</rt></ruby>で<ruby>大丈夫<rt>だいじょうぶ</rt></ruby>？

kôto. no. shita. wa. hansode. no. tîshatsu. ichi. mai? sonna. usugi. de. daijôbu?

你外套裡只穿一件短袖T恤？穿這麼少不要緊嗎？

⑫ 捲袖子

腕捲りする
うでまく

udemakuri. suru

💬 將衣服的袖口捲起，露出手臂。

> 男の人が自然に腕捲りしてるのって、なんかセクシーだよね。
> おとこ ひと しぜん うでまく
>
> otoko. no. hito. ga. shizen. ni. udemakuri. shiteru. no. tte, nanka. sekushî. da. yo. ne
>
> 男人自然地捲起袖子，看起來好性感喔。

⑬ 將內外反過來

裏返し
うらがえ

uragaeshi

💬 把物品的內側翻到外面來。

> 洗濯するとき、ジーンズは裏返しにしたほうが色落ちしませんよ。
> せんたく うらがえ いろお
>
> sentaku. suru. toki, jînzu. wa. uragaeshi. ni. shita. hô. ga. iroochi. shimasen. yo
>
> 洗衣服時要把牛仔褲內外反過來洗，才不會褪色。

⑭ 內襯

裏地
うらじ

uraji

💬 襯在衣物內側的布，也就是「內裡」。

> このスカートは裏地がついていないから、透けてしまう。
> うらじ す
>
> kono. sukâto. wa. uraji. ga. tsuite. inai. kara, sukete. shimau
>
> 這件裙子沒有內襯，太透了。

⑮ 接髮

エクステ

ekusute

💬「エクステンション (extension)」的簡稱，是「延伸」的意思，在此指「接續用的假髮」。而「接睫毛」則稱為「睫毛 (まつげ) エクステンション」，簡稱為「まつエク」。

> まつエクすると、目が大きく見えるよね。
> め おお
> み
>
> matsueku. suru. to, me. ga. ôkiku. mieru. yo. ne
>
> 接了睫毛後，眼睛看起來就變大了呢。

⑯ 訂製

オーダーメイド
ôdâmeido

💬 以 order + made 拼成的和製英語，是「預訂製作」的意思。

オーダーメイドで靴を作ったら、足にフィットして歩きやすいの。

ôdâmeido. de. kutsu. o. tsukuttara, ashi. ni. fitto. shite. arukiyasui. no

我訂做了一雙鞋，很合腳，非常好走。

⑰ 妹妹頭髮型

お河童
okappa

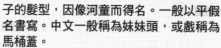

💬 一種瀏海齊眉，髮尾齊肩，類似櫻桃小丸子的髮型，因像河童而得名。一般以平假名書寫。中文一般稱為妹妹頭，或戲稱為馬桶蓋。

おしゃれなボブにしたかったのに、これじゃおかっぱだよ。

osharena. bobu. ni. shitakatta. noni, kore. ja. okappa. da. yo

我原本想剪成時尚的鮑伯頭，但這樣根本是馬桶蓋吧。

⑱ 一致

お揃い
osoroi

💬「揃い」有「衣服的顏色或花樣相同」的意思，這裡指「兩人衣服的花色或攜帶的物品相同」。

彼とお揃いのネックレスをつけています。

kare. to. osoroi. no. nekkuresu. o. tsukete. imasu

我和男友戴著一樣的項鍊。

⑲ 男性接受度

男受け
otoko. uke

💬「受け」是「接受度；評價」，前面加上「男」或「女（おんな）」，就是指「能得到男性或女性的接受」。

ピンクのリップは男受けがいいよ。

pinku. no. rippu. wa. otoko. uke. ga. î. yo

男性對粉色唇彩的接受度較高。

⑳ 二手貨

お古／お下がり
ofuru / osagari

💬 這是指「使用過的舊衣物」。另有一個相似說法「お下がり」，意指年長者使用過後，再留給年幼者使用的物品。

子供のころは、姉のお下がりばかり着せられていた。

kodomo. no. koro. wa, ane. no. osagari. bakari. kiserarete. ita

我小時候都被迫穿姊姊以前穿過的衣服。

○ ○ ○ ○ ○ ○ ○ ○ ○ ○ ○ ○ ○

㉑ 打扮

おめかしする
omekashi. suru

💬「おめかし」就是「梳妝打扮」，包括化妝、穿戴飾品等。

あれ？そんなにおめかししちゃって、今日はデート？

are? sonnani. omekashi. shichatte, kyô. wa. dêto?

咦？你今天這麼精心打扮，是要去約會嗎？

㉒ 紙型

型紙
katagami

💬 裁縫時放在布料上，供人沿線裁剪布料的底版。

採寸して型紙を作ってから、布を裁ちます。

saisun. shite. katagami. o. tsukutte. kara, nuno. o. tachimasu

量好尺寸，畫好紙型後，便可裁切布料。

○ ○ ○ ○ ○ ○ ○ ○ ○ ○ ○ ○ ○

㉓ 雨衣

合羽
kappa

💬 源自葡萄牙語的 capa 一詞，指用來「擋雨或雪的外套」，亦可說「レインコート (rain coat)」。

野外フェスに行くときは合羽を持って行ったほうが安心ですよ。

yagai. fesu. ni. iku. toki. wa. kappa. o. motte. itta. hô. ga. anshin. desu. yo

參加戶外音樂祭時，帶著雨衣比較放心。

㉔ 角膜變色片

カラコン

karakon

💬「カラーコンタクトレンズ (colored contact lens)」的簡稱，一種表面有顏色或圖樣的隱形眼鏡。因為有讓眼睛看起來變大或變色的功能，所以許多人常利用它來搭配造型。

カラコン入れて、ばっちり
メイクして、合コンに
行った。

karakon. irete,
bacchiri. meiku.
shite, gôkon. ni.
itta

我戴著角膜
變色片，化了全妝去參加聯誼。

㉕ 布料

生地

kiji

💬 指衣物的布料或材質。

ガーゼ生地を使って、赤
ちゃんのスタイを作りまし
た。

gâze. kiji. o. tsukatte, akachan. no. sutai. o.
tsukurimashita

我用紗布做了嬰兒的圍兜兜。

㉖ 保養品

基礎化粧品

kiso. keshô. hin

💬 能夠幫助皮膚維持在健康狀態的營養品，包括化妝水、美容液、洗面乳等。

こちらは３０
代女性にお勧めの基礎化 粧
品ブランドです。

kochira. wa. sanjû. dai. josê. ni. osusume.
no. kiso. keshôhin. burando. desu

這個品牌的保養品推薦給30至
40歲的女性使用。

㉗ 顯瘦

着痩せする

kiyase. suru

💬「着痩せ」是穿上衣服後看起來比實際瘦，相反詞則是「着太り（きぶとり）：穿上衣服之後看起來比實際胖」。

ぽっちゃり体型の方もこの
コーデなら着痩せして見え
ますよ。

pocchari. taikê. no. kata. mo. kono. kôde.
nara. kiyase. shite. miemasu. yo

這種穿搭方式，即使是肉肉的人
也可以顯瘦喔。

㉘ 百搭

着回しがきく
（きまわ）

kimawashi. ga. kiku

💬 「着回し」是指「一件衣服可以與其他衣服輪流做出各種不同的搭配」，也就是中文口語說的「很好搭；百搭款」。

> このグレーの
> ニットは着回し
> がきくので、お
> すすめですよ。
> （きまわ）
>
> kono. gurê. no. nitto. wa. kimawashi. ga. kiku. node, osusume. desu. yo
>
> **我推薦這件灰色針織衫，很百搭。**

㉙ 簡約系

きれいめ系
（けい）

kirême. kê

💬 「きれいめ系」的特色就是「沒有鮮艷的顏色或奇特的剪裁」，容易給人沉穩內斂印象的乾淨簡單打扮。另一個相似的風格是「コンサバ (conservative)」，指的是「保守的裝扮」。

> 今日はきれいめな感じで
> お探しですか？
> （きょう）（かん）（さが）
>
> kyô. wa. kirême. na. kanji. de. osagashi. desu. ka
>
> **您今天想找簡約款的服裝嗎？**

㉚ 磨腳

靴擦れ
（くつ ず）

kutsu. zure

💬 鞋子和腳不合，使腳破皮或起水泡，就是中文口語所說的「咬腳」。

> 靴擦れ防止のために、かかとに絆創膏を貼っています。
> （くつず）（ぼうし）（ばんそうこう）（は）
>
> kutsu. zure. bôshi. no. tame. ni, kakato. ni, bansôkô. o. hatte. imasu
>
> **我會在腳跟貼 OK 繃，以防鞋子磨腳。**

㉛ 妝前隔離霜

化粧下地
（け しょうしたじ）

keshô. shitaji

💬 「下地：基底（加工前的地基）」，指化妝前的基底，也就是中文所說的隔離霜。

> この下地、毛穴が目立たなくなってすごくいいよ。
> （したじ）（けあな）（めだ）
>
> kono. shitaji, keana. ga. medatanaku. natte. sugoku. î. yo
>
> **這款妝前隔離霜可以修飾毛孔，很好用耶。**

あ行・か行・さ行・た行・な行・は行・ま行・や行・ら行・わ行

㉜ 哥德蘿莉

ゴスロリ

gosurori

💬 「ゴシック・アンド・ロリータ(Gothic and Lolita)」的泛稱，屬於蘿莉塔風格之一。這種風格的特色是衣服上裝飾大量黑色蕾絲，讓人聯想到歐洲洛可可風格。

> ゴスロリファッションって
> 夏(なつ)は暑(あつ)くないのかな。
>
> gosurori. fasshon. tte. natsu. wa. atsuku. nai. no. ka. na
>
> 夏天穿哥德蘿莉風格的衣服，不會很熱嗎？

㉝ 牛仔外套

ジージャン

jîjan

💬 和製英語「ジーンズ・ジャンパー(jeans jumper)」的簡稱。

> 今年(ことし)はゆったり
> めのジージャンがはやって
> るんですよ。
>
> kotoshi. wa. yuttarime. no. jîjan. ga. hayatteru. n. desu. yo
>
> 今年流行寬鬆的牛仔外套唷。

㉞ 運動服

ジャージ

jâji

💬 一種用「ジャージー生地(きじ)：單面針織布」所製作的運動服。除了運動以外，這種服裝也常被當作居家服穿著，最近更被列為一種時尚單品。

> 部屋着(へやぎ)がジャージって、
> 女子力(じょしりょく)なさすぎだよ。
>
> heyagi. ga. jâji. tte, joshiryoku. nasasugi. da. yo
>
> 把運動服拿來當居家服，也太沒女人味了吧。

㉟ 離子燙

縮毛矯正(しゅくもうきょうせい)

shukumô. kyôsê

💬 一種燙髮方式。使用藥劑將自然捲的頭髮燙直。

> 縮毛矯正(しゅくもうきょうせい)は時間(じかん)もお金(かね)も
> かかるから大変(たいへん)。
>
> shukumô. kyôsê. wa. jikan. mo. okane. mo. kakaru. kara. taihen

離子燙花錢又花時間，好累喔。

㊱ 決勝內衣

勝負下着
しょう ぶ した ぎ

shôbu. shitagi

💬 女性用來準備攻佔男性心房的情趣內衣。

> 今日はせっかく勝負下着で
> きょう   しょう ぶ した ぎ
> 行ったのに、手も触れてこ
> い   て ふ
> なかった。
>
> kyô. wa. sekkaku. shôbu. shitagi. de. itta.
> noni, te. mo. furete. konakatta
>
> 我今天特地穿了
> 決勝內衣去，沒
> 想到他連我的
> 手都沒碰。

㊲ 充滿女人味

女子力が高い
じょ し りょく   たか

joshiryoku. ga. takai

💬 大約在 2009 年出現的流行語。指熟知彩妝、流行時尚，有品味，又擅長做家事的女性。

> なるみって、ネイルとかい
> つもかわいくしてて、女子
>   じょし
> 力高いよね。
> りょくたか
>
> Narumi. tte, neiru.
> toka. itsumo. kawaiku.
> shitete, joshiryoku.
> takai. yo. ne
>
> 成美的指甲彩繪
> 都好可愛，真是有女人味。

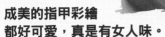

㊳ 運動棉 T

スウェット／
トレーナー

suwetto / torênâ

💬「スウェット」源自英語的 sweat shirt 一詞；而「トレーナー」是因為流行服飾品牌 VAN 的老闆名叫 training，因而得名並普及。兩個詞都是指 運動棉 T。

> ピンクのスウェットを女の
>   おんな
> 子らしく着こな
> こ   き
> しちゃおう！
>
> pinku. no. suwetto. o.
> onna. no. ko. rashiku.
> kikonashichaô!
>
> 讓我們用粉紅色
> 的運動棉 T 穿出
> 女人味！

㊴ 改短

裾上げ
すそ あ

susoage

💬 將褲子或裙子的「裾：下襬」剪短或折起後重新縫好，使下襬縮短。

> 裾上げの時間はどれぐらい
> すそ あ   じ かん
> かかりますか？
>
> susoage. no. jikan. wa. doregurai.
> kakarimasu. ka?
>
> 請問改短需要多久時間？

④ 光溜溜

すっぽんぽん

supponpon

💬 形容身上什麼都沒穿，一絲不掛的樣子。

お風呂上がりにすっぽんぽんでうろうろするの、やめてくれない？

ofuroagari. ni. supponpon. de. urouro. suru.no, yamete. kurenai?

你可不可以不要每次洗完澡就光溜溜地在家裡走來走去？

○ ○ ○ ○ ○ ○ ○ ○ ○ ○ ○ ○

④ 俗氣

ダサい

dasai

💬 形容人的服裝打扮「落伍過時，俗氣沒品味，很土的樣子」，多以片假名書寫。

休みの日にクラスメートに会ったら、私服がダサくてびっくりした。

yasumi. no. hi. ni. kurasumêto. ni. attara, shifuku. ga. dasakute. bikkuri. shita

我在假日遇到同學，他穿的便服有夠俗氣，嚇了我一跳。

④ 無度數眼鏡

伊達めがね

date. megane

💬「伊達」有「裝飾門面；引人注目」的意思，這裡是指一種「沒有度數，純粹為了好看或造型而戴的眼鏡」。

え？目よかったの？それ、伊達めがねだったんだ。

e? me. yokatta. no? sore, date. megane. datta. n. da

什麼？你沒近視？原來你戴的那是無度數眼鏡啊。

○ ○ ○ ○ ○ ○ ○ ○ ○ ○ ○ ○

④ 收在衣櫃裡的衣服

箪笥の肥やし

tansu. no. koyashi

💬「箪笥：衣櫃」，「肥やし：肥料、糧食」。指「一直放在衣櫃裡，幾乎沒有穿到的衣服」。

セールで買ったものは、一度着ただけで箪笥の肥やしになってしまう可能性が高いです。

sêru. de. katta. mono. wa, ichido. kita. dake. de. tansu. no. koyashi. ni. natte. shimau. kanôsê. ga. takai. desu

在特賣會上買的衣服很可能只穿一次之後就收在衣櫃裡了。

㊹ 短褲

短パン
tanpan

💬 短褲的俗稱。

足が長い子が短パンはいたらかっこいいね。

ashi. ga. nagai. ko. ga. tanpan. haitara. kakkoî. ne

腿長的人穿短褲很好看。

㊺ 假睫毛

つけ睫毛
tsuke. matsuge

💬 簡稱「つけま」。

簡単なつけ睫毛のつけ方を教えてください。

kantanna. tsukematsuge. no. tsukekata. o. oshiete. kudasai

請教我怎麼輕鬆戴假睫毛。

㊻ 假髮

ヅラ
zura

💬 「かつら」的俗稱。

あのアナウンサーって絶対ヅラだよね。

ano. anaunsâ. tte. zettai. zura. da. yo. ne

那個播報員一定有戴假髮。

㊼ 基本款

定番アイテム
têban. aitemu

💬 「定番」有「基本、經典」的意思；「アイテム (item)」則是品項。這裡是指不受流行影響的基本款式商品。

おしゃれ上級者が必ず持ってる定番アイテムを教えます！

oshare. jôkyûsha. ga. kanarazu. motteru. têban. aitemu. o. oshiemasu!

我來告訴各位，時尚專家一定要有哪些基本款！

㊽ 潮流

トレンド

torendo

源自英語的 trend 一詞。原意為「傾向」，在日文中多用於時尚流行等方面。

今年(ことし)の冬(ふゆ)のファッション トレンドを先取(さきど)りしよう！

kotoshi. no. fuyu. no. fasshon. torendo. o. sakidori. shiyô!

讓我們引領今冬的時尚潮流！

㊾ 鞋墊

中敷(なかじ)き

nakajiki

墊在鞋裡以調整鞋子大小，或讓腳通風、避免腳痛的墊子。另一個說法為「インソール」，是從英文 insole 而來。

この靴(くつ)、ちょっと大(おお)きかったけど、中敷(なかじ)き入(い)れたらぴったりになった。

kono. kutsu, chotto. ôkikatta. kedo, nakajiki. iretara. pittari. ni. natta

這雙鞋本來有點大，不過墊了鞋墊就剛剛好。

㊿ 率性風格

抜(ぬ)け感(かん)

nukekan

用來引申形容「自然但不失整齊的穿著打扮或妝容」。也可寫作「ヌケ感」。

ジーンズをロールアップするとヌケ感(かん)が出(で)ますよ。

jînzu. o. rôruappu. suru. to. nukekan. ga. demasu. yo

把牛仔褲管捲起，就能營造出率性自然的風格。

(51) 無袖

ノースリーブ

nô. surîbu

是以 no + sleeve 拼成的和製英語，指「沒有袖子」的衣服。

ノースリーブが着(き)たいけど、二(に)の腕(うで)が気(き)になって着(き)られない。

nô. surîbu. ga. kitai. kedo, ni. no. ude. ga. ki. ni. natte. kirarenai

我很想穿無袖上衣，可是怕手臂不好看，所以不敢穿。

㊳ 雑牌

ノーブランド
nô. burando

💬 是以 no + brand 拼成的和製英語。指「非知名品牌」或「沒有品牌」的廉價服飾或日用品。

> ## このお財布、
> ## ノーブランドだけどすごく
> ## かわいくない？
>
> kono. osaifu, nô. burando. dakedo. sugoku. kawaikunai?
>
> 這個錢包雖然是雜牌的，但很可愛對不對？

◇◦◇◦◇◦◇◦◇◦◇◦◇◦◇◦◇◦◇◦◇

㊴ 素顔

ノーメイク／
すっぴん
nô. meiku / suppin

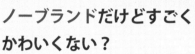

💬 「ノーメイク」源自英文的 no make-up，又可寫作「ノーメーク」。另外一個同義說法是「すっぴん」，漢字寫成「素嬪（すっぴん）」，以相對於「別嬪（べっぴん）：美女」，就是「脂粉未施；素顔」的意思。

> ## すっぴんのときに限って、
> ## 知ってる人に会うのよね。
>
> suppin. no. toki. ni. kagitte, shitteru. hito. ni. au. no. yo. ne
>
> 偏偏每次素顔的時候，都會遇到認識的人。

㊶ 帽 T

パーカー
pâkâ

💬 源自英文 parka 一詞，亦可寫作「パーカ」，是一種附有帽子「フード (hood)」的休閒運動衫。

> ## 定番のグレーのパーカーは
> ## 一枚は持ってるほうがいい
> ## ですよ。
>
> têban. no. gurê. no. pâkâ. wa. ichi. mai. wa. motteru. hô. ga. î. desu. yo
>
> 每個人都應該有一件基本款灰帽 T。

◇◦◇◦◇◦◇◦◇◦◇◦◇◦◇◦◇◦◇◦◇

㊷ 盛装

晴れ着
haregi

💬 一種正式而華麗的服裝或禮服，通常會在過年、結婚典禮、成人禮等公開場合穿著。一般指「振袖（ふりそで）」等和服。

> ## 今日は成人式だったので、
> ## 街に晴れ着姿の女の子が
> ## たくさんいた。
>
> kyô. wa. sêjinshiki. datta. node, machi. ni. haregi. sugata. no. onna. no. ko. ga. takusan. ita
>
> 今天是成人式，我在路上看到好多盛裝打扮的女孩子。

㊌ 耳環

ピアス
piasu

💬 英文「pierced earrings」的簡稱，在日語中表示耳洞式耳環。夾式耳環則稱為「イヤリング (earring)」。

私_{わたし}はピアスを手作_{てづく}りしてネットで売_うってるの。

watashi. wa. piasu. o. tezukuri. shite. netto. de. utteru. no

我在網路上賣自己手做的耳環。

- - - - - - - - - - -

㊐ 夾腳拖

ビーサン
bîsan

💬「ビーチサンダル (beach sandal)」的簡稱。

ビーサンって指_{ゆび}の間_{あいだ}が痛_{いた}くなっちゃうんだよね。

bîsan. tte. yubi. no. aida. ga. itaku. nacchau. n. da. yo. ne

穿夾腳拖趾縫會痛對吧。

㊞ 發熱衣

ヒートテック
hîtotekku

💬 是一種由日本平價服飾品牌 UNIQLO 所研發的保暖內衣，在台灣通稱發熱衣。

今日_{きょう}すごく寒_{さむ}いから、ヒートテック二枚重_{にまいがさ}ねしてるんだ。

kyô. sugoku. samui. kara, hîtotekku. ni. mai. gasane. shiteru. n. da

今天好冷，所以我穿了兩件發熱衣。

- - - - - - - - - - -

㊟ 平價女裝

プチプラ
puchipura

💬「プチプライス（法文 petit＋英文 price）」的簡稱，泛指「價格低廉的女裝」。

美人_{びじん}ママの村上_{むらかみ}さんはGU_{ジーユー}やユニクロなどのプチプラコーデが上手_{じょうず}です。

bijin. mama. no. Murakami. san. wa. GU. ya. yunikuro. nado. no. puchipura. kôde. ga. jôzu. desu

美女媽媽村上小姐很擅長用 GU 或 UNIQLO 等平價女裝來穿搭。

⑥⓪ 雙子裝

双子コーデ
futago. kôde

💬「双子：雙胞胎」；「コーデ」是「コーディネート (coordinate)：搭配」的簡稱。有些親密的女性友人喜歡打扮成一模一樣，宛如雙胞胎的樣子。約從 2013 年起在 10～29 歲的女性之間流行。

> 親友と双子コーデでディズニーランドに行ってきた。
>
> shin'yû. to. futago. kôde. de. dizunîrando. ni. itte. kita
>
> 我和閨蜜穿著雙子裝去迪士尼樂園。

⑥① 均碼

フリーサイズ
furî. saizu

💬 源自英語 free size 一詞。指「不分大小，各種體型的人都能穿」的尺寸。大小通常約為 L 號尺寸。

> こちらの T シャツはフリーサイズでございます。
>
> kochira. no. tîshatsu. wa. furî. saizu. de. gozaimasu
>
> 這件 T 恤是均碼，沒有分尺寸。

⑥② 二手服飾

古着
furugi

💬 指二手衣、穿過的舊衣服。

> 古着屋さんでヴィンテージ・ジーンズを買った。
>
> furugi. ya. san. de. vintêji. jînzu. o. katta
>
> 我在二手服飾店買了一件古董牛仔褲。

⑥③ 情侶裝

ペアルック
pea. rukku

💬 以 pair＋look 組成的和製英語。指「情侶或夫妻穿的同款或同色服飾」。

> さりげないペアルックって、おしゃれでいいよね。
>
> sarigenai. pea. rukku. tte, oshare. de. î. yo. ne
>
> 自然不造作的情侶裝充滿時尚感，真好看。

64 平底

ぺったんこ

pettanko

形容東西「被壓平、壓扁」的樣子，也可寫作「ぺたんこ」。

通勤(つうきん)のときはぺたんこ靴(ぐつ)が楽(らく)でいいですね。

tsûkin. no. toki. wa. petanko. gutsu. ga. raku. de. î. desu. ne

穿平底鞋通勤很輕便。

65 橫條紋

ボーダー

bôdâ

指「橫向條紋」的圖樣，而縱向條紋的圖樣稱為「ストライプ (stripe)」。

ボーダーのT(ティー)シャツはカジュアルにもきれいめにも着(き)こなせますよ。

bôdâ. no. tîshatsu. wa. kajuaru. ni. mo. kirême. ni. mo. kikonasemasu. yo

橫條紋T可以穿成休閒風，也可以穿成簡約風。

66 長度及踝

マキシ丈(たけ)

makishi. take

「マキシ (maxi)」是「及腳踝的」；而「丈」是「長度」，表示裙子或外套的長度長到腳踝。

マキシ丈(たけ)ワンピは楽(らく)チンだしおしゃれだよね。

makishi. take. wanpi. wa. rakuchin. dashi. oshare. da. yo. ne

及踝長洋裝既方便又時尚。

67 人要衣裝

馬子(まご)にも衣装(いしょう)

mago. ni. mo. ishô

諺語。「馬子」是以前駕馬載運人或貨物的職業。這句話引申為「不管什麼樣的人，即使像馬子這種低身分，只要穿上好衣服，看起來就會人模人樣」。除非是開玩笑或諷刺，否則不建議對別人使用。

雅司(まさし)、スーツでびしっときめて、馬子(まご)にも衣装(いしょう)だな。

Masashi, sûtsu. de. bishitto. kimete, mago. ni. mo. ishô. da. na

雅司，你穿上西裝真好看，果然是人要衣裝呢。

⑱ 斗篷

マント
manto

💬 源自法語的 manteau，指「覆蓋在衣服外面的寬鬆袍子或披風」。

赤いマントを
翻し、スーパーマンは飛び立った。

akai. manto. o. hirugaeshi, sûpâman. wa. tobitatta

超人揚起紅色斗篷，飛向天際。

⑲ 草帽

麦藁帽子
mugiwara. bôshi

💬 一種用稻草或麥稈等編織成的寬邊帽子，因為遮蔽面積大，適合夏季使用。漫畫《航海王》裡的主角魯夫，也是因為戴著草帽，而有「麦わらのルフィ：草帽小子」的稱號。

夏のおしゃれに麦藁帽子は欠かせませんよね。

natsu. no. oshare. ni. mugiwara. bôshi. wa. kakasemasen. yo. ne

草帽是夏季時尚不可或缺的單品。

⑳ 俗氣

野暮ったい
yabottai

💬 打扮和言行舉止沒有品味。

なんかそのチェックのシャツ、野暮ったいんだよねー。

nanka. sono. chekku. no. shatsu, yabottai. n. da. yo. nê

那件格子襯衫好俗氣喔。

㉑ 襯衫

ワイシャツ／カッターシャツ
waishatsu / kattâshatsu

💬「ワイシャツ」是由英文的 white shirt 轉化而來，但其他顏色的襯衫也可稱為「ワイシャツ」。而「カッターシャツ」本來是運動用品 MIZUNO 的商標，現在與「ワイシャツ」同義。某些地區會將上班族穿在西裝裡的襯衫叫「ワイシャツ」，學生的制服襯衫叫做「カッターシャツ」。

形状記憶のワイシャツはアイロンしなくていいから楽だよね。

kêjôkioku. no. waishatsu. wa. airon. shinakute. î. kara. raku. da. yo. ne

抗皺襯衫都不用熨燙，真輕鬆。

Play All | MP3 Track 03

1-3 交通

① 共乗

相乗り
あい の

ainori

💬 意指與不相識的人「共同搭乘交通工具」。有一些 app 或網站專門提供共乘的資訊，讓想要共乘的人可以找到適合的共乘對象。同義的另一種說法有「ライドシェア (ride share)」。

> タクシーの相乗りする相手を探せるアプリがあるらしいよ。
> あい の　　　　あい て
> さが
>
> takushî. no. ainori. suru. aite. o. sagaseru. apuri. ga. aru. rashî. yo
>
> 聽說有找人共乘計程車的 APP 耶。

② 死路

行き止まり
い ど

ikidomari

💬 前方為盡頭，無法繼續通行的路。

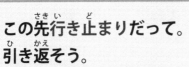

> この先行き止まりだって。引き返そう。
> さき い　　　ど
> ひ　かえ
>
> kono. saki. ikidomari. datte. hikikaesô
>
> 聽說前面是死路，我們掉頭吧。

③ 單行道

一方通行
いっ ぽう つう こう

ippôtsûkô

💬 僅供車輛單方向行駛的道路。

> 次の道は一方通行だから、左折できませんよ。
> つぎ　みち　　いっぽうつうこう
> さ せつ
>
> tsugi. no. michi. wa. ippôtsûkô. da. kara, sasetsu. dekimasen. yo
>
> 前面那條是單行道，不能左轉喔。

④ 開車打瞌睡

居眠り運転
い ねむ　うん てん

inemuri. unten

💬「居眠り：打瞌睡」。

> 高速道路で運転手の居眠り運転による事故が多発しているらしい。
> こうそくどう ろ　　うんてんしゅ　い ねむ
> うんてん　　　 じ こ　　た はつ
>
> kôsokudôro. de. untenshu. no. inemuri. unten. ni. yoru. jiko. ga. tahatsu. shite. iru. rashî
>
> 據說高速公路上許多車禍都是因為駕駛打瞌睡所引起的。

⑤ 酒後開車

飲酒運転
いんしゅうんてん

inshu. unten

💬 在日本，接受「飲酒檢問（けんもん）：酒測」時，血液中酒精濃度超過 0.25 者會被吊銷駕照，0.15～0.25 者吊扣駕照 90 天，兩者皆處 50 萬日圓以下罰金。除了駕駛之外，同車乘客、提供酒和車輛的人，也同樣必須接受嚴厲的懲處。

> 取締りを強化しても、依然として飲酒運転による事故が後を絶たない。
> とりしま きょうか いぜん いんしゅうんてん じこ あと た
>
> torishimari. o. kyôka. shitemo, izen. to. shite. inshu. unten. ni. yoru. jiko. ga. ato. o. tatanai
>
> 即使加強取締，酒後駕車所造成的車禍依然不減。

⑥ 打方向燈

ウィンカーを出す
だ

winkâ. o. dasu

💬「ウィンカー」源自英語的 winker（原義為閃爍）一詞，也就是汽機車前後用以表示車行轉彎方向的黃色小燈。

> 前の車、ウィンカー出すの遅すぎ！危ないなあ。
> まえ くるま だ おそ あぶ
>
> mae. no. kuruma, winkâ. dasu. no. ososugi! abunai. nâ
>
> 前面那輛車方向燈打得太慢了！好危險喔。

⑦ 熄火

エンスト

ensuto

💬 和製英語「エンジン・ストップ (engine stop)」的簡稱，指「引擎突然停止運轉」，也就是「熄火」的意思。

> 坂道発進が苦手で、いつもエンストしてしまう。
> さかみちはっしん にがて
>
> sakamichi. hasshin. ga. nigate. de, itsumo. ensuto. shite. shimau
>
> 我很不會上坡起步，總是一直熄火。

⑧ 自排車

オートマ車
しゃ

ôtoma. sha

💬「オートマ」是「オートマチック・トランスミッション (automatic transmission)」的簡稱，亦可稱「ＡＴ車」，指有「自動排檔」功能的汽車。而手排車則稱為「マニュアル車 (manual transmission)」，又叫「ＭＴ車」。

私の免許はオートマ限定なので、マニュアル車は運転できません。

watashi. no. menkyo. wa. ôtoma. gentê. na. node, manyuaru. sha. wa. unten. dekimasen

我只有自排車的駕照，所以不能開手排車。

---

⑨ 遺漏；丟包

置いてけぼり

oitekebori

💬 指其他人都離開了，只單獨遺漏某個人，也就是中文俗稱的「丟包」。

修学旅行のとき、お土産を買っていたら置いてけぼりにされていた。

shûgakuryokô. no. toki, omiyage. o. katte. itara. oitekebori. ni. sarete. ita

畢業旅行時，我在買伴手禮，結果大家全走了，只丟下我一個人。

---

⑩ 斑馬線

横断歩道

ôdanhodô

💬 「横断」是「横越」的意思，可以横穿過馬路的步道，就是「斑馬線」。

手をあげて横断歩道を渡りましょう。

te. o. agete. ôdanhodô. o. watarimashô

過斑馬線時請舉起手。

---

⑪ 回廠

回送

kaisô

💬 指火車、公車、計程車等交通工具在沒有營業、不載客的狀況下行駛，通常是開回總站或保養站。

この電車は回送列車です。ご乗車いただけません。

kono. densha. wa. kaisô. ressha. desu. gojôsha. itadakemasen

這班列車準備回廠，不提供載客服務，請勿搭乘。

⑫ 加油站

ガソリンスタンド

gasorin. sutando

💬 和製英語 gasoline stand。

> ### 最近はセルフ式のガソリン
> ### スタンドが増えましたね。
>
> saikin. wa. serufu. shiki. no. gasorin. sutando. ga. fuemashita. ne
>
> **最近自助式加油站愈來愈多了呢。**

⑬ 單程／來回

片道／往復

katamichi / ôfuku

💬「片道」指只有單趟，去程或回程；「往復」則是來回。

> ### 格安航空券は片道と往復とどちらが安いですか？
>
> kakuyasu. kôkûken. wa. katamichi. to. ôfuku. to. dochira. ga. yasui. desu. ka?
>
> **促銷票是單程機票比較便宜，還是來回機票比較便宜？**

⑭ 被開罰單

切符を切られる

kippu. o. kirareru

💬 因為違反交通規則而被扣違規點數或罰金。

> ### 一時停止違反で切符切られた。
>
> ichiji. têshi. ihan. de. kippu. kirareta
>
> **我因為沒有依照規定暫停而被開了罰單。**

⑮ 按喇叭

クラクションを鳴らす

kurakushon. o. narasu

💬「クラクション (klaxon)」原為喇叭的商標名稱，在日本泛指「汽車喇叭」。

> ### すぐにクラクション鳴らすドライバーってむかつく。
>
> sugu. ni. kurakushon. narasu. doraibâ. tte. mukatsuku
>
> **動不動就亂按喇叭的駕駛真討人厭。**

あ行・か行・さ行・た行・な行・は行・ま行・や行・ら行・わ行

⑯ 商務車廂

グリーン車<ruby>車<rt>しゃ</rt></ruby>

gurîn. sha

💬 JR 的特急列車中，因為設備和服務品質比普通車廂來得高一點，必須額外支付「グリーン料金（りょうきん）」的車廂。

> 芸能人って新幹線はやっぱりグリーン車に乗るんでしょ？
>
> gênôjin. tte. shinkansen. wa. yappari. gurîn. sha. ni. noru. n. desho?
>
> 藝人搭新幹線的時候，應該都會坐商務車廂吧？

⑰ 輕型車

軽自動車

kêjidôsha

💬 指一種排氣量 660cc 以下的汽車。除了車體本身外，各種稅金、保險等費用也很便宜，因此廣受年輕人、女性、年長者的喜愛。輕型車的車牌原則上為黃色，但為了 2019 年的世界盃橄欖球賽與 2020 年的東京奧運，在規定期間內可換成白色車牌。

> 軽自動車は小回りが利いて運転しやすい。
>
> kêjidôsha. wa. komawari. ga. kîte. unten. shiyasui
>
> 輕型車操控性佳，很好開。

⑱ 輕型機車

原付

gentsuki

💬「原動機付き自転車（げんどうきつきじてんしゃ）」的簡稱，字面上是「附有引擎的腳踏車」，也就是我們熟知的「機車」或「小綿羊」。50cc 以下稱「原付 1 種」（白色車牌），125cc 以下稱「原付 2 種」（50~80cc 為黃色車牌；80~125cc 為粉紅色車牌）。持有輕型機車駕照者，只能騎乘「原付 1 種」喔。

> １６歳から原付免許を取ることができますよ。
>
> jûroku. sai. kara. gentsuki. menkyo. o. toru. koto. ga. dekimasu. yo
>
> 滿 16 歲就能考輕型機車駕照囉。

⑲ 金色駕照

ゴールド免許

gôrudo. menkyo

💬 正式名稱為「優良運転者免許証（ゆうりょううんてんしゃめんきょしょう）」。只要是5年內完全無肇事違規紀錄的優良駕駛，就可獲得。因有效期限欄為金色而得名。

> 私は免許取得して以来ずっと無事故無違反のゴールド免許です。
>
> わたし・めんきょしゅとく・いらい・むじこむいはん・めんきょ
>
> watashi. wa. menkyo. shutoku. shite. irai. zutto. mujiko. muihan. no. gôrudo. menkyo. desu
>
> 我的駕照是考取後從來沒有肇事違規紀錄的金駕照。

⑳ 汽車駕訓班

自動車教習所
じ どうしゃきょうしゅうじょ
jidôsha. kyôshûjo

💬 在日本想要取得一般駕照，至少需要修習34節用實車學習駕駛技術的「術科班（包括高速公路駕駛）」與26節學習交通規則、安全知識等的「學科班」（1節課50分鐘）。修畢後需先接受場內路考，通過者可以拿到「仮免許（かりめんきょ）：臨時駕照」。接著必須再依序通過場外路考與學科測驗，才能獲得正式駕照。

> 大学の授業が終わってから、教習所に通ってます。
>
> だいがく・じゅぎょう・お・きょうしゅうじょ・かよ
>
> daigaku. no. jugyô. ga. owatte. kara, kyôshûjo. ni. kayottemasu
>
> 我現在大學下課之後，就去駕訓班學開車。

㉑ 塞車

渋滞する
じゅうたい
jûtai. suru

💬 路上車輛擁擠所造成的交通阻塞。

> 4日はゴールデンウィークのUターンラッシュのため、40キロの渋滞が予測されている。
>
> よっか・ユー・よんじゅう・じゅうたい・よそく
>
> yokka. wa. gôrudenwîku. no. yûtân. rasshu. no. tame, yonjukkiro. no. jûtai. ga. yosoku. sarete. iru
>
> 4日將出現黃金週的收假車潮，預估回堵車陣可能長達40公里。

㉒ 副駕駛座

助手席
じょしゅせき
joshuseki

💬 指汽車駕駛旁的座位。

> 助手席の人がシートベルトをしていなかった場合、運転手の違反になります。
>
> じょしゅせき・ひと・ばあい・うん・てんしゅ・いはん
>
> joshuseki. no. hito. ga. shîtoberuto. o. shite. inakatta. bâi, untenshu. no. ihan. ni. narimasu
>
> 副駕駛座的乘客若未繫安全帶，則視為駕駛者違反交通規則。

㉓ 新手駕駛標誌

初心者マーク
しょしんしゃ

shoshinsha. mâku

💬「初心者」是「初學者」的意思，這個名詞的正式名稱為「初心運転者標識（しょしんうんてんしゃひょうしき）」，一般通稱「初心者マーク」。標誌形狀如羽毛，左半為黃色，右半為綠色，因為看起來像嫩葉，因此又稱為「若葉（わかば）マーク」。依照規定，取得駕照後 1 年內的駕駛都必須張貼此標誌，有磁鐵、吸盤、貼紙等種類。另有讓 70 歲以上張貼的「高齢者（こうれいしゃ）マーク」，但此種標誌只鼓勵年長者張貼，就算沒有張貼也沒有罰則。

> 初心者マークつけてると、
> しょしんしゃ
> 高速で煽られるんだよね。
> こうそく　あお
>
> shoshinsha. mâku. tsuketeru. to, kôsoku. de. aorareru. n. da. yo. ne
>
> 一旦掛上新手駕駛標誌，在高速公路上就會被後方的車輛逼車耶。

㉔ 警用機車

白バイ
しろ

shirobai

💬「白いオートバイ」的簡稱。因為警察在執行交通違規取締時會騎乘這種白色警用機車，所以這個詞彙也可以指「交通警察」。

> スピード違反で白バイに捕
> いはん　しろ　　　つか
> まった。
>
> supîdo. ihan. de. shiro. bai. ni. tsukamatta
>
> 我被交通警察抓到超速。

㉕ 鐵軌

線路
せんろ

senro

💬 鐵路列車通行的軌道。

> 線路内に人が立ち入ったた
> せんろない　ひと　　た　い
> め、電車が遅れておりま
> でんしゃ　おく
> す。
>
> senro. nai. ni. hito. ga. tachiitta. tame, densha. ga. okurete. orimasu
>
> 由於有人闖進鐵軌，因此電車班次延誤。

㉖ 爆胎

タイヤがパンク
する

taiya. ga. panku. suru

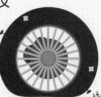

💬「パンク」源自英文的 puncture 一詞，指汽車、腳踏車等的輪胎「破裂、漏氣」。

自転車のタイヤがパンクし
たので修理した。

じてんしゃ しゅうり

jitensha. no. taiya. ga. panku. shita. node.
shûri. shita

我的腳踏車爆胎了，所以送去修
理。

○ ○ ○ ○ ○ ○ ○ ○ ○ ○ ○ ○ ○

㉗ 誤點

ダイヤが乱れる
みだ

daiya. ga. midareru

💬 「ダイヤグラム (diagram)：列車運行
圖」。表示電車因為受意外事故或天災的
影響而無法準時到站。

只今強風のため、ダイヤが
乱れております。

ただいまきょうふう

みだ

tadaima. kyôfû. no. tame, daiya. ga.
midarete. orimasu

現在因為強風的關係，造成車班
延誤。

○ ○ ○ ○ ○ ○ ○ ○ ○ ○ ○ ○ ○

㉘ 動彈不得

立ち往生
た おうじょう

tachiôjô

💬 字面上的意思是「站著死去」，看起
來好像有點可怕。傳說在日本鎌倉時代，
源義經的家臣武藏坊弁慶為了保護義經，
用自己的身體抵擋敵人的攻擊，最後全身
中箭壯烈地站著死去。後來這個詞被引申
為「進退不得」的狀態，在這裡則是形容

因為意外事故，使得電車或汽車卡在路上
動彈不得的狀態。

台風直撃のため、倒木や停
電で列車が立ち往生してい
る。

たいふうちょくげき とうぼく てい

でん れっしゃ た おうじょう

taifû. chokugeki. no. tame, tôboku. ya.
têden. de. ressha. ga. tachiôjô. shite. iru

颱風吹倒路樹又造成停電，導致
列車停在半路動彈不得。

○ ○ ○ ○ ○ ○ ○ ○ ○ ○ ○ ○ ○

㉙ 連環車禍

玉突き事故
たまつ じこ

tamatsuki. jiko

💬 「玉突き」是「撞球」的意思，在這裡
形容「被後方車輛撞上的車輛又撞上前方
車輛，宛如撞球般一輛接一輛往前追撞」
的樣子。

トラックが赤信号で停車中
の車に衝突し、車計5台
が絡む玉突き事故が発生し
た。

あかしんごう ていしゃちゅう

くるま しょうとつ くるまけい ごだい

から たまつ じこ はっせい

torakku. ga. akashingô. de. têshachû. no.
kuruma. ni. shôtotsu. shi, kuruma. kê. go.
dai. ga. karamu. tamatsuki. jiko. ga. hassê.
shita

一輛卡車撞上一輛正在停紅燈的
車子，造成共波及5輛車的連環
車禍。

㉚ 兒童安全座椅

チャイルドシート

chairudo. shîto

💬 和製英語 child + seat，指安置在汽車後座的幼兒用輔助座椅。日本道路法強制規定 6 歲以下的幼兒必須使用。近年國人流行到日本自駕旅遊，如果有 6 歲以下小孩同行，租車時卻沒有一併預約兒童座椅，屆時預約的車輛將會遭到取消，要多多注意喔！

うちの<ruby>息子<rt>むすこ</rt></ruby>はチャイルドシートを<ruby>嫌<rt>いや</rt></ruby>がるから<ruby>困<rt>こま</rt></ruby>っている。

uchi. no. musuko. wa. chairudo. shîto. o. iyagaru. kara. komatte. iru

我兒子很討厭坐兒童安全座椅，真傷腦筋。

㉛ 禁止停車

<ruby>駐禁<rt>ちゅうきん</rt></ruby>

chûkin

💬 「駐車禁止 (ちゅうしゃきんし)」的簡稱。在日本若違規停車，會被拍照開單「駐車違反 (ちゅうしゃいはん)」，罰款約 10000~18000 日圓不等。

<ruby>駐禁<rt>ちゅうきん</rt></ruby>の<ruby>罰金<rt>ばっきん</rt></ruby>で１８０００円も<ruby>払<rt>はら</rt></ruby>った。

chûkin. no. bakkin. de. ichiman. hassen. en. mo. haratta

我在禁止停車的地方違規停車，結果繳了 18000 日圓的罰金。

㉜ 腳踏車

チャリンコ

charinko

💬 腳踏車的俗稱，亦可稱「チャリ」。

<ruby>高校生<rt>こうこうせい</rt></ruby>のときは<ruby>毎日<rt>まいにち</rt></ruby>チャリンコで<ruby>通学<rt>つうがく</rt></ruby>していた。

kôkôsê. no. toki. wa. mainichi. charinko. de. tsûgaku. shite. ita

我高中的時候每天都騎腳踏車上下學。

㉝ 盡頭

<ruby>突<rt>つ</rt></ruby>き<ruby>当<rt>あ</rt></ruby>たり

tsukiatari

💬 道路直走到底的盡頭。

Ｔ字路の突き当たりを右に曲がってください。

tîjiro. no. tsukiatari. o. migi. ni. magatte. kudasai

請沿著這條Ｔ字路走到底後右轉。

- - - - - - - - - - - - - - - -

㉞ 吊環

吊り革
tsurikawa

💬 電車或公車裡讓乘客抓握的吊環。

走行中は危険ですので、吊り革や手すりにおつかまりください。

sôkôchû. wa. kiken. desu. node, tsurikawa. ya. tesuri. ni. otsukamari. kudasai

車輛行駛時請抓穩吊環或扶手，以免發生危險。

- - - - - - - - - - - - - - - -

㉟ 交會的瞬間

出会い頭
deaigashira

💬 指兩者「相遇、交錯；相撞」的瞬間。

交差点で直進した軽乗用車が左から来たダンプカーと出会い頭に衝突した。

kôsaten. de. chokushin. shita. kêjôyôsha. ga. hidari. kara. kita. danpukâ. to. deaigashira. ni. shôtotsu. shita

一輛直行的輕型車與從左方駛來的砂石車在十字路口交會時相撞。

- - - - - - - - - - - - - - - -

㊱ 行車記錄器

ドライブレコーダー
doraibu. rekôdâ

💬 和製英語 drive + recorder。裝置於車輛上的機器，用於記錄行車路況等資訊，在發生事故時，可以幫助還原當時情況。

事故現場周辺を走っていた車のドライブレコーダーから、ひき逃げ犯の車が特定された。

jiko. genba. shûhen. o. hashitte. ita. kuruma. no. doraibu. rekôdâ. kara, hikinigehan. no. kuruma. ga. tokutê. sareta

根據行經車禍現場的車輛上的行車記錄器，肇事逃逸的車輛已經被鎖定。

㊲ 抓超速

鼠捕り
ねずみ と

nezumitori

💬 原義為「捕鼠器」，在此當作「警方取締超速」的俗稱。

あそこの角、よく鼠捕り
かど ねずみ と
やってるから、別の道から
べつ みち
行こう。
い

asoko. no. kado, yoku. nezumitori. yatteru.
kara, betsu. no. michi. kara. ikô

那個轉角經常有警察在抓超速，
還是換別條路走好了。

㊳ 補票

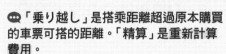

乗り越し
の こ
精算
せいさん

norikoshi. sêsan

💬 「乗り越し」是搭乘距離超過原本購買的車票可搭的距離。「精算」是重新計算費用。

運賃の不足分は自動の乗り
うんちん ふ そくぶん じどう の
越し精算機で精算してくだ
こ せいさん き せいさん
さい。

unchin. no. fusokubun. wa. jidô. no.
norikoshi. sêsanki. de. sêsan. shite. kudasai

請用自動補票機計算不足的車資。

㊴ 坐過站

乗り過ごす
の す

norisugosu

💬 不小心坐到比預定下車處的更遠的地方。

スマホでゲームしてたら、
うっかり乗り過ごしちゃっ
の す
た。

sumaho. de. gêmu. shite. tara, ukkari.
norisugoshichatta

我在玩手遊，一不小心就坐過站了。

㊵ 高級汽油

ハイオク

haioku

💬 「ハイオクタン・ガソリン (high octane gasoline)」的簡稱。日本的加油站一般提供「輕油 (けいゆ)：柴油」、「レギュラー (regular)：普通汽油」、「ハイオク：高級汽油」。

A: ハイオク、満タン。
まん
現金で。
げんきん

haioku, mantan. genkin. de

高級汽油加滿，付現。

B: かしこまりました。

kashikomarimashita

好的。

㊶ 後照鏡

バックミラー

bakku. mirâ

💬 和製英語 back + mirror。一般指車內後照鏡。

> バックミラー
> で後方確認（こうほうかくにん）を忘（わす）れないで
> くださいね。
>
> bakku. mirâ. de. kôhô. kakunin. o.
> wasurenai. de. kudasai. ne
>
> 別忘了用後照鏡確認後方狀況喔。

㊷ 警用巡邏車

パトカー

patokâ

💬「パトロール・カー (patrol car)」的簡稱。

> パトカーが何台（なんだい）もサイレン
> 鳴（な）らして走（はし）って行（い）ったんだ
> けど、何（なに）か事件（じけん）かな。
>
> patokâ. ga. nandai. mo. sairen. narashite.
> hashitte. itta. n. da. kedo, nani. ka. jiken. ka.
> na
>
> 有好幾輛警車鳴笛呼嘯而過，是
> 不是發生什麼重大案件了啊？

㊸ ～號月台

～番線（ばんせん）

~bansen

💬 用數字來區分面對月台的鐵軌順序。

> まもなく2番線（にばんせん）に特急列車（とっきゅうれっしゃ）
> が参（まい）ります。
>
> mamonaku. ni. bansen. ni. tokkyû. ressha.
> ga. mairimasu
>
> 特急列車即將在 2 號月台進站。

㊹ 車門沒關好

半（はん）ドア

handoa

💬 指汽車的車門沒有完全關緊的狀態。

> 半（はん）ドアになってるから、
> もう一回（いっかい）閉（し）めて。
>
> handoa. ni. natteru. kara, mô. ikkai. shimete
>
> 你車門沒關好，再關一次。

あ行・か行・さ行・た行・な行・は行・ま行・や行・ら行・わ行

㊺ 轉方向盤

ハンドルを切る

handoru. o. kiru

💬「ハンドル」是汽車或腳踏車用來控制方向的握把，源自英語的 handle 一詞。但這是日式用法，英語的方向盤說法為 steering wheel。轉動方向盤稱為「切る」。

バック
するとき、ハンドルを切る
方向がよくわからない。

bakku. suru. toki, handoru. o. kiru. hôkô. ga. yoku. wakaranai

我搞不清楚倒車的時候該怎麼轉方向盤。

㊻ 平交道

踏み切り

fumikiri

💬 鐵路和一般平面道路的交叉處。

ここは有名な開かずの踏み
切りで、朝のラッシュ時に
はほとんど開かない。

koko. wa. yûmê. na. akazu. no. fumikiri. de, asa. no. rasshu. ji. ni. wa. hotondo. akanai

這裡是出名的「過不去的平交道」，早上通勤時間柵欄幾乎不會升起。

㊼ 接駁

振替輸送

furikae. yusô

💬 因為災害、意外事故造成大眾運輸工具無法正常行駛時，由其他大眾交通工具來載運乘客的補償措施。

信号機故障のため、運転
を見合わせております。な
お、ＪＲで振替輸送を
行っております。

shingôki. koshô. no. tame, unten. o. miawasete. orimasu. nao, jêâru. de. furikae. yusô. o. okonatte. orimasu

由於信號機故障，目前列車暫停行駛。我們已經安排 JR 進行接駁。

㊽ 前擋風玻璃

フロントガラス

furonto. garasu

💬 和製英語 front＋glass。而後擋風玻璃則稱為「リアガラス (rear glass)」。

エアコンをつけたらフロン
トガラスが曇りませんよ。

eakon. o. tsuketara. furonto. garasu. ga. kumorimasen. yo

只要開空調，前擋風玻璃就不會起霧了。

㊾ 不敢上路的駕駛

ペーパードライバー

pêpâdoraibâ

💬 和製英語 paper＋driver。字義為「紙上駕駛」，指「持有駕照，卻不會或不敢開車的人」。

> 私は10年前に免許を取ってから、一度も運転していないペーパードライバーです。
>
> watashi. wa. jû. nen. mae. ni. menkyo. o. totte. kara, ichido. mo. unten. shite. inai. pêpâdoraibâ. desu
>
> 我從 10 年前取得駕照之後，從沒開過一次車。

㊿ 行人徒步區

歩行者天国

hokôsha. tengoku

💬 在行人眾多的地區，闢劃一定範圍，只准行人通行，禁止一切車輛出入。常見於假日的鬧區。

> 今週末は駅前の大通りを歩行者天国にして、ハロウィン仮装パレードやるんだって。
>
> konshûmatsu. wa. ekimae. no. ôdôri. o. hokôsha. tengoku. ni. shite, harowin. kasô. parêdo. yaru. n. datte
>
> 聽說這個週末車站前的大馬路會改成行人徒步區，舉辦萬聖節遊行。

51 天橋

歩道橋

hodôkyô

💬 為便於行人穿越道路所架設的橋梁。

> ここは交通量が多いから、歩道橋を渡ったほうが安全ですよ。
>
> koko. wa. kôtsûryô. ga. ôi. kara, hodôkyô. o. watatta. hô. ga. anzen. desu. yo
>
> 這裡來往的車子很多，走天橋比較安全唷。

㊾ 自用車

マイカー
maikâ

💬 和製英語 my + car。指「自己的車或自家用的車」。

今月からマイカー通勤をやめて、自転車通勤することにした。

kongetsu. kara. maikâ. tsûkin. o. yamete, jitensha. tsûkin. suru. koto. ni. shita

這個月開始我改騎腳踏車上班，不再開自用車上班。

㊿ 暫停行駛

見合わせる
miawaseru

💬 停止執行，暫時觀察狀況。在這裡指交通工具因故暫停行駛。

停電の影響で、ＪＲ東海道線で運転を一時見合わせた。

têden. no. êkyô. de, jêâru. tôkaidôsen. de. unten. o. ichiji. miawaseta

因為停電的關係，JR 東海道線目前暫時停駛。

㊾ 送行

見送る
miokuru

💬 送人遠行。

留学する友達を空港まで見送りに行った。

ryûgaku. suru. tomodachi. o. kûkô. made. miokuri. ni. itta

我去機場替一個準備出發留學的朋友送行。

㊿ 近在咫尺

目と鼻の先
me. to. hana. no. saki

💬 慣用句。指「距離像眼睛與鼻子一樣近」，也就是「近在眼前」。

うちから職場までは目と鼻の先です。

uchi. kara. shokuba. made. wa. me. to. hana. no. saki. desu

我家和公司簡直近在咫尺。

⑤⑥ 租車

レンタカー

rentakâ

💬 源自英文的 rent-a-car。

北海道旅行でレンタカーを
利用しようと思っている。

Hokkaidô. ryokô. de. rentakâ. o. riyô. shiyô.
to. omotte. iru

我去北海道旅行時想租車。

---

⑤⑦ 路邊停車

路駐

rochû

💬 「路上駐車 (ろじょうちゅうしゃ)」的簡
稱。

自宅前の道路に路駐してい
る車が多くて迷惑してい
る。

jitaku. mae. no. dôro. ni. rochû. shite. iru.
kuruma. ga. ôkute. mêwaku. shite. iru

我家外面那條路有很多人隨意在
路邊停車，令人困擾。

---

⑤⑧ 開車分心

脇見運転

wakimi. unten

💬 「脇見」是「看別處；看旁邊」，這裡
指開車時因為其他事情分心，或指開車時
沒有好好看著前方。

今回の事故の原因は、スマ
ホの操作による脇見運転
だ。

konkai. no. jiko. no. gen'in. wa, sumaho. no.
sôsa. ni. yoru. wakimi. unten. da

這起車禍是由於駕駛開車時分心
滑手機所造成的。

あ行・か行・さ行・た行・な行・は行・ま行・や行・ら行・わ行

1-4 居家

① 盤腿坐

胡坐をかく
あぐら

agura. o. kaku

💬 將雙腳膝蓋往左右敞開，腳踝交叉的坐姿。

> 女の子が胡坐をかくなんて行儀悪いわよ。
> おんな こ あぐら ぎょうぎ わる
>
> onna. no. ko. ga. agura. o. kaku. nante. gyôgi. warui. wa. yo
>
> 女孩子盤腿坐看起來很沒教養喔。

② 沒地方站

足の踏み場もない
あし ふ ば

ashi. no. fumiba. mo. nai

💬 慣用句。形容東西散亂到連站立的空間都沒有。

> 彼女、かわいいけど、部屋は足の踏み場もないほど散らかってるんだよ。
> かのじょ へや あし ふ ば ち
>
> kanojo, kawaî. kedo, heya. wa. ashi. no. fumiba. mo. nai. hodo. chirakatteru. n. da. yo
>
> 她雖然長得很可愛，但是房間裡卻亂到連站都沒地方站。

③ 紗窗（門）

網戸
あみ ど

amido

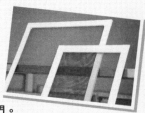

💬 窗框上裝設有紗網的窗戶或門。

> 今は網戸を簡単にお掃除できる便利グッズが売ってありますよ。
> いま あみど かんたん そうじ べんり う
>
> ima. wa. amido. o. kantan. ni. osôji. dekiru. benri. guzzu. ga. utte. arimasu. yo
>
> 現在市面上有一種能輕鬆清潔紗窗紗門的便利工具唷。

④ 透天厝

一戸建て
いっ こ だ

ikkodate

💬 指「一棟建築只住一戶人家的房子」，就是我們熟知的「透天厝」。

東京^{とうきょう}で新築^{しんちく}一戸建^{いっこだ}てなんて、いったいいくらするんだろう。

tôkyô. de. shinchiku. ikkodate. nante, ittai. ikura. suru. n. darô

東京的全新透天厝不知道要價多少呢。

○○○○○○○○○○○○

⑤ 免治馬桶

ウォシュレット

woshuretto

💬 原為日本品牌 TOTO 所販售的溫水洗淨馬桶座墊的商標，現在成為一般名詞，泛指「可以在如廁後沖洗臀部的馬桶座墊」。

日本^{にほん}でのウォシュレットの普及率^{ふきゅうりつ}って、７０％以^{いじょう}上らしいよ。

nihon. de. no. woshuretto. no. fukyûritsu. tte, nanajuppâsento. ijô. rashî. yo

聽說日本免治馬桶的普及率超過70% 唷。

○○○○○○○○○○○○

⑥ 大顯身手

腕^{うで}に縒^よりをかける

ude. ni. yori. o. kakeru

💬 慣用句。意思是「大顯身手；發揮自己的本領」。

明日^{あした}の雅人^{まさと}の誕生日^{たんじょうび}パーティー、ママが腕^{うで}に縒^よりをかけてごちそうを作^{つく}るからね。

ashita. no. Masato. no. tanjôbi. pâtî, mama. ga. ude. ni. yori. o. kakete. gochisô. o. tsukuru. kara. ne

明天是雅人的生日趴，媽媽會大顯身手，做菜給你吃。

○○○○○○○○○○○○

⑦ 後門

裏口^{うらぐち}／勝手口^{かってぐち}

uraguchi / katteguchi

💬 位在房屋後方的出入口，也就是後門。另一個相似說法為「勝手口」，源自古時候稱廚房為「お勝手」，因此這麼稱呼廚房旁的出入口。

勝手口^{かってぐち}から泥棒^{どろぼう}が侵入^{しんにゅう}することがあるので、防犯^{ぼうはん}に気^きをつけてください。

katteguchi. kara. dorobô. ga. shinnyû. suru. koto. ga. aru. node, bôhan. ni. ki. o. tsukete. kudasai

小偷有時會從後門闖進屋內，請做好防盜措施。

⑧ 環保購物袋

エコバッグ

eko. baggu

💬 和製英語 eco＋bag，也可以說「マイバッグ (my＋bag)」，指「自備的環保購物袋」。

いつもかばんの中にはエコバッグを入れています。

itsumo. kaban. no. naka. ni. wa. eko. baggu. o. irete. imasu

我包包裡常備著環保購物袋。

---

⑨ 自動門鎖

オートロック

ôto. rokku

💬 和製英語 auto＋lock。指關閉後就會自動上鎖的門，一般像大樓的一樓出入口多有這種裝置以確保出入安全。

このマンションのエントランスはオートロックですから、セキュリティはばっちりですよ。

kono. manshon. no. entoransu. wa. ôtorokku. desu. kara, sekyuriti. wa. bacchiri. desu. yo

這棟大廈的入口採用自動門鎖，保全系統完善。

---

⑩ 全電化

オール電化

ôru. denka

💬「オール」是英文 all 的意思，指「廚具、熱水器、空調等系統全部使用電力」的住宅。

家をリフォームするので、オール電化を検討中です。

ie. o. rifômu. suru. node, ôru. denka. o. kentô. chû. desu

我家即將要整修，所以我在考慮要不要改為全電化。

---

⑪ 深度

奥行き

okuyuki

💬 物體從正面到底面的長度，也就是「深度」的意思。

この棚、幅９０cm、高さ８０cm、奥行き２５cm か。ここにちょうどよさそうだね。

kono. tana, haba. kyûjussenchi, takasa. hachijussenchi, okuyuki. nijûgosenchi. ka. koko. ni. chôdo. yosasô. da. ne

這個架子寬 90cm，高 80cm，深25cm，擺在這裡似乎剛剛好呢。

⑫ 壁櫥

押し入れ
oshiire

💬 和室中嵌入牆裡的櫥櫃，可收納寢具、工具、衣服等。

布団で寝てると、
毎朝押し入れに布団を
上げ下ろしするのが面倒く
さい。

futon. de. neteru. to, maiasa. oshiire.
ni. futon. o. ageoroshi. suru. no. ga.
mendôkusai

要是打地鋪睡，每天早上都得把
棉被從壁櫥搬進搬出，真是麻煩。

○ ○ ○ ○ ○ ○ ○ ○ ○ ○ ○ ○ ○

⑬ 手電筒

懐中電灯
kaichûdentô

💬 便於攜帶的小型照明器。

夜道で落とし物をしたの
で、スマホの懐中電灯をつ
けて探した。

yomichi. de. otoshimono. o. shita. node,
sumaho. no. kaichûdentô. o. tsukete.
sagashita

我晚上在路上掉了東西，所以打
開手機的手電筒找。

⑭ 瓦斯爐

ガスコンロ
gasukonro

💬 「コンロ」原為「焜炉（こんろ）」，但一般以片假名書寫。

ガスコンロの火がつかない
んだけど、どうしよう。

gasukonro. no. hi. ga. tsukanai. n. da. kedo,
dô. shiyô

瓦斯爐火點不著，怎麼辦。

○ ○ ○ ○ ○ ○ ○ ○ ○ ○ ○ ○ ○

⑮ 茶壺

急須
kyûsu

💬 一種用於泡茶的小茶壺。

台湾に行ったときに、すて
きな急須とお湯のみの
セットを買ったの。

Taiwan. ni. itta. toki. ni, suteki. na. kyûsu. to.
oyunomi. no. setto. o. katta. no

我去台灣的時候，買了一組很漂
亮的茶壺茶杯組。

⑯ 吃飽睡、睡飽吃

食っちゃ寝
く　　　　　　　ね

kucchane

💬 連語。「食っては寝る」的「ては」轉音為「ちゃ」。「ては」表示反覆進行某個動作。這裡是用來指「吃了就睡，睡了就吃」的狀態。通常表示什麼都不做，很懶惰。

毎日食っちゃ寝食っちゃ寝
まいにちく　　　　ね　く　　　　ね
してたら太るよ。
　　　　　ふと

mainichi. kucchane. kucchane. shitetara. futoru. yo

你每天吃飽睡、睡飽吃，再這樣下去一定會變胖喔。

○ ○ ○ ○ ○ ○ ○ ○ ○ ○ ○ ○

⑰ 棉紗手套

軍手
ぐん　て

gunte

💬 一種白色的粗棉紗編成的工務用手套，因原為軍用而得名。

軍手に長靴姿で稲刈り体験
ぐんて　　ながぐつすがた　　いね か　　たいけん
をした。

gunte. ni. nagagutsu. sugata. de. inekari. taiken. o. shita

我戴著棉紗手套、穿著長靴，體驗割稻。

⑱ 租屋

下宿
げ　しゅく

geshuku

💬 在某段期間內月繳房租的租房方式，或是這種出租的房子。一般指獨居學生在學校附近租屋。

この春から大学生になる
　　　はる　　　　だいがくせい
ので、今下宿先を探して
　　　いまげ しゅくさき　さが
いる。

kono. haru. kara. daigakusê. ni. naru. node, ima. geshuku. saki. o. sagashite. iru

我春天就要上大學了，所以現在在找房子。

○ ○ ○ ○ ○ ○ ○ ○ ○ ○ ○ ○

⑲ 鞋櫃

下駄箱
げ　た　ばこ

getabako

💬「下駄：木屐」。指「收納鞋子的家具」。

学校の下駄箱を開けたら、
がっこう　　げ たばこ　　あ
ラブレターが入っていた。
　　　　　　　　はい

gakkô. no. getabako. o. aketara, raburetâ. ga. haitte. ita

我一打開學校的鞋櫃，便發現裡面放了一封情書。

⑳ 插座

コンセント
konsento

💬 和製英語 concentric + plug，指牆上的「插座」。插頭的正確說法為「プラグ」，但有時也會說「コンセントを抜 (ぬ) く：拔插頭」。

> 台湾のコンセントの形状は日本と同じですが、電圧が違います。
>
> Taiwan. no. konsento. no. kêjô. wa. nihon. to. onaji. desu. ga. den'atsu. ga. chigaimasu
>
> 台灣的插座形狀和日本相同，但電壓不同。

㉑ 生活費

仕送り
shiokuri

💬 提供對方生活開銷或讀書所需的金錢。除了金錢之外，從家裡寄來的食物或日常用品等物資也可以算是一種「仕送り」喔。

> 東京で一人暮らしをしている娘に、毎月10万円の仕送りをしている。
>
> Tôkyô. de. hitorigurashi. o. shiteiru. musume. ni, maitsuki. jûman. en. no. shiokuri. o. shite. iru
>
> 我每個月都會給獨自住在東京的女兒 10 萬日圓當生活費。

㉒ 保證金 / 禮金

敷金／礼金
shikikin / rêkin

💬 「敷金」是承租人付給房東的保證金，就是「押金」，退租時會扣掉清理或修繕的錢再退給承租人。而「礼金」則是租房子時會給房東的謝禮。現在免禮金的房子逐漸增加，也比較受歡迎。

> このマンション、敷金・礼金ゼロだって。見に行ってみない？
>
> kono. manshon, shikikin, rêkin. zero. datte. mini. itte. minai?
>
> 聽說這棟大廈免保證金和禮金。要不要去看看？

㉓ 自己煮

自炊する
jisui. suru

💬 指獨居的人自己做菜，沒有外食。不包括家庭主婦煮飯給全家人吃喔。

> 節約のため、自炊しています。
>
> setsuyaku. no. tame, jisui. shite. imasu
>
> 我想要省錢，所以都自己煮。

㉔ 水龍頭

蛇口
じゃぐち

jaguchi

💬 明治時代是由路旁的公用水龍頭供水，當時日本模仿國外獅子形狀的水龍頭，採用龍的形狀。而因為龍的原型是蛇，因此稱為「蛇口」。

蛇口をしっかり閉めても、ぽたぽたと水が漏れるんです。
じゃぐち、し、みず、も

jaguchi. o. shikkari. shimetemo, potapota. to. mizu. ga. moreru. n. desu

我已經把水龍頭關緊了，但還是一直滴水。

○ ○ ○ ○ ○ ○ ○ ○ ○ ○ ○ ○

㉕ 用抹布擦拭

雑巾がけをする
ぞうきん

zôkin. gake. o. suru

💬「雑巾」是擦拭污垢用的布或毛巾，一般是由多層布巾加以縫製而成。也可以說「雑巾をかける」。

小学校では毎日廊下の雑巾がけをしなければならない。
しょうがっこう、まいにちろうか、ぞう、きん

shôgakkô. de. wa. mainichi. rôka. no. zôkin. gake. o. shinakereba. naranai

小學生每天都必須用抹布擦拭走廊地板。

㉖ 保鮮盒

タッパー

tappâ

💬 原為美國「タッパーウェアー (Tupperwear)」公司的註冊商標，後來引申指一般「有塑膠蓋可密閉」的容器。

週末に作り置きのおかずをたくさん作っておいて、タッパーに入れて冷蔵庫で保存しています。
しゅうまつ、つく、お、つく、い、れいぞうこ、ほぞん

shûmatsu. ni. tsukurioki. no. okazu. o. takusan. tsukutte. oite, tappâ. ni. irete. rêzôko. de. hozon. shite. imasu

我會在週末一次做很多可以放的菜，裝進保鮮盒裡，放在冰箱保存。

○ ○ ○ ○ ○ ○ ○ ○ ○ ○ ○ ○

㉗ 吃飽就躺會變牛

食べてすぐ寝ると牛になる
た、ね、うし

tabete. sugu. neru. to. ushi. ni. naru

💬 諺語。指用餐後就躺下的樣子不好看，不太禮貌，用於勸戒他人。

こら！食べてすぐ寝ると牛になるよ！起きなさい！
た、ね、うし、お

kora! tabete. sugu. neru. to. ushi. ni. naru. yo! okinasai!

喂！吃飽馬上就躺下會變成牛喔！快起來！

㉘ 超高層大廈

タワーマンション
tawâ. manshon

💬「タワー (tower)」是「塔」，指像塔那樣高的大樓，也就是「超高層建築物」。

> うちはタワーマンションの<ruby>最上階<rt>さいじょうかい</rt></ruby>なので、<ruby>眺<rt>なが</rt></ruby>めがいいんですよ。
>
> uchi. wa. tawâ. manshon. no. saijôkai. na. node, nagame. ga. î. n. desu. yo
>
> 我家住在超高層大廈的頂樓，視野很棒。

㉙ 存錢筒

<ruby>貯金箱<rt>ちょきんばこ</rt></ruby>
chokin. bako

💬 用來存零錢的容器。

> <ruby>姪<rt>めい</rt></ruby>の<ruby>誕生日<rt>たんじょうび</rt></ruby>プレゼントにかわいい<ruby>貯金箱<rt>ちょきんばこ</rt></ruby>を<ruby>買<rt>か</rt></ruby>いました。
>
> mê. no. tanjôbi. purezento. ni. kawaî. chokinbako. o. kaimashita
>
> 我買了一個可愛的存錢筒送給姪女當生日禮物。

㉚ 暖暖包

（<ruby>使<rt>つか</rt></ruby>い<ruby>捨<rt>す</rt></ruby>て）カイロ
(tsukaisute) kairo

💬「カイロ」原寫作「懷炉 (かいろ)」。舊時人們會將石頭加熱，再用布包裹起來，放在懷裡取暖。

> <ruby>私<rt>わたし</rt></ruby>は<ruby>寒<rt>さむ</rt></ruby>がりだから、<ruby>冬<rt>ふゆ</rt></ruby>はカイロが<ruby>欠<rt>か</rt></ruby>かせない。
>
> watashi. wa. samugari. da. kara, fuyu. wa. kairo. ga. kakasenai

> 我很怕冷，冬天一定要帶暖暖包。

㉛ 牙籤

<ruby>爪楊枝<rt>つまようじ</rt></ruby>
tsumayôji

💬 用來剔牙或插取食物的物品。

> <ruby>食<rt>た</rt></ruby>べかすが<ruby>歯<rt>は</rt></ruby>にはさまってるんだけど、<ruby>爪楊枝<rt>つまようじ</rt></ruby>でも<ruby>取<rt>と</rt></ruby>れないの。
>
> tabekasu. ga. ha. ni. hasamatteru. n. da. kedo, tsumayôji. demo. torenai. no

> 我有東西卡在牙縫，可是用牙籤也剔不下來。

㉜ 晴天娃娃

てるてる坊主
teruterubôzu

💬「てる」源自「照（て）る：放晴」一詞。這是一種用來吊掛在屋簷下，祈求天氣放晴的娃娃。一般是將棉花放在紙張中間包起來，作成頭部。

> てるてる坊主、てる坊主、あした天気にしておくれ。
> （童謡「てるてる坊主」）
>
> teruterubôzu, terubôzu, ashita.tenki. ni. shite. okure
>
> 晴天娃娃，晴天娃娃，請讓明天好天氣。(童謠「晴天娃娃」)

○ ○ ○ ○ ○ ○ ○ ○ ○ ○ ○ ○ ○

㉝ 壁龕

床の間
toko. no. ma

💬 和室中地板比其他處稍高且內凹的空間，通常會在此擺設花或掛軸。

> 床の間のお花は私が生けたんですよ。
>
> toko. no. ma. no. ohana. wa. watashi. ga. iketa. n. desu. yo
>
> 放在壁龕的花是我插的唷。

㉞ 酒瓶 / 酒杯

徳利／（お）猪口
tokkuri / (o)choko

💬「徳利」為盛裝日本酒的酒瓶，據說由來是因為倒酒時會發出「トクトク」的聲音。「猪口」是飲用日本酒時的小酒杯，語源眾說紛紜，有一說認為來自福建語，亦有一說認為來自朝鮮語。漢字皆為借字。

> お酒が好きな友達に徳利とお猪口のセットをプレゼントした。
>
> osake. ga. suki. na. tomodachi. ni. tokkuri. to. ochoko. no. setto. o. purezento. shita
>
> 我送了一組日本酒用的酒瓶和酒杯給喜歡喝酒的朋友。

○ ○ ○ ○ ○ ○ ○ ○ ○ ○ ○ ○ ○

㉟ 二代同堂住宅

二世帯住宅
nisetai. jûtaku

💬 指兩代家庭同住於一棟建築物。建築物雖為同棟，但兩個家庭各自有大門，擁有獨立生活空間。

主人の実家が建て替えをして、二世帯住宅を建てることになった。

shujin. no. jikka. ga. tatekae. o. shite, nisetai. jûtaku. o. tateru. koto. ni. natta

我先生的老家決定要改建成二代同堂住宅。

○○○○○○○○○○○○○○○○

㊱ 睡回籠覺

二度寝する

nidone. suru

💬 字義為「睡第二次」，也就是醒來之後又再回去睡的意思。

今朝は二度寝して、危うく遅刻しそうになった。

kesa. wa. nidone. shite, ayauku. chikoku. shisô. ni. natta

今天早上我睡了回籠覺，差點遲到。

○○○○○○○○○○○○○○○○

㊲ 睡相差

寝相が悪い

nezô. ga. warui

💬「寝相」指睡覺時的姿勢，反義為「寝相がいい：睡相好」。

息子は寝相が悪くて、よくベッドから転がり落ちている。

musuko. wa. nezô. ga. warukute, yoku. beddo. kara. korogari. ochite. iru

我兒子睡相很差，經常從床上滾下來。

○○○○○○○○○○○○○○○○

㊳ 百圓店

100均

hyakkin

💬「100円（えん）ショップ」的別名，為「100円均一（ひゃくえんきんいつ）」的簡稱。

100均で売ってるネイルシールが結構かわいくておすすめです。

hyakkin. de. utteru. neiru. shîru. ga. kekkô. kawaikute. osusume. desu

百圓店賣的指甲彩繪貼紙很可愛，我很推薦。

㉟ 平房

平屋
ひらや

hiraya

💬 指只有一層樓的房屋。

実家の近くに、平屋の一戸
建てを建てた。
じっか ちか ひらや いっこ
だ た

jikka. no. chikaku. ni, hiraya. no. ikkodate.
o. tateta

我在老家
附近蓋了
一間獨棟
平房。

㊵ 補假

振替休日
ふりかえきゅうじつ

furikae. kyûjitsu

💬 當國定假日正好在星期日時，會在隔
天補休假；需要在假日上班上學時，也會
另找一天補休假。

２０１８年の建国記念日は
日曜日なので、次の日が振
替休日になります。
にせんじゅうはちねん けんこくきねんび
にちようび つぎ ひ ふり
かえきゅうじつ

nisenjûhachi. nen. no. kenkokukinenbi. wa.
nichiyôbi. na. node, tsugi. no. hi. ga. furikae.
kyûjitsu. ni. narimasu

日本 2018 年的建國紀念日是星
期日，所以隔天補假。

㊶ 磨刀

包丁を研ぐ
ほうちょう と

hôchô. o. togu

💬 「包丁」是菜刀的意思，原意為廚師。

包丁が切れなくなってきた
ので、砥石で研いだ。
ほうちょう き
といし と

hôchô. ga.kirenaku.natte.kita.node, toishi.
de.toida

我的菜刀不
利了，所以
我用磨刀石
磨利。

㊷ 製麵包機

ホームベーカリー

hômubêkarî

💬 和製英語 home + bakery。只要放入
材料，就能自動製作麵團、烤成麵包的家
電產品。

ホームベーカリーでピザ
生地も作れるんですよ。
き じ つく

hômubêkarî. de. piza. kiji. mo. tsukureru. n.
desu. yo

製麵包機連
披薩的餅
皮都能做
耶。

㊸ 電烤盤、鐵板燒機

ホットプレート

hotto. purêto

💬 源自英文的 hot plate 一詞。為一種用電加熱鐵板的家電產品,常用來煎烤肉或魚。

> ホームパーティではホットプレートでパエリヤを作るんです。
>
> hômu. pâtî. de. wa. hottopurêto. de. paeriya. o. tsukuru. n. desu
>
> 親友來家裡聚會的時候,我會用電烤盤做西班牙海鮮燉飯。

㊹ 塑膠袋

ポリ袋

pori. bukuro

💬「ポリエチレン (PE)」或「ポリプロピレン (PP)」製的透明或半透明塑膠袋,亦可叫「ビニール袋」。一般指方形扁平、無提把的塑膠袋。

> 唐揚げを作るときは、ポリ袋の中で下味をつけると、手が汚れなくて便利ですよ。
>
> karaage. o. tsukuru. toki. wa, pori. bukuro. no. naka. de. shitaaji. o. tsukeru. to, te. ga. yogorenakute. benri. desu. yo
>
> 做炸雞塊的時候,可以把雞肉放進塑膠袋裡醃,既方便又不會弄髒手。

㊺ 個人編號

マイナンバー

mai. nanbâ

💬 "My Number"。日本政府發給住民票持有者的編號。2015 年 10 月起發放,2016 年 1 月起使用於社會保險、繳稅等行政事務。持有住民票的外籍人士亦有編號。

> マイナンバーカードを紛失したため、再発行の手続きをした。
>
> mainanbâ. kâdo. o. funshitsu. shita. tame, saihakkô. no. tetsuzuki. o. shita
>
> 我遺失了個人編號卡,所以申請補發。

㊻ 自己的房子

マイホーム
maihômu

💬 和製英語 my + home。特指屬於自己、自己買的房子，而非租的房子。

夢のマイホームを手に入れたが、住宅ローンの支払いに追われて後悔している。

yume. no. maihômu. o. te. ni. ireta. ga, jûtaku. rôn. no. shiharai. ni. owarete. kôkai. shite. iru

我買了夢寐以求的房子，結果現在被房貸壓得喘不過氣，後悔不已。

㊼ 不求人

孫の手
mago. no. te

💬 源自中國傳說中的仙女「麻姑（まこ）」的手，是一種模仿人手形狀，有長柄的搔癢器具，可伸至背後等手無法抓到之處。

ああ、背中が痒い。ちょっと孫の手、取ってくれ。

â, senaka. ga. kayui. chotto. mago. no. te, totte. kure

啊，背後好癢。幫我拿一下不求人。

㊽ 隔間

間取り
madori

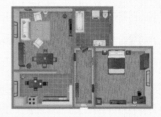

💬 房屋的隔間。隔間的平面圖稱為「間取り図（ず）」。

一戸建てを建てるんだけど、間取りをどうするか悩んでいる。

ikkodate. o. tateru. n. da. kedo, madori. o. dô. suru. ka. nayande. iru

我要蓋一棟透天厝，正在煩惱該怎麼隔間。

㊾（用裁縫機）車衣服

ミシンをかける
mishin. o. kakeru

💬「ミシン」是英語 sewing machine 後半部的日式發音，「かける」則是指用工具在表面加工，例如「アイロンをかける：燙衣服」。

ズボンの裾がほつれてきたから、ミシンをかけよう。

zubon. no. suso. ga. hotsurete. kita. kara, mishin. o. kakeyô

我的褲腳脫線了，用裁縫機車一下好了。

㊿ 樣品屋
モデルルーム
moderu. rûmu

💬 和製英語 model＋room。是建築公司於工地上蓋來廣告用的成品屋。

> 友達の家、全然生活感がなくて、モデルルームみたいだった。
>
> tomodachi. no. ie, zenzen. sêkatsukan. ga. nakute, moderu. rûmu. mitai. datta
>
> 我朋友家完全沒有生活的痕跡，簡直就像樣品屋。

㉛ 系統衛浴
ユニットバス
yunitto. basu

💬 和製英語 unit＋bath。原義為在工廠組裝好天花板、牆壁、地板、浴缸後，再直接裝設於施工現場的衛浴設備，多指包含浴缸、馬桶、洗手台的「3 点 (てん)ユニット：3 件式系統衛浴」。在隔間圖中有時會寫作「UB」。在日本，浴室和廁所通常是分開的，但 1964 年為了迎接在東京奧運時造訪的外國觀光客，設置西式系統衛浴的旅館和社區開始普及。

> ユニットバスって、誰かがお風呂に入ってたらトイレに行けなくて不便だよね。
>
> yunitto. basu. tte, dare. ka. ga. ofuro. ni. haitte. tara. toire. ni. ikenakute. fuben. da. yo. ne
>
> 系統衛浴相當不便，有人在洗澡的時候，別人就不能去廁所了。

㉜ 浴缸
湯船
yubune

💬 「浴槽 (よくそう)」的別名。起源為江戶時代有在船上設置浴缸的大眾澡堂，後來一般的浴缸也漸漸採用這個名稱。

> シャワーだけよりも、湯船に浸かったほうが疲れが取れるんですよ。
>
> shawâ. dake. yori. mo, yubune. ni. tsukatta. hô. ga. tsukare. ga. torero. n. desu. yo
>
> 在浴缸裡泡澡比沖澡更能消除疲勞唷。

㊳ 連夜跑路

夜逃げ
よ に
yonige

💬 字義為「漏夜逃跑」，就是指「趁著半夜偷偷搬家」的意思。

> 隣に住んでた人は借金が
> となり　す　　　　　ひと　しゃっきん
> かさんで夜逃げしたらし
> 　　　　　よ に
> い。
>
> tonari. ni. sundeta. hito. wa. shakkin. ga.
> kasande. yonige. shita. rashî
>
> 我隔壁的鄰居好像欠了一屁股債，漏夜搬走了。

㊴ 後背式書包

ランドセル
randoseru

💬 源自荷蘭文 ransel，指日本小學生上學背的皮質硬殼後背包。

> おばあちゃんにピンクの
> ランドセル、買ってもらっ
> 　　　　　　　か
> たの。
>
> obâchan. ni. pinku. no. randoseru, katte.
> moratta. no
>
> 阿嬤買了粉紅色的書包給我。

㊵ 塑膠袋

レジ袋
ぶくろ
reji. bukuro

💬「レジ」是「レジスター (register)：收銀機」的簡稱。在超市或便利商店購物時，用來裝商品的 U 字型塑膠袋，也就是台灣一般俗稱的「背心袋」。

> 申し訳ありませんが、当店
> もう　わけ　　　　　　　　　とうてん
> ではレジ袋は有料でござ
> 　　　　ぶくろ　ゆうりょう
> います。
>
> môshiwake. arimasen.
> ga. tôten. de. wa. reji.
> bukuro. wa. yûryô. de.
> gozaimasu
>
> 不好意思，本店的塑膠袋要收費。

㊶ 湯匙

蓮華
れん げ
renge

💬 特指「陶瓷湯匙」，多使用於食用中華料理時。因狀似蓮花的花瓣而得名，又叫「散 (ち) り蓮華」。

> 小籠包は蓮華に載せて食べ
> しょうろんぽう　　れんげ　　の　　　　た
> ると食べやすいですよ。
> 　　た
>
> shôronpô. wa. renge. ni. nosete. taberu. to.
> tabeyasui. desu. yo
>
> 把小籠包放在湯匙上吃，比較好入口喔。

㊗ 橡皮筋

輪ゴム
wagomu

💬 以橡膠製成的圓環。

> 輪ゴムで髪の毛を結ぶと、取るとき痛いよね。
>
> wagomu. de. kami. no. ke. o. musubu. to, toru. toki. itai. yo. ne
>
> 用橡皮筋綁頭髮，拆掉的時候會很痛喔。

○ ○ ○ ○ ○ ○ ○ ○ ○ ○ ○ ○ ○ ○

㊘ 免洗筷

割り箸
waribashi

💬「割（わ）る：分開」。兩支筷子頂部相連，使用時必須將它們分開的免洗筷。

> 夏休みの工作の宿題で、割り箸鉄砲を作った。
>
> natsuyasumi. no. kôsaku. no. shukudai. de, waribashi. teppô. o. tsukutta
>
> 我用免洗筷做了手槍，當作美勞課的暑假作業。

㊙ 套房

ワンルーム
（・マンション）
wanrûmu (manshon)

💬 和製英語 one-room + mansion。指沒有餐廳、臥室等隔間，只有單一房間的房子。廁所和浴室則另外隔間。

> うちは広めのワンルームだから、割と快適だよ。
>
> uchi. wa. hirome. no. wanrûmu. da. kara, wari. to. kaiteki. da. yo
>
> 我家是比較大的套房，還滿舒適的呢。

🌀 Play All | MP3 Track 05

1-5 休閒

① 動畫歌曲

アニソン

anison

💬「アニメソング (animation song)」的簡稱。

> カラオケ行（い）ったらアニソンばっかり歌（うた）ってます。
>
> karaoke. ittara. anison. bakkari. utattemasu
>
> 我每次去 KTV 都只唱動畫歌曲。

② 喘口氣

息抜（いきぬ）きをする

ikinuki. o. suru

💬 放鬆緊繃的心情，稍事休息。

> たまに息抜（いきぬ）きをしたほうが受験勉強（じゅけんべんきょう）もはかどるんですよ。
>
> tamani. ikinuki. o. shita. hô. ga. juken. benkyô. mo. hakadoru. n. desu. yo
>
> 偶爾喘口氣，準備考試的效率也會變好喔。

③ 朋友話題

内輪（うちわ）ネタ

uchiwa. neta

💬 只有朋友圈內才懂的話題。

> この間（あいだ）の合（ごう）コン、女子（じょし）が内輪（うちわ）ネタで盛（も）り上（あ）がってて全然面白（ぜんぜんおもしろ）くなかった。
>
> kono. aida. no. gôkon, joshi. ga. uchiwa. neta. de. moriagattete. zenzen. omoshirokunakatta
>
> 我上次去的那場聯誼，女生都在聊她們自己的話題，一點都不好玩。

④ 美容沙龍

エステ

esute

💬 這是和製英語「エステティック・サロン (aesthetic salon)」的簡稱，指進行全身美容的美容院。美容師則稱為「エステティシャン (esthetician)」。

> 先週末（せんしゅうまつ）はホテルのエステでアロママッサージを受（う）けてきたの。
>
> senshûmatsu. wa. hoteru. no. esute. de. aroma. massâji. o. ukete. kita. no
>
> 我上個週末去飯店的美容沙龍做了芳療按摩。

⑤ 娛樂

エンタメ
entame

💬「エンターテインメント
(entertainment)」的簡稱。泛指音樂、
戲劇、影像、綜藝等娛樂。

> インターネットが普及し、
> エンタメも多様化してき
> た。
>
> intânetto. ga. fukyûshi, entame. mo.
> tayôka. shite. kita
>
> 隨著網路的發
> 達，娛樂的類
> 型也愈來愈多
> 樣化。

⑥ 首推偶像

推しメン
oshimen

💬 俗語，「一推し(いちおし)のメンバ
ー」的簡稱。指偶像團體中最喜歡的成
員。

> 乃木坂４６の推しメン
> のタオル、買っちゃった。
>
> nogizaka. fôtîshikkusu. no. oshimen. no.
> taoru, kacchatta
>
> 我買了乃木坂 46 中我最喜歡的成
> 員的毛巾。

⑦ 御宅藝、打藝

オタ芸 (ヲタ芸) を
打つ
otagê(otagê). o. utsu

💬 在偶像或聲優的演唱會上，歌迷一邊
揮動「サイリウム：螢光棒」，一邊跳著
獨特舞蹈並呼口號的行為。也有配合日本
傳統樂曲或電子合成歌曲來演出的團體。

> 「ヲタ芸打ってみた」の動画
> にはまっている。
>
> "otagê. uttemita". no. dôga. ni. hamatte. iru
>
> 我迷上了看「御宅藝」的影片。

⑧ 笑點

落ち
ochi

💬 對話或笑話尾聲最好笑的部份。有時
會以片假名書寫。

> 西田君の話って長いのに
> オチがないんだよね。
>
> Nishida. kun. no. hanashi. tte. nagai. noni.
> ochi. ga. nai. n. da. yo. ne
>
> 西田講的故事都
> 好長，而且又沒
> 哏。

⑨ 鬼抓人

鬼ごっこ
おに

onigokko

💬 一種兒童遊戲。遊戲規則是一人當鬼，想辦法在限定的時間內抓到其他參加遊戲的人，被抓到的人必須當下一個鬼。

幼稚園でみんなで鬼ごっこして遊んだの。
ようちえん　おに　あそ

yôchien. de. minnade. onigokko. shite. asonda. no

我在幼稚園和大家一起玩鬼抓人。

⑩ 鬼屋

お化け屋敷
ば　やしき

obake. yashiki

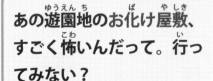

💬「お化け：鬼怪」，「屋敷：宅邸」。

あの遊園地のお化け屋敷、すごく怖いんだって。行ってみない？
ゆうえんち　ば　やしき　こわ　い

ano. yûenchi. no. obake. yashiki, sugoku. kowai. n. datte. itte. minai?

聽說那個遊樂園的鬼屋超恐怖的，要不要去看看？

⑪ 拿手絕活

十八番／十八番
おはこ　じゅうはちばん

ohako / jûhachiban

💬 指「最擅長的才藝或技能」。源自歌舞伎演員各自從最拿手的劇目挑出十八種，稱為「歌舞伎十八番（かぶきじゅうはちばん）」。一般認為「おはこ」這個讀音是江戶時代的流行。

カラオケの十八番は夏川りみの『涙そうそう』です。
おはこ　なつかわ　なだ

karaoke. no. ohako. wa. Natsukawa. Rimi. no. "nadasôsô". desu

我在 KTV 的拿手歌是夏川里美的「涙光閃閃」。

⑫ 款待

おもてなし

omotenashi

💬 指「誠心招待、服務對方」。日本在申辦東京奧運的時候，曾用法語說明「日式的款待」，因而獲選為 2013 年的流行語。

日本のおもてなしの心を海外の方にも伝えていきたいと思っています。
にほん　こころ　かい　がい　かた　つた　おも

nihon. no. omotenashi. no. kokoro. o. kaigai. no. kata. ni. mo. tsutaete. ikitai. to. omotte. imasu

我想讓外國朋友也能明白日式款待的精髓。

⑬ 冷笑話

親父ギャグ／駄洒落
おやじ／だじゃれ

oyaji. gyagu / dajare

💬 由於常為中年男性所說，因此稱「親父」。「ギャグ (gag)」是玩笑或諧音哏。例如已經說到爛掉的笑話，或是不好笑的「洒落：諧音」等。

> A: カレーはかれえなあ。
>
> karê. wa. karê. nâ.
>
> 咖哩好辣哩。
>
> B: 今の聞いた？部長の親父ギャグ、さむっ！
>
> ima. no. kîta? buchô. no. oyaji. gyagu, samu!
>
> 你聽到了嗎？部長剛剛講的冷笑話好冷喔！

∘ ∘ ∘ ∘ ∘ ∘ ∘ ∘ ∘ ∘ ∘ ∘ ∘ ∘ ∘ ∘ ∘

⑭ 後台休息室

楽屋
がくや

gakuya

💬 劇場或電視台等替表演者準備的休息室。

舞台俳優の友人の楽屋に差し入れを持って行った。

butai. haiyû. no. yûjin. no. gakuya. ni. sashiire. o. motte. itta

我送了慰勞品去我舞台劇演員朋友的後台休息室。

∘ ∘ ∘ ∘ ∘ ∘ ∘ ∘ ∘ ∘ ∘ ∘ ∘ ∘ ∘ ∘ ∘

⑮ 捉迷藏

かくれんぼ

kakurenbo

💬 原本寫作「隠 (かく) れん坊 (ぼう)」。

> かくれんぼしていたが、誰にも見つけてもらえなかった。
>
> kakurenbo. shite. ita. ga, dare. ni. mo. mitsukete. moraenakatta
>
> 我跟朋友玩捉迷藏，結果大家都找不到我。

∘ ∘ ∘ ∘ ∘ ∘ ∘ ∘ ∘ ∘ ∘ ∘ ∘ ∘ ∘ ∘ ∘

⑯ 轉蛋

ガチャポン／ガチャガチャ

gachapon / gachagacha

💬 正式名稱為「カプセルトイ (capsule toy)」，但口語大多稱為「ガチャポン」或「ガチャガチャ」。「ガチャ」是轉動的狀聲詞，「ポン」是轉蛋掉落時的狀聲詞。此外，手機遊戲中亂數抽寶物的系統，也稱為「ガチャ」。

> ガチャガチャでフチ子さんの新しいシリーズ出たみたいだよ。
>
> gachagacha. de. fuchiko. san. no. atarashî. shirîzu. deta. mitai. da. yo
>
> 杯緣子的轉蛋好像出了新的系列唷。

○○○○○○○○○○○○

⑰ 神對應 / 鹽對應

神対応／塩対応

kami. taiô / shio. taiô

💬 偶像明星在握手會等活動上真誠對待粉絲，叫做「神対応」；亦可指店員對客人的服務態度良好。相反地，若態度冷淡，則稱為「塩対応」。

> 空港で芸能人の○○に会ったんだけど、全然嫌な顔しないで写真撮ってくれたの。神対応じゃない？
>
> kûkô. de. gênôjin. no. OO. ni. atta. n. da. kedo, zenzen. iyana. kao. shinai. de. shashin. totte. kureta. no. kami. taiô. janai?
>
> 我在機場巧遇明星○○，他很大方地讓我拍照，臉上沒有一絲不悅。真是神對應！

⑱ 歌牌 / 百人一首

かるた／百人一首

karuta / hyakunin'isshu

💬 一種紙牌遊戲。「かるた」源自葡萄牙語。一般常見的是「いろはがるた」，玩家必須聆聽讀牌者朗誦的句子，爭搶寫著該句第一個假名的紙牌，搶到最多紙牌的人獲勝。「百人一首」是鎌倉時代藤原定家所挑選的詩歌，經常用來當歌牌玩。百人一首的比賽稱為「競技（きょうぎ）かるた」。

> 昔お正月には家族でよくかるた取りをしたものだ。
>
> mukashi. oshôgatsu. ni. wa. kazoku. de. yoku. karutatori. o. shita. mono. da
>
> 小時候每到過年，我都會和家人玩歌牌遊戲。

○○○○○○○○○○○○

⑲ 摩天輪

観覧車

kanransha

💬 目前（2019年）日本最大的摩天輪是位在大阪府吹田市的 REDHORSE OSAKA WHEEL（高 123m）。

観覧車のてっぺんでキスするのに 憧れちゃう。

kanransha. no. teppen. de. kisu. suru. no. ni. akogarechau

我好嚮往在摩天輪爬到最頂端時接吻喔。

○○○○○○○○○○○○○○○○

⑳ 紙娃娃、洋娃娃

着せ替え人形

kisekae. ningyô

💬 可更換衣服的紙娃娃或洋娃娃。

着せ替え人形の服を手作りしています。

kisekae. ningyô. no. fuku. o. tezukuri. shite. imasu

我會自己替洋娃娃製作衣服。

○○○○○○○○○○○○○○○○

㉑ 轉換心情

気晴らし／
気分転換

kibarashi / kibun. tenkan

💬 排解鬱悶的心情。

ああ、疲れた。気晴らしに 散歩にでも行こう。

â, tsukareta. kibarashi. ni. sanpo. ni. demo. ikô

唉，好累喔。我去散散步，轉換一下心情吧。

○○○○○○○○○○○○○○○○

㉒ 酒店

キャバクラ

kyabakura

💬 這是以法文「キャバレー (cabaret)」和英文「クラブ (club)」組合而成的和製外語。指有女性服務人員坐檯陪客的餐飲店，一般禁止性交易或身體接觸。而那些在酒店工作的女性稱為「キャバ嬢 (じょう)」。

大学生だが、夜はキャバクラでバイトしている。

daigakusê. daga, yoru. wa. kyabakura. de. baito. shite. iru

我白天念大學，晚上在酒店打工。

㉓ 重量訓練

筋トレ
きん
kintore

💬「筋力（きんりょく）トレーニング(training)」的簡稱。例如「腕立て伏せ（うでたてふせ）：伏地挺身」、「腹筋運動（ふっきんうんどう）：仰臥起坐」等訓練肌力的運動。

シックスパックを目指して、毎日筋トレに励んでいます。
め ざ
まいにちきん　　　はげ

shikkusu. pakku. o. mezashite, mainichi. kintore. ni. hagende. imasu

我每天都很努力做重訓，目標是練出六塊肌。

㉔ 對嘴

口パク
くち
kuchipaku

💬 沒有發出聲音，只是單純張口動嘴巴而已。

歌手の○○、今日のＭステは口パクじゃなくて生歌だったよね？
か しゅ　　　　きょう　　エム
くち　　　　　　　　なまうた

kashu. no. OO, kyô. no. emusute. wa. kuchipaku. janakute. namauta. datta. yo. ne?

歌星○○今天在 Music Station 上不是對嘴，是唱現場的對吧？

㉕ 票房

興行成績
こうぎょうせいせき
kôgyôsêseki

💬 指電影的「售票情形」。

邦画の歴代興行成績一位は『千と千尋の神隠し』です。
ほう が　　れきだいこうぎょうせいせきいち い
せん　ち ひろ　　かみかく

hôga. no. rekidai. kôgyôsêseki. ichii. wa. "sen. to. chihiro. no. kamikakushi". desu

日本國片中歷年來票房最好的是〈神隱少女〉。

㉖ 適合出遊的天氣

行楽日和
こうらく び より
kôraku. biyori

💬 適合前往「行楽地（こうらくち）：觀光地、景點」的「日和：天氣」。

今日は全国的に雲一つない秋晴れ。絶好の行楽日和になるでしょう。
きょう　　ぜんこくてき　　くもひと
あき ば　　ぜっこう　　こうらく び より

kyô. wa. zenkokuteki. ni. kumo. hitotsu. nai. akibare. zekkô. no. kôraku. biyori. ni. naru. deshô.

今天全國都是晴空萬里的好天氣，非常適合出遊。

㉗ 首演

柿落とし
こけら　お

kokera. otoshi

💬「柿」是木屑，這個詞的原義為建築物落成後清除木屑的工作。這裡指「劇場新建或改建後的第一次演出」。

> 五代目歌舞伎座柿落とし公
> ごだいめ　かぶきざ　こけら　お　　こう
> 演を初日に見に行った。
> えん　しょにち　み　い
>
> godaime. kabukiza. kokera. otoshi. kôen. o. shonichi. ni. mini. itta
>
> 我去看了第五代歌舞伎座改建後首演第一天的戲。

○ ○ ○ ○ ○ ○ ○ ○ ○ ○ ○ ○ ○ ○ ○

㉘ 同人展

コミケ（コミックマーケット）

komike (komikku. mâketto)

💬 全世界規模最大的同人誌即售會，每年8月和12月在東京國際展覽館舉辦。

> コミケ初心者なんだけど、
> しょしんしゃ
> 何を持って行ったらいいの
> なに　も　い
> かな。
>
> komike. shoshinsha. na. n. da. kedo, nani. o. motte. ittara. î. no. kana
>
> 這是我第一次參加同人展，要帶什麼去才好啊？

㉙ 合作

コラボ

korabo

💬「コラボレーション(collaboration)」的簡稱。指不同團體或不同領域的人們攜手合作。

> イベントで声優アーティス
> せいゆう
> トとアイドルがコラボして
> たよ。
>
> ibento. de. sêyû. âtisuto. to. aidoru. ga. korabo. shiteta. yo
>
> 聲優和偶像明星在一場活動裡共同演出唷。

○ ○ ○ ○ ○ ○ ○ ○ ○ ○ ○ ○ ○ ○ ○

㉚ 集滿

コンプリートする

konpurîto. suru

💬 源自英文complete。在日文中主要指「收集者把所有收集目標都集滿」。

> やっとポケモン
> GOの図鑑をコンプリート
> ゴー　ず　かん
> した。
>
> yatto. pokemongô. no. zukan. o. konpurîto. shita
>
> 我總算把寶可夢的圖鑑集滿了。

㉛ 生存遊戲

サバゲー

sabagê

💬「サバイバルゲーム (survival game)」的簡稱。

夫婦でサバゲーにはまってて、色々装備を揃えています。

fûfu. de. sabagê. ni. hamattete, iroiro. sôbi. o. soroete. imasu

我們夫妻一起迷上了生存遊戲，各種裝備一應俱全。

㉜ 副歌

サビ

sabi

💬 指「歌曲中最強調的部份」。本為音樂界用語，後來在一般大眾間普及。

好きな曲のサビを着メロにしている。

sukina. kyoku. no. sabi. o. chakumero. ni. shite. iru

我的來電鈴聲是我很喜歡的那首歌的副歌。

㉝ 最精彩的部份；開頭的部份

触り

sawari

💬 原義為故事中最重要、最精彩的部份。但根據日本的「國語民意調查」，現在已有超過半數的人認為這個詞是指「故事開頭的部份」。

あの映画見たの？触りだけ教えて。

ano. êga. mita. no? sawari. dake. oshiete

你看過那部電影了嗎？告訴我開頭的部份就好。

㉞ 挖貝殼

潮干狩り

shiohigari

💬 在淺灘上挖取沙灘上的貝殼。

潮干狩りに行って、たくさんあさりを取ってきた。

shiohigari. ni. itte, takusan. asari. o. totte. kita

我去海邊挖貝殼，挖到好多海瓜子喔。

㉟ 真人翻拍

実写化する
じっしゃか
jisshaka. suru

💬 以真人演出漫畫、動畫等原創作品。

> 最近たくさんのアニメ作品
> さいきん　　　　　　　　　さくひん
> が実写化されていますね。
> じっしゃか
>
> saikin. takusan. no. anime. sakuhin. ga.
> jisshaka. sarete. imasu. ne
>
> 最近好多部動畫都有真人翻拍了
> 呢。

㊱ 自拍

自撮り
じ　ど
jidori

💬 用來自拍的器
材叫「自撮り棒（ぼう）：自拍棒」。

> 今の若い子はどこででも
> いま　わか　こ
> 自撮りするのね。
> じ　ど
>
> ima. no. wakai. ko. wa. doko. de. demo.
> jidori. suru. no. ne
>
> 現在的年輕人不管到哪裡都會自
> 拍。

㊲ 戲劇

芝居
しば　い
shibai

💬 「戲劇、演戲」的意思。源自以前在寺院、神社表演藝文活動時，觀眾都坐在「芝生（しばふ）：草地」上觀賞。

> 先週友達とお芝居見に行っ
> せんしゅうともだち　　　　しばいみ　い
> たんだけど、すごくよかっ
> たよ。
>
> senshû. tomodachi. to. oshibai. mini. itta. n.
> da. kedo, sugoku. yokatta. yo
>
> 上星期我和朋友去看了一場戲，
> 超好看的。

㊳ 開黃腔

下ネタ
しも
shimo. neta

💬 「下」是「下半身」的意思，而「ネタ」則是把「種（たね）：種子」倒過來的說法。這是指「性方面的話題」。

> 下ネタばっかり言う女って
> しも　　　　　　　　　い　　おんな
> ひくよな。
>
> shimo. neta. bakkari. yû. onna. tte. hiku. yo.
> na
>
> 愛開黃腔的女生真令人退避三舍。

㊴ 猜拳

じゃんけん

janken

💬 猜拳時先喊出「じゃん、けん、ぽん」。在喊到「ぽん」的時候，要比出「グー：石頭」、「チョキ：剪刀」、或「パー：布」。平手叫做「あいこ」，平手時，則需喊「あいこでしょ」，在喊到「しょ」的時候比出下一拳。

> だれがリーダーをやるか、じゃんけんで決めようぜ。
>
> dare. ga. rîdâ. o. yaru. ka, janken. de. kimeyô. ze
>
> **我們用猜拳決定由誰當組長吧。**

○ ○ ○ ○ ○ ○ ○ ○ ○ ○ ○ ○

㊵ 超級澡堂

スーパー銭湯／健康ランド

sûpâ. sentô / kenkô. rando

💬 「スーパー (super)：超級」；「銭湯：公共澡堂」，意思是「大型公共澡堂」。有些澡堂還附有溫泉、停車場、按摩浴缸、三溫暖、露天溫泉、按摩服務、餐廳等設施。

> 休みの日は家族でよくスーパー銭湯へ行く。
>
> yasumi. no. hi. wa. kazoku. de. yoku. sûpâ. sentô. e. iku
>
> **假日我們經常全家一起去超級澡堂。**

㊶ 集印章

スタンプラリー

sutanpu. rarî

💬 和製英語 stamp + rally。在火車站、觀光景點等地方收集「スタンプ (stamp)：印章」的企劃。有些地方集滿印章可換獎品。

> ＪＲ東日本のポケモンスタンプラリーに挑戦して来ました。
>
> jê. âru. higashi. nihon. no. pokemon. sutanpu. rarî. ni. chôsen. shite. kimashita
>
> **我把 JR 東日本的寶可夢印章全部收集齊全了。**

○ ○ ○ ○ ○ ○ ○ ○ ○ ○ ○ ○

㊷ 純住宿

素泊まり

sudomari

💬 住宿飯店或旅館時，不享用餐點，只單純住宿。

> この旅館は、素泊まりで一泊１５000円です。
>
> kono. ryokan. wa, sudomari. de. ippaku. ichimangosen. en. desu
>
> **這間日式旅館住宿一晚 15000 日圓，不附餐。**

㊸ 驚險刺激的遊樂設施

絶叫マシン
ぜっきょう

zekkyô. mashin

💬 遊樂園裡像
「ジェットコースター
(jet coaster)：雲霄飛車」
和「フリーフォール (free
fall)：自由落體」等讓人
乘坐時忍不住尖叫的遊樂設施。

> あそこの遊園地って、絶叫
> ゆうえんち　　　　　　　ぜっきょう
> マシンがたくさんあってお
> もしろいらしいよ。
>
> asoko. no. yûenchi. tte, zekkyô. mashin. ga.
> takusan. atte. omoshiroi. rashî. yo
>
> 那間遊樂園有好多種刺激的遊樂
> 設施，好像很好玩耶。

㊹ 一二三木頭人

だるまさんが
転んだ
ころ

darumasan. ga. koronda

💬 直翻的意思是「不倒翁跌倒了」，是一
種兒童遊戲。當鬼的人面向牆壁喊出：
「だるまさんがころんだ」，喊完後立刻
回頭。其他的人在鬼
發出聲音時可以移
動，鬼一喊完就必須
立刻停止動作。要
是有人在動的時候
被鬼發見，就要變
成俘虜。

> だるまさんがころんだ。
> あっ、ゆうとくん、動いた！
> うご
>
> darumasan. ga. koronda. a, Yûto. kun,
> ugoita!
>
> 一二三木頭人。啊，勇人動了！

㊺ 吐槽

突っ込みを入れる
つ　こ　　　　　い

tsukkomi. o. ireru

💬 相對於「突っ込み」的詞是「ボケ」。
在「漫才 (まんざい)：雙口相聲」中，聽
到對方說出好笑的「ボケ」後，立刻指正
對方。除了漫才以外，也會使用於日常生
活中。

> 関西人って普通の会話でも
> かんさいじん　　　ふつう　　かいわ
> 突っ込みを入れるんでしょ？
> つ　こ　　　い
>
> kansaijin. tte. futsû. no. kaiwa. demo.
> tsukkomi. o. ireru. n. desho?
>
> 關西人在平常講話時也會吐槽別
> 人對吧？

㊻ 保證好笑的梗

鉄板ネタ
てっぱん

teppan. neta

💬 絕對不會冷場，一定好笑的笑話。

この話、合コンで絶対ウケる鉄板ネタなんだ。

kono. hanashi. gôkon. de. zettai. ukeru. teppan. neta. nanda

這個梗保證好笑，在聯誼的時候一定能引起哄堂大笑。

⑪ 整人大爆笑

ドッキリ

dokkiri

💬 在綜藝節目中欺騙或捉弄藝人，以觀察該藝人反應為樂的橋段。「ドッキリ」指激烈的心跳聲，從早期的電視節目「元祖 (がんそ) どっきりカメラ」、「スターどっきり◯秘報告 (まるひほうこく)」等開始，後來漸漸普及，成為一般用法。

またあの芸人さん、ドッキリに引っかかったの？

mata. ano. gênin. san, dokkiri. ni. hikkakatta. no?

那個搞笑藝人又被整人大爆笑騙了喔？

⑱ 撲克牌

トランプ

toranpu

💬 源自英文中意指「王牌」的 trump 一詞。牌上的四種花色分別為「クラブ (club) ／クローバー (clover)：梅花」、「ハート (heart)：紅心」、「ダイヤ (diamond)：方塊」、「スペード (spade)：黑桃」。具代表性的遊戲包括「七並べ (しちならべ)：接龍」、「ババ抜 (ぬ) き：抽鬼牌」、「大貧民 (だいひんみん) / 大富豪 (だいふごう)：大老二」等。

トランプ持って来たからみんなでやらない？

toranpu. motte. kita. kara. minna. de. yaranai?

我帶了撲克牌來，大家要不要一起玩？

⑲ 憋笑比賽

睨めっこ

niramekko

💬 一種兒童遊戲。兩人面對面，吟唱「だるまさん、だるまさん、にらめっこしましょ、笑 (わら) うと負 (ま) けよ、あっぷっぷ」，在唱到最後一聲「ぷ」的時候，對彼此做鬼臉，先笑出來的人就算輸。一般以平假名書寫。

私はにらめっこが弱くて、すぐに笑ってしまう。

watashi. wa. niramekko. ga. yowakute, suguni. waratte. shimau

我很不擅長玩憋笑比賽，每次都一下就笑出來。

50 修整庭園

庭弄り
にわいじ

niwaijiri

💬 修剪整理庭院的花草樹木。

父は定年退職してから庭弄りばかりしている。
ちち　ていねんたいしょく　　　　にわいじ

chichi. wa. tênen. taishoku. shite. kara. niwaijiri. bakari. shite. iru

家父自從退休之後就每天都在修整庭園。

---

51 柏青嫂、吃角子老虎

パチスロ

pachisuro

💬 是指「パチンコ：柏青哥、小鋼珠」店裡的「スロットマシン (slot machine)：吃角子老虎」。

パチスロ依存症で、毎月
い ぞんしょう　　　　まいつき
給料をすぐに使い果たしてしまう。
きゅうりょう　　　　つか　は

pachisuro. izonshô. de, maitsuki. kyûryô. o. suguni. tsukaihatashite. shimau

我沉迷於柏青嫂，每個月都把薪水全花在上面。

---

52 團體旅行

パックツアー／パッケージツアー

pakku. tsuâ / pakkêji. tsuâ

💬 這是 pack + tour 組成的和製英語，由旅行社規劃、執行的團體旅行，交通費和住宿費都包含在裡面。

私はパックツアーよりも
わたし
個人旅行のほうが好きだな。
こじんりょこう　　　　　す

watashi. wa. pakku. tsuâ. yori. mo. kojin. ryokô. no. hô. ga. suki. da. na

比起跟團，我更喜歡自由行。

---

53 放鬆

羽を伸ばす
はね　　の

hane. o. nobasu

💬 慣用句。指「原本的束縛消失，變得悠閒自在」。

夫が出張中だから、実家
おっと　しゅっちょうちゅう　　　　じっか
に帰ってゆっくり羽を伸ばそう。
かえ　　　　　　　はね　の

otto. ga. shucchôchû. da. kara, jikka. ni. kaette. yukkuri. hane. o. nobasô

我先生去出差了，我打算回娘家好好放鬆一下。

あ行・か行・さ行・た行・な行・は行・ま行・や行・ら行・わ行

(54) 合音

ハモる

hamoru

俗語。將英文 harmony 動詞化而成的詞彙。指搭配主旋律，用另一個音階唱歌，做出合音效果。

カラオケではいつも姉(あね)とハモってるんです。

karaoke. de. wa. itsumo. ane. to. hamotteru. n. desu

我去 KTV 的時候都會跟姊姊合唱。

(55) 一日旅行

日帰(ひがえ)り旅行(りょこう)

higaeri. ryokô

指沒有住宿，當天往返的旅行。

今度(こんど)の日曜日(にちようび)、はとバスで日帰(ひがえ)り旅行(りょこう)に行(い)かない？

kondo. no. nichiyôbi, hatobasu. de. higaeri. ryokô. ni. ikanai?

下星期日要不要搭哈多巴士來個當天來回的小旅行？

(56) 自彈自唱

弾(ひ)き語(がた)り

hikigatari

一邊彈奏吉他、鋼琴或其他樂器，一邊唱歌。

結婚式(けっこんしき)で新郎(しんろう)がピアノの弾(ひ)き語(がた)りしてたの。感動(かんどう)しちゃった。

kekkonshiki. de. shinrô. ga. piano. no. hikigatari. shiteta. no. kandô. shichatta

新郎在婚禮上用鋼琴自彈自唱，令人感動。

(57) 閒得發慌

暇(ひま)を持(も)て余(あま)す

hima. o. moteamasu

指「時間很多，但卻不知道該做什麼，無聊至極」。

会社(かいしゃ)を辞(や)めて専業主婦(せんぎょうしゅふ)になってから毎日暇(まいにちひま)を持(も)て余(あま)している。

kaisha. o. yamete. sengyô. shufu. ni. natte. kara. mainichi. hima. o. moteamashite. iru

自從辭掉工作當家庭主婦之後，我每天都閒得發慌。

58 模糊失焦

ピンボケ
pinboke

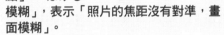

💬「ピント：焦點」；「ぼける：模糊」，表示「照片的焦距沒有對準，畫面模糊」。

> なに、このピンボケ写真。もっときれいに撮ってよ。
>
> nani, kono. pinboke. shashin. motto. kirê. ni. totte. yo
>
> 這張照片怎麼糊成這樣。再拍清楚點啦。

59 祭典、音樂祭

フェス
fesu

💬「フェスティバル (festival)」的簡稱，特指搖滾音樂祭等戶外音樂祭。近年還有介紹日本全國肉類料理的「肉 (にく) フェス：肉祭典」。

> 週末のフェス、雨降りそうだからポンチョ持って行こう。
>
> shûmatsu. no. fesu, ame. furisô. da. kara. poncho. motte. ikô
>
> 聽說週末可能會下雨，還是帶著雨衣去參加音樂祭吧。

60 配音

吹き替え
fukikae

💬 將外國影視、動畫作品重新配音成本國語言。

> 映画は吹き替えで見たほうが映像に集中できていいらしいよ。
>
> êga. wa. fukikae. de. mita. hô. ga. êzô. ni. shûchû. dekite. î. rashî. yo
>
> 聽說看配音版的電影，才更能集中精神在畫面上耶。

61 模型

プラモデル
puramoderu

💬 源自「プラスチック・モデル (plastic model)」一詞。

> プラモデルが趣味で、特にガンプラが好きです。
>
> puramoderu. ga. shumi. de, toku. ni. ganpura. ga. suki. desu
>
> 我喜歡做模型，尤其是鋼彈。

⑥2 念經

棒読み
ぼうよみ
bôyomi

💬 指唸台詞的時候沒有感情與抑揚頓挫。

> あの俳優さんって台詞が
> すごく棒読みだよね。
> はいゆう　　　　せりふ
> ぼうよみ
>
> ano. haiyû. san. tte. serifu. ga. sugoku.
> bôyomi. da. yo. ne
>
> 那個演員的台詞
> 聽起來就像念經
> 一樣。

⑥3 電子合成、虛擬

ボカロ（ボーカロイド）
bokaro (bôkaroido)

💬 這是由 YAMAHA 研發的軟體，只要輸入旋律和歌詞，便能合成為歌聲。或是指演唱這些歌曲的虛擬偶像，如知名的「初音（はつね）ミク：初音未來」。

> ボカロのライブにミクの
> コスプレで行ってきた。
> い
>
> bokaro. no. raibu. ni. miku. no. kosupure.
> de. itte. kita
>
> 我 Cosplay 成初音未來去聽虛擬
> 偶像的演唱會。

⑥4 牛郎店

ホストクラブ
hosutokurabu

💬 是 host＋club 組成的和製英語。

> 友人がホストクラブ通いに
> ゆうじん　　　　　　　　　がよ
> はまってしまい、多額の借
> たがく　　しゃっ
> 金を抱えているらしい。
> きん　かか
>
> yûjin. ga. hosutokurabu. gayoi. ni. hamatte.
> shimai, tagaku. no. shakkin. o. kakaete. iru.
> rashî
>
> 我朋友好像沉迷於牛郎店，現在
> 負債累累。

⑥5 扮家家酒

飯事
ままごと
mamagoto

💬 小孩子模仿煮飯、吃飯等的遊戲。一般以平假名書寫。

> 娘のクリスマスプレゼント
> むすめ
> に木製のままごとセットを
> もくせい
> 選んだ。
> えら
>
> musume. no. kurisumasu. purezento. ni.
> mokusê. no. mamagoto. setto. o. eranda.
>
> 我選了木頭製的辦家家酒組合當
> 作女兒的聖誕禮物。

⑥⑥ 視野很好

見晴らし がいい
みは

miharashi. ga. î

💬 能將遠方景色盡收眼底。

あの展望台は小高い丘の上
てんぼうだい こだか おか うえ
にあって、見晴らしがいい
みは
ですよ。

ano. tenbôdai. wa. kodakai. oka. no. ue. ni.
atte, miharashi. ga. î. desu. yo

那個瞭望臺位在一座小山丘上，
視野很好。

⑥⑦ 民泊；共享住宅

民泊
みんぱく

minpaku

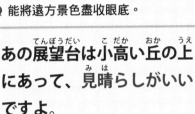

💬 一種共享經濟，指出租
給旅人住宿的一般民宅。

うちの隣の家が民泊をやっ
となり いえ みんぱく
てるみたいなんだけど、毎
まい
日夜中まで大騒ぎしてて、
にちよなか おおさわ
うるさくてたまらない。

uchi. no. tonari. no. ie. ga. minpaku. o.
yatteru. mitai. na. n. da. kedo, mainichi.
yonaka. made. ôsawagi. shitete, urusakute.
tamaranai

我們家隔壁好像在經營民泊，每
天到三更半夜都還在喧嘩，吵死
人了。

⑥⑧ 強迫

無茶振り
むちゃぶ

muchaburi

💬 在搞笑節目中，突然對別人做出無理
的要求，使他人感到困擾。後來漸漸普
及，成為一般用法。

飲み会で上司に「物真似
の かい じょうし ものまね
やれ」なんて無茶振りされ
むちゃぶ
て、困った。
こま

nomikai. de. jôshi. ni. "monomane. yare".
nante. muchaburi. sarete, komatta

上次大家一起去喝酒時，主管強
迫我表演模仿，害我很為難。

⑥⑨ 迷宮

迷路
めいろ

mêro

💬 一種遊戲，
玩家必須穿過複雜的路，抵達終點。

公園に立体迷路があるんだ
こうえん りったいめいろ
けど、子供も大人も楽しめ
こども おとな たの
るよ。

kôen. ni. rittai. mêro. ga. aru. n. da. kedo,
kodomo. mo. otona. mo. tanoshimeru. yo

公園裡有座立體迷宮，小孩和大
人都可以玩喔。

⑦ 模仿

物真似
monomane

💬 模仿人或動物的聲音或動作。

学生のときはよく先生の物真似をしてクラスメートを笑わせていた。

gakusê. no. toki. wa. yoku. sensê. no. monomane. o. shite. kurasumêto. o. warawasete. ita

我在求學階段經常模仿老師，逗得全班哈哈大笑。

∘ ∘ ∘ ∘ ∘ ∘ ∘ ∘ ∘ ∘ ∘ ∘

⑦ 賞楓

紅葉狩り
momijigari

💬 指「欣賞楓葉」。「狩り」原義為獵捕動物，後來出現「葡萄(ぶどう)狩り：採葡萄」、「いちご狩り：採草莓」等採水果的用法，另外也用於欣賞自然風景。

この渓谷では多くの観光客が紅葉狩りを楽しんでいる。

kono. kêkoku. de. wa. ôku. no. kankôkyaku. ga. momijigari. o. tanoshinde. iru

許多觀光客來到這座溪谷賞楓。

⑦ 國民健康操

ラジオ体操
rajio.taisô

💬 有「ラジオ体操第1(だいいち)」「第2(だいに)」「第3(だいさん)」，最普遍的是「第1」。配合音樂和聲音做體操。除了ＮＨＫ每天都會播放之外，學校和公司也會使用。

子供の頃、夏休みは毎朝近所の公園へ行ってラジオ体操をさせられた。

kodomo. no. koro, natsuyasumi. wa. maiasa. kinjo. no. kôen. e. itte. rajio. taisô. o. saserareta

我小時候暑假每天早上都被叫去附近的公園做國民健康操。

∘ ∘ ∘ ∘ ∘ ∘ ∘ ∘ ∘ ∘ ∘ ∘

⑦ 遙控車

ラジコン
rajikon

💬 「ラジオ・コントロール(radio control)」的簡稱。

主人の趣味はラジコンカー
で毎週末楽しんでいる。

shujin. no. shumi. wa. rajikon. kâ. de.
maishûmatsu. tanoshinde. iru

我先生很喜歡遙控車，每個週末
都在玩。

---

⑦④ 情人旅館

ラブホ

rabuho

💬 和製英語「ラブホテル (love hotel)」
的簡稱，專門指提供情侶休息或住宿的地
點。

最近のラブホは女子会プラ
ンとかあって、女の子同士
でも行けるみたいだよ。

saikin. no. rabuho. wa. joshikai. puran. toka.
atte, onna. no. ko. dôshi. demo. ikeru. mitai.
da. yo

據說最近的情人旅館推出姊妹淘
聚會專案，即使是一群女孩子也
可以去耶。

1-6 時間金錢

① 一夕致富

一攫千金
ikkakusenkin

💬 沒有付出太多心血和努力，就輕鬆獲得大筆金錢。

いっかくせんきん ねら たから
一攫千金を狙って宝くじを
ひゃくまい か
100枚買った。

ikkakusenkin. o. neratte. takarakuji. o. hyaku. mai. katta

我買了100張彩券，希望能一夕致富。

② 一次付清

一括払い
ikkatsu. barai

💬 使用信用卡結帳時選擇一次付清的方式，而不使用「分割払い（ぶんかつばらい）：分期付款」。

さいしんがた れいぞう こ
最新型の冷蔵庫をボーナス
いっかつばらい か
一括払いで買った。

saishingata. no. rêzôko. o. bônasu. ikkatsu. barai. de. katta

我用信用卡一次付清買了最新型的冰箱。

③ 境遇不好

梲が上がらない
udatsu. ga. agaranai

💬 「梲」是日本房屋屋頂上的短柱或防火牆，由於費用昂貴，一般只能在富裕人家看見。架設「梲」稱為「梲が上がる」。這個慣用語指「沒有工作運和財運，境遇不好」。

うだつ あ
いつまでたっても梲が上がらない夫に愛
おっと あい
そうと尽きた。
そ つ

itsumade. tattemo. udatsu. ga. agaranai. otto. ni. aiso. ga. tsukita

我先生一直境遇不好，我對他已經不抱希望了。

④ 出手闊綽

大盤振る舞い
ôban. burumai

💬 原本漢字寫作「椀飯（おうばん）振る舞い」，後來積非成是地寫作了「大盤」。這是指「豪邁地送人禮物或請人吃飯，盛情款待」，也常用於吃飯以外的場合上。

あの会社は業績がかなりよくて、社員に特別ボーナスを大盤振る舞いしたらしい。

ano. kaisha. wa. gyôseki. ga. kanari. yokute, shain. ni. tokubetsu. bônasu. o. ôban. burumai. shita. rashî

聽說那間公司的業績很好，所以大手筆地發獎金給員工。

○○○○○○○○○○○○○○○○

⑤ 划算

お買い得

okaidoku

💬 用低廉的價格購買商品，也就是「划算」的意思。

こちらの商品、本日限りの特別価格です。お買い得ですよ！

kochira. no. shôhin, honjitsu. kagiri. no. tokubetsu. kakaku. desu. okaidoku. desu. yo!

本產品只有今天特價，很划算喔！

⑥ 送贈品、算便宜

おまけする／まける

omake. suru / makeru

💬 免費送贈品或調降商品價格。

こちらの商品、10個ご購入いただきますと1個おまけしますよ。

kochira. no. shôhin, jyukko. gokônyû. itadakimasu. to. ikko. omake. shimasu. yo

這裡的商品買10送1唷。

○○○○○○○○○○○○○○○○

⑦ 靠父母吃飯

親の脛を齧る

oya. no. sune. o. kajiru

💬 慣用句。直譯的意思是「啃父母的小腿」，引申指「孩子無法獨立，一直吃父母的、靠父母養」，也就是我們現在常說的「啃老族」。

まだ親の脛を齧っているくせに、偉そうなことを言うんじゃない！

mada. oya. no. sune. o. kajitte. iru. kuse. ni. erasô. na. koto. o. yû. n. ja. nai!

你這個靠爸媽吃飯的，竟敢講那種自以為是的話！

⑧ 一有機會或時間

折に触れて
おり ふ

ori. ni. furete

💬 指「一有機會或時間就會做某件事」。

子供にはお友達をたたいた
こども ともだち
りしないように、折に触れ
おり ふ
て注意してきたつもりだ
ちゅうい
が、やはりすぐに手を出し
て だ
てしまうようだ。

kodomo. ni. wa. otomodachi. o. tataitari.
shinai. yôni, ori. ni. furete. chûi. shite. kita.
tsumori. daga, yahari. suguni. te. o. dashite.
shimau. yôda

我一有機會就提醒小孩不可以亂
打人，但他好像還是動不動就對
別人動手。

⑨ 替人償債

肩代わりする
かた が

katagawari. suru

💬 原義為代替別人抬轎子，引申有「幫
別人負擔債務」之意。

泣きつかれ、息子
な むすこ
の借金を肩代わり
しゃっきん かた が
することになった。

nakitsukare, musuko. no. shakkin. o.
katagawari. suru. koto. ni. natta

在兒子哭求下，我只好替他償債。

⑩ 揮金如土

金遣いが荒い
かねづか あら

kanezukai. ga. arai

💬 形容花錢如流水，揮霍無度，買很多
無用的東西。

夫は収入もあまり多くな
おっと しゅうにゅう おお
いのに、金遣いが荒いので
かねづか あら
生活が苦しい。
せいかつ くる

otto. wa. shûnyû. mo. amari. ôkunai. noni,
kanezukai. ga. arai. node. sêkatsu. ga.
kurushî

我先生收入不
高，卻揮金如
土，所以我們
生活很困苦。

⑪ 索討金錢的對象

金蔓
かねづる

kanezuru

💬 可為自己提供金錢的人或方法，中文
俗稱的「金主；提款機」。

あんた、そんなにホストに
貢いで、金蔓にされてるん
みつ かねづる
じゃないの？

anta, sonnani. hosuto. ni. mitsuide,
kanezuru. ni. sareteru. n. ja. nai. no?

妳啊，在牛郎身上花了那麼多
錢，是不是被當成提款機了啊？

⑫ 一擲千金

金に糸目を
つけない

kane. ni. itome. o. tsukenai

💬 慣用句。「糸目」是為了讓風箏保持平衡而綁在風箏上的細線,沒有綁線的風箏便不受控制。這裡的字義是「沒有在錢上面綁線」,引申為毫不吝惜地使用金錢。

> 彼は欲しいものを手に入れるためには金に糸目をつけない。
>
> kare. wa. hoshî. mono. o. te. ni. ireru. tame. ni. wa. kane. ni. itome. o. tsukenai
>
> 他為了得到想要的東西,總是一擲千金。

○ ○ ○ ○ ○ ○ ○ ○ ○ ○ ○ ○ ○ ○ ○

⑬ 財盡緣斷

金の切れ目が縁の
切れ目

kane. no. kireme. ga. en. no. kireme

💬 諺語。意思就跟字面直譯一樣,「斷絕了錢,就是斷絕了緣」,藉此感嘆「有錢時才親近,沒錢時就冷淡」的人際關係不會長久。

> 金の切れ目が縁の切れ目とはよく言ったもので、会社を辞めて無職になった途端、彼女が出て行った。
>
> kane. no. kireme. ga. en. no. kireme. to. wa. yoku. itta. mono. de, kaisha. o. yamete. mushoku. ni. natta. totan, kanojo. ga. dete. itta
>
> 俗話說財盡緣斷,就在我辭掉工作時,我女朋友就棄我而去了。

○ ○ ○ ○ ○ ○ ○ ○ ○ ○ ○ ○ ○ ○

⑭ 債務纏身;周轉不靈

首が回らない

kubi. ga. mawaranai

💬 慣用句。債臺高築,資金運轉不善的意思。

> 投資に失敗し、借金で首が回らない状態だ。
>
> tôshi. ni. shippai. shi, shakkin. de. kubi. ga. mawaranai. jôtai. da
>
> 我投資失敗,債務纏身,又周轉不靈。

⑮ 籌錢

工面する
くめん
kumen. suru

💬 指設法籌措金錢。

家のローンもあり、息子の
進学資金をどうやって工面
するか悩んでいる。
いえ むすこ しんがく しきん くめん なや

ie. no. rôn. mo. ari, musuko. no. shingaku.
shikin. o. dôyatte. kumen. suru. ka.
nayande. iru

我還有房貸
在身，正煩
惱著該怎麼
籌措兒子的
學費。

○ ○ ○ ○ ○ ○ ○ ○ ○ ○ ○ ○

⑯（存款）戶頭

（預金）口座
よきん こうざ
(yokin) kôza

💬 金融機構紀錄客戶存提款的帳戶。

外国人が銀行で口座を開設
するときは何が必要です
か？
がいこくじん ぎんこう こうざ かいせつ なに ひつよう

gaikokujin. ga. ginkô. de. kôza. o. kaisetsu.
suru. toki. wa. nani. ga. hitsuyô. desu. ka?

外國人在銀行開戶時，
需要準備什麼？

⑰ 支票／匯票

小切手／手形
こぎって てがた
kogitte / tegata

💬 發票人簽發一定的金額，委託金融業
者於見票時，照票面所載金額，無條件支
付與受款人或執票人的票據，可代替現金
支付帳款。支票
可以立即兌現，
匯票則必須在指
定的到期日後才
能兌現。

海外の銀行が発行した小切
手を換金する場合は手数料
が必要です。
かいがい ぎんこう はっこう こぎっ
て かんきん ばあい てすうりょう
ひつよう

kaigai. no. ginkô. ga. hakkô. shita. kogitte. o.
kankin. suru. baai. wa. tesûryô. ga. hitsuyô.
desu

將國外銀行發行的支票兌現時，
需要支付手續費。

○ ○ ○ ○ ○ ○ ○ ○ ○ ○ ○ ○

⑱ CP 值很高（好）

コスパが高い（いい）
たか
kosupa. ga. takai (î)

💬「コストパフォーマンス (cost
performance)：價格性能比」的簡稱，
就是中文說的「CP 值」。如果商品或服
務讓人有物超所值的感覺，就可以說它是
「コスパが高い」。

あの店の日替わりランチ、
たった５００円なのに、お
いしくてお腹いっぱいにな
るんだ。すごくコスパがい
いからオススメだよ。

ano. mise. no. higawari. ranchi, tatta.
gohyaku. en. na. noni, oishikute. onaka.
ippai. ni. naru. n. da. sugoku. kosupa. ga. î.
kara. osusume. da. yo

**那間店的每日特餐只要 500 日
圓，好吃又可以吃得很飽，CP 值
超高的，很推薦喔。**

○ ○ ○ ○ ○ ○ ○ ○ ○ ○ ○

⑲ 看緊荷包

財布の紐が固い

saifu. no. himo. ga. katai

💬 慣用句。古時候的「財布：錢包」是
由「紐：繩子」綁住的。
字義為「錢包的繩
子綁得很緊」，
引申為「顧緊
錢包；不輕易用
錢」的意思。

景気が悪いと 消費者の財布
の紐が固くなる。

kêki. ga. warui. to, shôhisha. no. saifu. no.
himo. ga. kataku. naru

景氣一差，消費者就會看緊荷包。

⑳ 掌管經濟大權

財布を握る

saifu. o. nigiru

💬 握著錢包，就是「握有管理財務的權
限」。

日本では妻が財布を握って
いる家庭のほうが多いそう
だ。

nihon. de. wa.
tsuma. ga. saifu. o.
nigitte. iru. katê.
no. hô. ga. ôi. sô.
da

**聽說日本的家
庭大多由妻子掌管經濟大權。**

○ ○ ○ ○ ○ ○ ○ ○ ○ ○ ○

㉑ 期貨交易

先物取引

sakimono. torihiki

💬 買賣完成後，於未來某一特定時間內
交付貨物的交易。

友人は先物取引で失敗し
て、多額の借金を負った。

yûjin. wa. sakimono. torihiki. de. shippai.
shite, tagaku. no. shakkin. o. otta

**我朋友投資期
貨失利，欠了
一屁股債。**

㉒ 被超前

先を越される
さき　こ

saki. o. kosareru

💬 慣用句。被別人搶先一步完成某件事情。

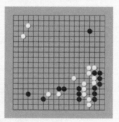

弟が来月結
おとうと　らいげつけっ

婚することになったんだけ
こん

ど、まさか5歳年下の弟
ごさいとしした　おとうと

に先を越されるとは思わな
さき　こ　　　おも

かったよ。

otôto. ga. raigetsu. kekkon. suru. koto.
ni. natta. n. da. kedo, masaka. go. sai.
toshishita. no. otôto. ni. saki. o. kosareru. to.
wa. omowanakatta. yo

我弟弟下個月就要結婚了，沒想
到我竟然會被小我5歲的弟弟搶
先一步。

㉓ 預測未來

先を読む
さき　よ

saki. o. yomu

💬 慣用句。預測未來即將發生的事。

将棋や囲碁では、何手も先
しょうぎ　いご　　　なんて　さき

を読むことが大切だ。
よ　　　　　たいせつ

shôgi. ya. igo. de. wa, nante. mo. saki. o.
yomu. koto. ga. taisetsu. da

在下將棋或圍棋時，最重要的就
是先預測好幾步之後的棋。

㉔ 自費

自腹を切る
じばら　き

jibara. o. kiru

💬 指「自掏腰包」，特別指自費支付原本不需要自己負擔的費用。

あの研修会、会社がお金出
けんしゅうかい　かいしゃ　かね だ

してくれないから、自腹切
じばらき

って行ってきた。
い

ano. kenshûkai, kaisha. ga. okane. dashite.
kurenai. kara, jibara. kitte. itte. kita

因為公司不幫
我出錢，我只
好自費去參加
那場研習。

㉕ 擔保品

借金の形
しゃっきん　かた

shakkin. no. kata

💬 「形」是「抵押品」。「借金の形」意指「借錢時留下某樣物品作為擔保」。「形」一般多以片假名書寫。

借金のカタに、土地の権利
しゃっきん　　　　　とち　けんり

証を差し押さえられた。
しょう　さ　お

shakkin. no. kata. ni, tochi. no. kenrishô. o.
sashiosaerareta

為了借錢，我的土地權狀被扣押
作為擔保。

㉖ 節儉的人

締_しまり屋_や

shimariya

💬 節省儉約的人。

> 彼女_{かのじょ}、毎日_{まいにち}自分_{じぶん}でお弁当_{べんとう}作_{つく}ってるんだよ。締_しまり屋_やさんだね。
>
> kanojo, mainichi. jibun. de. obentô. tsukutteru. n. da. yo. shimariya. san. da. ne
>
> 她每天都自己做便當耶，真是節儉。

○ ○ ○ ○ ○ ○ ○ ○ ○ ○ ○ ○ ○ ○

㉗ 輸光

擦_する

suru

💬 指「因為賭博等原因把錢花光」。一般以平假名書寫。

> 家族旅行_{かぞくりょこう}のために貯金_{ちょきん}していた１００万円_{ひゃくまんえん}、競馬_{けいば}ですった。
>
> kazoku. ryokô. no. tame. ni. chokin. shite. ita. hyaku. man. en, kêba. de. sutta
>
> 本來為了全家一起去旅行而存的100 萬日圓，被我拿去賭馬輸光了。

㉘ 維持生計

生計_{せいけい}を立_たてる

sêkê. o. tateru

💬 賺錢維持生活。

> ３つのパートを掛_かけ持_もちして、一家_{いっか}の生計_{せいけい}を立_たてています。
>
> mittsu. no. pâto. o. kakemochi. shite, ikka. no. sêkê. o. tatete. imasu
>
> 我同時打 3 份工，維持一家的生計。

○ ○ ○ ○ ○ ○ ○ ○ ○ ○ ○ ○ ○ ○

㉙ 盈虧抵消

相殺_{そうさい}する

sôsai. suru

💬「相殺」有「互相抵消」的意思，例如「優缺點、好壞處、功過」相抵。這裡是指金錢上的「多和少、債權債務」相抵。

> 先月_{せんげつ}の過払_{かばら}い分_{ぶん}は今月_{こんげつ}の請求額_{せいきゅうがく}から相殺_{そうさい}してください。
>
> sengetsu. no. kabarai. bun. wa. kongetsu. no. sêkyûgaku. kara. sôsai. shite. kudasai
>
> 請用上個月溢繳的費用扣這個月的帳款。

㉚ 貨到付款

代引き
daibiki

💬 這是「代金(だいきん):費用」加上「引(ひ)き換(か)え:交換」的簡稱。在訂購的商品宅配到府時,將商品的費用、運費和手續費直接支付給宅配業者,也就是「貨到付款」。

ネットで買い物したとき代引きだと商品が届いてから支払いをするので安心だが、手数料がかかる。

netto. de. kaimono. shita. toki. daibiki. da. to. shôhin. ga. todoite. kara. shiharai. o. suru. node. anshin. da. ga, tesûryô. ga. kakaru

網路購物時如果選擇貨到付款,就可以等收到商品再付款,比較令人放心,只是需要手續費。

㉛ 支出更多

高くつく
takaku. tsuku

💬 慣用句。本以為比較便宜,但後來的花費反而更貴。

ネットで調べて安いネイルサロンに行ってみたが、交通費でかえって普段より高くついてしまった。

netto. de. shirabete. yasui. neiru. saron. ni. itte. mita. ga, kôtsûhi. de. kaette. fudan. yori. takaku. tsuite. shimatta

我去了一間網路上說很便宜的美甲店,結果反而花了比平常更貴的交通費。

㉜ 扯平

チャラにする
chara. ni. suru

💬 將借貸抵消,互不相欠,或是當作沒發生。

この前おごってくれたから、今日は俺が払うよ。これでチャラだろ。

kono. mae. ogotte. kureta. kara, kyô. wa. ore. ga. harau. yo. kore. de. chara. daro

你上次請過我了,今天就由我來付帳吧。這樣我們就扯平了。

㉝ 銷帳

ちょう け
帳消し
chôkeshi

💬 費用支付完畢後，就不需要再把資料留在「帳面 (ちょうめん)：帳簿」上，所以劃一條線「消す：刪除」。指「債務消失」。

じ こ は さん て つづ
自己破産手続きをすると、
しゃっきん ちょう け
借金が帳消しになるので
しょうか？

jikohasan. tetsuzuki. o. suru. to, shakkin. ga. chôkeshi. ni. naru. no. deshô. ka?

申請破產後，我的債務能不能從帳上一筆勾銷呢？

○ ○ ○ ○ ○ ○ ○ ○ ○ ○ ○ ○ ○ ○

㉞ 富豪排行榜

ちょうじゃばんづけ
長者番付
chôja. banzuke

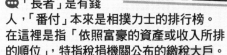

💬「長者」是有錢人，「番付」本來是相撲力士的排行榜。在這裡是指「依照富豪的資產或收入所排的順位」，特指稅捐機關公布的繳稅大戶。

せ かいちょうじゃばんづけ いち い
世界長者番付の一位って
やっぱりビル・ゲイツなの
かな。

sekai. chôja. banzuke. no. ichii. tte. yappari. biru. geitsu. na. no. kana

全球首富應該是比爾蓋茲吧。

㉟ 一轉眼

つか ま
束の間
tsuka. no. ma

💬「一束 (ひとつか)」是古時候長度的單位，指四隻手指的寬度；而「間」則有「期間」的意思。引申為「很短的時間；一眨眼」。

や よろこ つか
痩せた、と喜んだのも束の
ま ま
間、あっという間にリバウ
ンドした。

yaseta, to. yorokonda. no. mo. tsuka. no. ma, atto. yû. ma. ni. ribaundo. shita

正當我因為變瘦而欣喜時，一轉眼就又復胖了。

○ ○ ○ ○ ○ ○ ○ ○ ○ ○ ○ ○ ○

㊱ 賒帳

つ
付け
tsuke

💬 當場不付錢，把費用記在帳本上，日後再一起結算。

らいげつ し はら
これ、来月支払いのつけに
しといて。

kore, raigetsu. shiharai. no. tsuke. ni. shitoite

這幫我記在下個月的帳上。

㊲（錶）慢了／快了

時計が遅れる／
時計が進む
tokê. ga. okureru / tokê. ga. susumu

💬 鐘錶顯示的時間太慢或太快。

この時計は毎日合わせても、すぐに5分進んでしまう。

kono. tokê. wa. mainichi. awasete. mo,
suguni. go. fun. susunde. shimau

這支錶我每天都對時，但還是沒多久就快5分鐘。

㊳打平

とんとん
tonton

💬 錢財的進出互相抵銷，沒有盈損。音調為平板音。

投資でマンションを購入したが、家賃収入とローンの支出がとんとんで全然儲からなかった。

tôshi. de. manshon. o. kônyû. shita. ga,
yachin. shûnyû. to. rôn. no. shishutsu. ga.
tonton. de. zenzen. môkaranakatta

我買了一間房子當作投資，但房租收入和貸款支出打平，根本沒賺。

㊴暴發戶

成金
narikin

💬 在日本將棋的規則中，「歩（ふ）：步兵」走進敵陣後，地位就會升級變得和「金将（きんしょう）：金將」相同。由此引申為「在短時間內致富的人」。

あの下品な家具、見た？成金趣味もいいとこだよね。

ano. gehin. na. kagu, mita? narikin. shumi.
mo. î. toko. da. yo. ne

你看到那些俗氣的家具了嗎？完全是暴發戶心態呀。

㊵極為便宜

二束三文
nisoku. sanmon

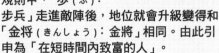

💬 儘管數量很多卻不值錢，表示「非常便宜；幾乎沒有利潤」。

昔のブランドバッグをリサイクルショップに持って行ったんだけど、二束三文でしか売れなかった。

mukashi. no. burando. baggu. o. risaikuru.
shoppu. ni. motte. itta. n. da. kedo, nisoku.
sanmon. de. shika. urenakatta

我把舊的名牌包拿去二手店賣，結果只賣了一點點錢。

㊶ 漲價

値上げ
<ruby>値<rt>ね</rt></ruby><ruby>上<rt>あ</rt></ruby>げ

neage

💬 提高東西的「値段（ねだん）：價格」或費用，反義詞為「値下（ねさ）げ：降價」。

これから<ruby>暑<rt>あつ</rt></ruby>くなるのに、<ruby>電<rt>でん</rt></ruby><ruby>気代<rt>きだい</rt></ruby>、また<ruby>値上<rt>ねあ</rt></ruby>げするんだって。

korekara. atsuku. naru. noni, denkidai, mata. neage. suru. n. datte

馬上就要變熱了，可是聽說電費又要漲價。

㊷ 殺價

値切る
<ruby>値<rt>ね</rt></ruby><ruby>切<rt>ぎ</rt></ruby>る

negiru

💬 字義為「砍掉價格」，也就是「讓價格變便宜；殺價」的意思。

<ruby>家<rt>か</rt></ruby><ruby>電<rt>でん</rt></ruby><ruby>量<rt>りょう</rt></ruby><ruby>販店<rt>はんてん</rt></ruby>で<ruby>値切<rt>ねぎ</rt></ruby>ってみたがだめだった。

kaden. ryôhanten. de. negitte. mita. ga. dame. datta

我在家電量販店試著殺價，結果沒成功。

㊸ 折價

値引き
<ruby>値<rt>ね</rt></ruby><ruby>引<rt>び</rt></ruby>き

nebiki

💬 「引（ひ）く」有「去掉；扣掉」的意思，所以這個字是指「使價格變得比定價低」。

スーパーのお<ruby>惣菜<rt>そうざい</rt></ruby>は<ruby>閉店<rt>へいてん</rt></ruby><ruby>1<rt>いち</rt></ruby><ruby>時間前<rt>じかんまえ</rt></ruby>ぐらいになると<ruby>値引<rt>ねび</rt></ruby>きシールが<ruby>貼<rt>は</rt></ruby>られるよ。

sûpâ. no. osôzai. wa. hêten. ichi. jikan. mae. gurai. ni. naru. to. nebiki. shîru. ga. harareru. yo

超市的熟食在打烊前 1 個小時左右，會貼上折價貼紙唷。

㊹ 標價

値札
<ruby>値<rt>ね</rt></ruby><ruby>札<rt>ふだ</rt></ruby>

nefuda

💬 「札」是「紙片、標籤」，貼在商品上，寫有價格的標籤，就是「標價」。

お<ruby>金持<rt>かねも</rt></ruby>ちは<ruby>値札<rt>ねふだ</rt></ruby>を<ruby>見<rt>み</rt></ruby>ないで<ruby>買<rt>か</rt></ruby>い<ruby>物<rt>もの</rt></ruby>するらしい。

okanemochi. wa. nefuda. o. minai. de. kaimono. suru. rashî

聽說有錢人買東西都不看標價的。

㊺ 出手闊綽

羽振りがいい
はぶり

haburi. ga. î

💬 慣用句。「羽振り」原指鳥振翅的樣子，引申為「聲望；權力」。整句話是指「因為擁有財力或權力，而可以暢所欲為、毫無顧忌」。

> 友人が最近急に羽振りがよくなったんだけど、宝くじでも当たったのかな。
> ゆうじん　さいきんきゅう　はぶり
> たから
> あ
>
> yûjin. ga. saikin. kyûni. haburi. ga. yoku. natta. n. da. kedo, takarakuji. demo. atatta. no.kana

我朋友最近突然變得出手闊綽，不知道是不是中了彩券。

㊻ 退款

払い戻し
はら　もど

haraimodoshi

💬 收下錢並仔細精算後，把多餘的錢退給對方。或是在賭博時把彩票兌換成現金。

> 天候不良により試合が中止になった場合は、チケットの払い戻しをいたします。
> てんこう　ふ　りょう　　しあい　ちゅう
> し　　　　　ばあい
> はら　もど
>
> tenkô. furyô. ni. yori. shiai. ga. chûshi. ni. natta. baai. wa, chiketto. no. haraimodoshi. o. itashimasu

若比賽因天候因素而中止，可接受退票。

㊼ 自動扣款

引き落とし
ひ　お

hikiotoshi

💬 從支付人的金融帳戶自動在某個時間將金錢轉給領受人。

> 銀行口座の残高不足で、クレジットカードの引き落としができなかった。
> ぎんこうこう ざ　ざんだか ぶ そく
> お
>
> ginkô. kôza. no. zandaka. busoku. de, kurejittokâdo. no. hikiotoshi. ga. dekinakatta

我銀行帳號的餘額不足，結果信用卡費自動扣款失敗了。

㊽ 一毛錢

鐚一文
びたいちもん

bitaichimon

💬「鐚錢（びたせん）」是品質粗糙的錢。「文」是古時候的貨幣單位。整個詞是指「極少的金錢」，後面多接否定句，表示「一毛錢都不（沒有）～」

> 姑 は私たちの結婚にびた一文出さないくせに、口ばかり出してきて腹が立つ。
> しゅうとめ　わたし　　　けっこん
> いちもん だ　　　　　　くち
> はら　た
>
> shûtome. wa. watashitachi. no. kekkon. ni. bitaichimon. dasanai. kuse. ni, kuchi.bakari. dashite. kite. hara. ga. tatsu

我們的婚禮婆婆一毛錢都不幫忙出，意見卻很多，真令人生氣。

㊾ 經濟拮据

火(ひ)の車(くるま)

hi. no. kuruma

原是佛教用語，指地獄裡的火燄車，現在指「事業不振；經濟狀況非常不好」的意思。

借金(しゃっきん)があって、家計(かけい)は火(ひ)の車(くるま)だ。

shakkin. ga. atte, kakê. wa. hi. no. kuruma. da

我有負債，家裡經濟拮据。

㊿ 各式各樣、應有盡有

ピンキリ

pinkiri

慣用句，是「ピンからキリまで」的縮語。「ピン」源自葡萄牙文的「點」，引申為「一」的意思，意指最初、最好的。「キリ」的由來眾說紛紜，意指最後、最差的。這個詞的意思就是「從最好的到最差的，應有盡有」。

A: ロードバイク欲(ほ)しいんだけど、いくらぐらいかな。

rôdo. baiku. hoshî. n. da. kedo, ikura. gurai. kana

我想買一台公路自行車，不知道要多少錢呢。

B: うーん、ピンキリだからなあ。

ûn, pinkiri. da. kara. nâ

嗯，各種款式都有，價差應該很大吧。

(51) 荷包滿滿

懐(ふところ)が暖(あたた)かい

futokoro. ga. atatakai

慣用句。語源由來可能是因為古時候人們習慣把錢包放在懷裡。意指「擁有很多錢」。

今(いま)はボーナスが出(で)たばっかりで懐(ふところ)が暖(あたた)かいから、おごってやるよ。

ima. wa. bônasu. ga. deta. bakkari. de. futokoro. ga. atatakai. kara, ogotte. yaru. yo

我剛領到獎金，荷包滿滿的，今天就由我請客吧。

(52) 欠債不還

踏(ふ)み倒(たお)す

fumitaosu

指「不支付應付的費用」或「不償還債務；賴帳」。

知人に借金を
踏み倒されて
困っている。

chijin. ni. shakkin.
o. fumitaosarete.
komatte. iru

朋友欠我錢都不
還，真傷腦筋。

---

53 拒付票據

不渡り
fuwatari

💬 匯票或支票過期後也沒有兌現，就是空頭支票。

取引先が2回目の不渡りを
出して倒産した。

torihikisaki. ga. ni. kaime. no. fuwatari. o.
dashite. tôsan. shita

我的客戶第2次開出空頭支票
後，就倒閉了。

---

54 退貨

返品
henpin

💬 指將已經購買的
「品物(しなもの)：商品」
「返(かえ)す：退還」。

こちらセール品ですので、
返品はご遠慮願います。

kochira. sêru. hin. desu. node, henpin. wa.
goenryo. negaimasu

這是特價品，恕不接受退貨。

---

55 備齊全額

耳を揃える
mimi. o. soroeru

💬 慣用句。這裡的「耳」指邊緣。日本古代的錢幣「大判、小判」的邊緣也叫做「耳」，後來引申為「備齊全額，將錢分毫不差的準備好」。

貸した金、今月中に耳を揃
えて返してもらおうか。

kashita. kane, kongetsuchû. ni. mimi. o.
soroete. kaeshite. moraô. ka

我借你的錢，請在這個月內全部
還清。

---

56 要錢

無心する
mushin. suru

💬 厚顏無恥地向他人索討金錢或財物。

宝くじが当たったことを聞きつけて、友人が金を無心してくるようになった。

takarakuji. ga. attata. koto. o. kikitsukete, yûjin. ga. kane. o. mushin. shite. kuru. yû. ni. natta

自從得知我中了彩券，我朋友就一直跑來向我要錢。

○○○○○○○○○○○○○○○○○

㊗ 籌錢

遣り繰りする

yarikuri. suru

💬 設法籌措金錢或撥出時間。

大家族だが、家計を遣り繰りして、少しずつ貯金している。

daikazoku. da. ga, kakê. o. yarikuri. shite, sukoshi. zutsu. chokin. shite. iru

我家裡人口雖多，但我一直設法節省家用，一點一點存錢。

㊘ 花錢如流水

湯水のように使う

yumizu. no. yô. ni. tsukau

💬 比喻花錢像用水一樣毫不節制。

あの政治家は国民の血税を湯水のように使っていたらしい。

ano. sêjika. wa. kokumin. no. ketsuzê. o. yumizu. no. yô. ni. tsukatte. ita. rashî

聽說那個政治人物把國民用血汗錢繳的稅金拿來亂花。

○○○○○○○○○○○○○○○○○

㊀ 存摺

預金通帳

yokin. tsûchô

💬「預金：存款」；「通帳：存簿、存摺」。

預金通帳の印字欄がいっぱいになったので、窓口で新しい通帳に繰越してもらった。

yokin. tsûchô. no. injiran. ga. ippai. ni. natta. node, madoguchi. de. atarashî. tsûchô. ni. kurikoshi. shite. moratta

我的存摺已經刷滿了，所以去銀行窗口換了新存摺。

⑥ 定額還款
リボ払い
ribo. barai

💬 源自英文的 revolving system 一詞。由使用者自行設定信用卡每個月的還款金額，還款期間無限制，每個月定額還款。

リボ払いだと毎月の支払いの負担が軽くなるからいいね。

ribo. barai. da. to. maitsuki. no. shiharai. no. futan. ga. karuku. naru. kara. îne

如果選擇定額還款，就能減輕每個月的繳款負擔，很不錯耶。

⑥ 兌幣
両替する
ryôgae. suru

💬 將某種貨幣換成等值的另一種貨幣，例如將日圓換成等值的美元；或是把貨幣換成同一種貨幣的紙幣或硬幣，例如將1萬圓鈔換成10張千圓鈔。這兩種兌幣都稱為「両替」。

現地の空港で両替したほうが手数料が安いですよ。

genchi. no. kûkô. de. ryôgae. shita. hô. ga. tesûryô. ga. yasui. desu. yo

出國時在當地機場換匯，手續費比較便宜唷。

⑥ 均攤、各付各的
割り勘する
warikan. suru

💬 各自支付自己所需負擔的「勘定 (かんじょう)：費用」，或是眾人平均分攤總費用。

初めてのデートで割り勘ってどう思う？

hajimete. no. dêto. de. warikan. tte. dô. omou?

你對第一次約會就各付各的有什麼看法？

⑥3 打折

割引
waribiki

💬 從某個金額中扣掉「何割 (なんわり)：幾成」，再付餘額就好，也就是打幾折的意思。

この店、会員は5 ％ 割引で買い物できるんだよ。

kono. mise, kaiin. wa. go. pâsento. waribiki. de. kaimono. dekiru. n. da. yo

這間店的會員，購物可以打 95 折耶。

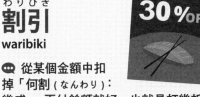

🌀 Play All | MP3 Track 07

1-7 網路用語

① 帳號被盜

アカウントの乗っ取り

akaunto. nottori

💬 社群網路或 LINE 等軟體的帳號或密碼在不知情的狀況下遭盜用。常見的手法為要求被害者的好友購買預付卡。

Facebookのアカウント、乗っ取られたみたいで、ログインできない。

feisubukku. no. akaunto, nottorareta. mitai. de, roguin. dekinai

我的 Facebook 帳號好像被盜了，沒辦法登入。

② app

アプリ

apuri

💬 這是「アプリケーション・ソフト (application software)」的簡稱。

この写真アプリ、すごくかわいく盛れるからおすすめだよ。

kono. shashin. apuri, sugoku. kawaiku. moreru. kara. osusume. da. yo

這個相片編輯 app 可以把照片編輯得超可愛，很推薦唷。

③ 網路鬧事者

荒らし

arashi

💬 在聊天室、部落格、BBS 等不特定多數人參加的網路平台上持續對人誹謗中傷、擾亂秩序的人。

ブログが荒らしにあって、心無いコメントにへこんでいる。

burogu. ga. arashi. ni. atte, kokoronai. komento. ni. hekonde. iru

我的部落格遇到人來鬧場，那些無情的留言令我沮喪。

④ 讚

イイね！

îne!

💬「フェイスブック (Facebook)」等社群網站中使用的按鈕。

あの子、私(わたし)の投稿(とうこう)には絶対(ぜったい)
イイね！しないんだよ。

ano. ko, watashi. no. tôkô. ni. wa. zettai.
îne! shinai. n. da. yo

那個女生從來沒有在我的 PO 文
按過讚。

○ ○ ○ ○ ○ ○ ○ ○ ○ ○ ○ ○ ○ ○ ○ ○

⑤（在 Instagram 上）搶眼

インスタ映(ば)えする

insuta. bae. suru

💬 以「インスタグラム (Instagram)」的
簡稱「インスタ」+「写真 (しゃしん) 映
え：上相」所組成的新詞，獲選 2017 年
流行語大獎。指「上傳後能吸引許多人目
光的照片」。

あのお店(みせ)のスイ
ーツ、カラフル
ですごくインス
タ映(ば)えするよ。

ano. omise. no. suîtsu, karafuru. de.
sugoku. insuta. bae. suru. yo

那間店的甜點五彩繽紛，PO 上
Instagram 一定很搶眼。

○ ○ ○ ○ ○ ○ ○ ○ ○ ○ ○ ○ ○ ○ ○ ○

⑥ 分身帳號

裏(うら)アカ／裏垢(うらあか)

ura. aka

💬「裏アカウント (account)」的簡稱。
「垢」是因為與「アカ」同音而新發明
的網路用語。主要指在「 ツイッター
(Twitter)」或「インスタグラム
(Instagram)」上擁有另一個帳號，用於發
表本尊不方便說的壞話、猥褻話題，或上
傳照片。

あのアイドルのインスタ裏(うら)
アカが流出(りゅうしゅつ)して、大変(たいへん)な
ことになってるらしいよ。

ano. aidoru. no. insuta. ura. aka. ga.
ryûshutsu. shite, taihen. na. koto. ni.
natteru. rashî. yo

據說那個偶像明星的 IG 分身帳號
曝光，鬧得沸沸揚揚呢。

○ ○ ○ ○ ○ ○ ○ ○ ○ ○ ○ ○ ○ ○ ○ ○

⑦ 地下網站

裏(うら)サイト

ura. saito

💬 企業、學校等的非官方網站，內容含
有批判或未經公開的內容。特指學生分享
八卦謠言的「學校地下網站」。

学校裏(がっこううら)サイトに悪口(わるくち)を書(か)か
れるネットいじめが問題(もんだい)に
なっている。

gakkô. ura. saito. ni. warukuchi. o. kakareru.
netto. ijime. ga. mondai. ni. natte. iru

在學校地下網站說人壞話的網路
霸凌，已經形成嚴重的問題。

⑧ 網路圍剿、噓爆

炎上
えんじょう

enjô

💬 指在「ブログ (blog)：部落格」或社群網站上針對某人的失言而湧進大量指責、中傷言論，或是因為被圍剿得太嚴重而被迫關站。

あの芸人ってわざと炎上さ
げいにん　　　　　　　　　えんじょう
せて、世間の注目集めよう
せけん　ちゅうもくあつ
としてるよね。

ano. gênin. tte. wazato. enjô. sasete, seken. no. chûmoku. atsumeyô. to. shiteru. yo. ne

那個搞笑藝人是故意引起網友圍剿，想炒新聞吧。

⑨ 討拍

構ってちゃん
かま

kamatte. chan

💬 在社群網站上反覆做出引人注意的行為的人。

ＳＮＳで体調不良アピール
エスエヌエス　たいちょうふりょう
する人って構ってちゃんだ
ひと　　かま
よね。

esu. enu. esu. de. taichô. furyô. apîru. suru. hito. tte. kamatte. chan. da. yo. ne

在社群網站上一直宣稱自己身體不舒服的人，根本就是在討拍嘛。

⑩ 已讀不回

既読スルー／
きどく
既読無視
きどくむし

kidoku. surû / kidoku. mushi

💬「既読：已讀」；「スルー (through)：無視」。指對方已經讀過 LINE 的訊息，卻沒有回覆。

LINEで彼氏に「今日会え
ライン　かれし　　きょうあ
る？」って聞いたら既読ス
き　　　　　　　きどく
ルーされたんだけど。

rain. de. kareshi. ni. "kyô. aeru?". tte. kîtara. kidoku. surû. sareta. n. da. kedo

我用 LINE 問我男友「今天能見面嗎？」，結果被他已讀不回。

⑪ 搜尋

ググる

guguru

💬 俗語。由「グーグル (Google)」變成的動詞，指利用搜尋引擎搜尋文字或圖片。

そんなの人に聞くより
ひと　き
ググったほうが早いよ。
はや

sonna. no. hito. ni. kiku. yori. gugutta. hô. ga. hayai. yo

那種問題，與其問人，還不如自己上網搜尋比較快。

⑫ 縮圖

サムネ
samune

💬「サムネイル (thumbnail)」的簡稱。指縮小顯示的圖像或文件檔案。

> あの動画のサムネ、すごく目を引くよね。
>
> ano. dôga. no. samune, sugoku. me. o. hiku. yo. ne
>
> 那段影片的縮圖好引人注目喔。

⑬ 貼圖

スタンプ
sutanpu

💬 在 LINE 聊天時使用的圖案。

> ○○公式アカウントと友達になると、無料スタンプがもらえるよ！
>
> OO. kôshiki. akaunto. to. tomodachi. ni. naru. to, muryô. sutanpu. ga. moraeru. yo!
>
> 只要把○○官方帳號加入好友，就能得到免費貼圖唷！

⑭ 業配、置入性行銷

ステマ
sutema

💬「ステルスマーケティング (stealth marketing)」的簡稱。指在消費者沒發現的狀況下不著痕跡地進行宣傳。例如藝人明明收了酬勞，卻偽裝成一般消費者，在社群網站上讚揚商品。

> グルメサイトで、お金を渡していい口コミを書いてもらうというステマがあったらしい。
>
> gurume. saito. de, okane. o. watashite. î. kuchikomi. o. kaite. morau. to. yû. sutema. ga. atta. rashî
>
> 聽說美食網站上有些正面評價是花錢請人寫的業配文呢。

⑮ 討論串

スレ
sure

💬「スレッド (thread)」的簡稱，指在 BBS 上針對各主題討論的留言串。

> 2ちゃんねるでスレ立てたいんだけど、どうやるの？
>
> ni. channeru. de. sure. tatetai. n. da. kedo, dô. yaru. no?
>
> 我想在 2 CHANNEL 發起一個討論串，要怎麼做呢？

⑯ 彈幕

弾幕
だんまく

danmaku

💬 指 Niconico 動畫網站上彈出來佔滿整個畫面的回覆功能。

> ニコニコで弾幕の最後に
> だんまく　さいご
> 8888って出るの、拍手の意
> で　　　　　　　はくしゅ　い
> 味だよ。
> み
>
> nikoniko. de. danmaku. no. saigo. ni. 8888.
> tte. deru. no, hakushu. no. imi. da. yo
>
> **niconico 動畫彈幕最後出現的 8888 是拍手的意思唷。**

⑰ 發推

つぶやく

tsubuyaku

💬「呟（つぶや）く」原意為喃喃自語，這裡指在 Twitter 上「ツイート (tweet)」。以前日文版中該功能顯示為「つぶやき」，現在則統一為「ツイート」。

> 私はツイッターのアカウン
> わたし
> トは持っているが、全然つ
> も　　　　　　　　　　ぜんぜん
> ぶやいたりしない。
>
> watashi. wa. tsuittâ. no. akaunto. wa.
> motte. iru. ga, zenzen. tsubuyaitari. shinai
>
> **我有推特帳號，但完全沒有發推。**

⑱ 釣魚

釣り
つ

tsuri

💬 指「在網路上用假資訊欺騙大眾」。

> Yahoo!知恵袋にすごい質問
> ヤ フ ー ち え ぶくろ　　　　　　しつもん
> があるんだけど、これって
> 釣りかな。
> つ
>
> yafû. chiebukuro. ni. sugoi. shitsumon. ga.
> aru. n. da. kedo, kore. tte. tsuri. kana
>
> **Yahoo 知識＋上有個驚人的問題，會不會是釣魚啊？**

⑲ 交友網站

出会い系サイト
で あ　　けい

deai. kê. saito

💬 透過網路介紹男女認識的網站總稱。

> 出会い系で知り合った人と
> で あ　けい　し　あ　　　ひと
> 会うの？気をつけてね。
> あ　　　　　き
>
> deai. kê. de. shiriatta. hito. to. au. no? ki. o.
> tsukete. ne
>
> **你要和在交友網站上認識的人見面？小心點唷。**

⑳ 貶低

ディスる
disuru

💬 俗語。「ディスリスペクト
(disrespect)」的動詞化。表示否定、批
評、貶低、侮辱之意。原使用於流行音樂
界，後漸漸普及，泛指「在論壇或社群網
路上貶低他人的發言或商品」。

今の発言って、俺のこと
ディスってる？

ima. no. hatsugen. tte. ore.
no. koto. disutteru?

**剛剛的發言
是在貶低我
嗎？**

㉑ DQN

DQN
ドキュン
dokyun

💬 網路用語，一種貶義
詞，指「看起來輕率、粗
暴或缺乏常識與智識的
人」。一般認為源自以前的電視節目「目
撃！ドキュン」。在２ちゃんねる上常用
於指「15歲生小孩，20歲離婚，40歲上
節目的人」。

またどこかの成人式でDQN
が暴れてたみたいだよ。

mata. dokoka. no. sêjinshiki. de. dokyun.
ga. abareteta. mitai. da. yo

**聽說某處的成人式又有 DQN 在喧
鬧了。**

㉒ 假帳號

なりすまし
narisumashi

💬 假冒別人身份。指冒充正牌使用者登
入系統，或使用他人的別名，假冒對方在
網路上活動。

歌手の○○のツイッター、
フォローしてたら、本人
じゃなくてなりすましだっ
たんだよ。最悪。

kashu. no. OO. no. tsuittâ, forô. shitetara,
honnin. ja. nakute. narisumashi. datta. n.
da. yo. saiaku

**我追蹤了歌星○○的推特，結果
發現那是假帳號，不是本人。差
勁透頂。**

㉓ niconico 動畫

ニコニコ動画
どう が
nikoniko. dôga

💬 一個日本的影片分享網站，只要登錄
會員就能觀看。特徵是回覆的顯示方式為
由右往左的彈幕穿過畫面。有許多「試
唱」、「試跳」、「遊戲實況」等影片。

ニコニコ動
画に「踊っ
てみた」の
動画を投稿してみた。

nikoniko. dôga. ni. "odotte. mita". no. dôga.
o. tôkô. shite. mita

我在 niconico 動畫發布了「試跳」的影片。

○ ○ ○ ○ ○ ○ ○ ○ ○ ○ ○ ○ ○ ○

㉔ 2 CHANNEL

2ちゃんねる（2ch）

ni. channeru

💬 日本規模最大的 BBS。自 2017 年
10 月 1 日開始更名為「5（ご）ちゃんね
る」。2ちゃんねる的使用者則稱為「2
ちゃんねらー」。可以匿名發文，討論主
題多樣化，包括政治、經濟、嗜好等。亦
有誹謗中傷的發文，因此有時會成為社會
問題。

2ちゃんねるでよく見るア
スキーアートってすごいよ
ね。

ni. channeru. de. yoku. miru. asukî. âto. tte.
sugoi. yo. ne

2 CHANNEL
上常見的
ASCII 藝
術好厲害
喔。

㉕ 網路右翼

ネトウヨ

netouyo

💬「ネット右翼（うよく）」的簡稱。指在
BBS 或部落格上發表右翼言論的人，或是
對與自己想法相左的意見提出攻擊的人。

ヤフコメの複数アカウント
が規制されて、ネトウヨが
激減した。

yafukome. no. fukusû. akaunto. ga. kisê.
sarete, netouyo. ga. gekigen. shita

Yahoo 新聞規定同一人不得用多
個帳號回應後，網路右翼便大幅
減少。

○ ○ ○ ○ ○ ○ ○ ○ ○ ○ ○ ○ ○ ○

㉖ 笨推主

バカッター

bakattâ

💬 網路用語。是「バカ：笨蛋」和
「ツイッター（Twitter）：推特」組合成的
詞彙。指「拍下不妥行為的照片，自以為
有趣而發布在推特上的人」，例如餐廳或
便利商店的工讀生對商品做出不衛生的行
為，或是闖進鐵軌等。有時會引來網路
圍剿，遭到肉搜，因而被迫休學或吃上官
司。

またコンビニのアイスの冷
蔵庫(ぞうこ)に入(はい)ったバカッターが
いたみたいだよ。

mata. konbini. no. aisu. no. rêzôko. ni.
haitta. bakattâ. ga. ita. mitai. da. yo

好像又有個笨推主鑽進便利商店
的冰淇淋冷凍櫃裡了。

メルマガの配信停止(はいしんていし)をした
いが、やり方(かた)がわからな
い。

merumaga. no. haishin. têshi. o. shitai. ga,
yarikata. ga. wakaranai

我想取消訂
閱電子報，
但不知道該
怎麼做。

⑰ 推特熱門話題

バズる

bazuru

💬 指現在正在推特上流行的話題。源自
介紹推特上熱門話題的網站「バズッター
(buzztter)」。

あのアイドルのツイート、
めっちゃバズってるね。

ano. aidoru. no. tsuîto, meccha. bazutteru.
ne

那個偶像發的推，現在成了推特
上的熱門話題呢。

⑱ 電子報

メルマガ

merumaga

💬「メールマガジン (e-mail magazine)」
的簡稱。指企業或個人針對特定讀者定期
寄送電子郵件，傳達資訊。

⑲ 現充

リア充(じゅう)

riajû

💬 指在「リアル (real)」生活中很「充実
(じゅうじつ)」的人。起源於 2 ちゃんねる
的網路用語，表示人際關係、感情、生活
都很充實的人。相對於此，網路生活很充
實的人則稱為「ネト充」。

あの子(こ)、彼氏(かれし)と旅行(りょこう)行(い)った
写真(しゃしん)とか、彼氏(かれし)にもらった
ブランド物(もの)の写真(しゃしん)とかばっ
かりアップして、リア充(じゅう)ア
ピールがウザいよね。

ano. ko, kareshi. to. ryokô. itta. shashin.
toka, kareshi. ni. moratta. burando. mono.
no. shashin. toka. bakkari. appu. shite, riajû.
apîru. ga. uzai. yo. ne

那個女生一直 PO 她和男朋友去旅
行的照片和男朋友送她的名牌禮
物的照片，顯示自己是個現充，
真令人厭煩。

㉚ 回應、留言

レス

resu

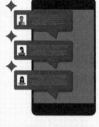

💬「レスポンス (response)：回應」的簡稱。在電子郵件、BBS、部落格、社群網站等回覆對方的留言。
亦可將「真面目(まじめ)：認真」地回覆稱為「マジレス」。

釣(つ)り質問(しつもん)にマジレスするなよ。

tsuri. shitsumon. ni. majiresu. suruna. yo

那種釣魚問題，不必認真回覆啦。

○ ○ ○ ○ ○ ○ ○ ○ ○ ○ ○ ○ ○ ○

㉛ w

W

💬 在網路上表示笑或嘲笑的符號，近似「（笑）」，相當於台灣人常用的「XD」。若重複多個「w」，如「www」，則表示大笑。亦有「草(くさ)」、「草生える(くさはえる)」等說法。

それなwww

sorena. www

就是那樣 www

人

2-1 人際關係 *136*

2-2 角色 *156*

2-3 個性 *180*

2-4 行為 *202*

2-5 情緒 *218*

2-6 生理 *232*

2-7 不當舉止 *254*

2-1 人際關係

左側邊欄：
飲食 / 裝扮 / 交通 / 居家 / 休閒 / 時間金錢 / 網路用語 / 人際關係 / 角色 / 個性 / 行為 / 情緒 / 生理 / 不當舉止

① 失望透頂

愛想を尽かす
あいそ を つかす
aiso. o. tsukasu

💬 因為無奈或失望而喪失對對方的好感，再也不信任對方。

> 何度も浮気を繰り返した結果、妻に愛想を尽かされ、離婚されました。
> なんど も うわき を く かえ けっ か つま あいそ つ りこん
>
> nando. mo. uwaki. o. kurikaeshita. kekka, tsuma. ni. aiso. o. tsukasare, rikon. saremashita
>
> 我反覆外遇的下場，就是我太太對我失望透頂，和我離婚了。

② 某大姊

姉さん女房
あね にょうぼう
anesan. nyôbô

💬 指年紀比丈夫大的妻子，也就是台語的「某大姊」。

> 姉さん女房のほうが結構うまくいくんだって。
> あね にょうぼう けっこう
>
> anesan. nyôbô. no. hôga. kekkô. umaku. iku. n. datte
>
> 聽說娶某大姊比較幸福美滿耶。

③ 專情

一途
いち ず
ichizu

💬 只專心致力於一件事，完全不考慮其他事情。

> 理恵さんは彼の一途な思いを受け止め、結婚することに決めました。
> りえ かれ いちず おも う と けっこん き
>
> Rie. san. wa. kare. no. ichizuna. omoi. o. uketome, kekkon. suru. koto. ni. kimemashita
>
> 理恵小姐接受了他的專情，決定和他結婚。

④ 卿卿我我

いちゃいちゃする
ichaicha. suru

💬 情侶不顧別人的眼光，摟摟抱抱的樣子，也可說成「いちゃつく」。

人前でいちゃいちゃしているカップルを見ると、腹が立つ。

hitomae. de. ichaicha. shiteiru. kappuru. o. miru. to, hara. ga. tatsu

每次看到在大庭廣眾之下卿卿我我的情侶，我都會覺得很生氣。

---

⑤ 跨過界線

一線を越える

issen. o. koeru

💬 指「越過不應該越過的界線」，例如已婚人士與其他異性發生性關係。

彼とは同じ部屋に泊まりましたが、一線は越えていません。

kare. to. wa. onaji. heya. ni. tomarimashita. ga, issen. wa. koete. imasen

我雖然和他睡在同一間房，但我們沒有跨過那條線。

---

⑥ 瞧不起人的態度

上から目線

ue. kara. mesen

💬 對他人明顯表現出輕蔑的態度。

彼女って、いつも上から目線でものを言うから腹が立つんだよね。

kanojo. tte, itsumo. ue. kara. mesen. de. mono. o. yû. kara. hara. ga. tatsu. n. da. yo. ne

她每次說話都一副瞧不起人的模樣，真是氣人。

---

⑦ 意氣相投

馬が合う

uma. ga. au

💬 慣用句。與「気（き）が合う」同義。源自馬匹和騎士的呼吸如果不能互相配合，馬匹就會把騎士甩下馬，以此引申「兩者能夠互相配合；合得來」。

涼介とは性格も趣味も全然違うのに、妙に馬が合うからいつも一緒にいる。

Ryôsuke. to. wa. sêkaku. mo. shumi. mo. zenzen. chigau. noni, myôni. uma. ga. au. kara. itsumo. isshoni. iru

我和涼介無論是個性或是興趣都截然不同，但卻莫名合得來，總是一起行動。

飲食
裝扮
交通
居家
休閒
時間金錢
網路用語
人際關係
角色
個性
行為
情緒
生理
不當舉止

⑧ 外遇；出軌

浮気
うわき

uwaki

💬 在有男女朋友、婚約對象或配偶的情況下，又與其他人交往或發生性關係。

浮気する男は何回も繰り返
うわき　　おとこ　なんかい　　く　かえ
すものだから、別れたほう
わか
がいいよ。

uwaki. suru. otoko. wa. nankai. mo.
kurikaesu. mono. dakara, wakareta. hô.
ga. î. yo

出軌的男人通常會一犯再犯，妳
還是跟他分手比較好吧。

⑨ 遠距離戀愛

遠恋
えんれん

enren

💬「遠距離恋愛
（えんきょりれん
あい）」的簡稱，
指「雙方相隔兩地的戀情」。

彼とは大学に入ってから
かれ　　　だいがく　　はい
東京大阪で遠恋してるから
とうきょうおおさか　えんれん
寂しい。
さび

kare. to. wa. daigaku. ni. haitte. kara. tôkyô.
ôsaka. de. enren. shiteru. kara. sabishî

自從上了大學之後，我和男朋友
就分隔東京大阪兩地，談著遠距
離戀愛，好寂寞喔。

⑩ 斷絕關係

縁を切る
えん　　き

en. o. kiru

💬 慣用句。指「切斷親子、兄弟、夫妻、戀人、朋友」等關係。

母親にずっと金を無心され
ははおや　　　　　かね　むしん
て我慢できないので、親子
がまん　　　　　　　おやこ
の縁を切りたいと思ってい
えんき　　　　　　　　おも
る。

hahaoya. ni. zutto. kane. o. mushin. sarete.
gaman. dekinai. node, oyako. no. en. o.
kiritai. to. omotte. iru

我再也無法忍受我媽媽一直向我
要錢，打算和她斷絕母子關係。

⑪ 青梅竹馬

幼馴染
おさな　な　じみ

osananajimi

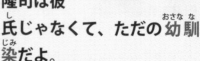

💬 從小就熟識的
朋友。

隆司は彼
たかし　　かれ
氏じゃなくて、ただの幼馴
し　　　　　　　　　　　おさな な
染だよ。
じみ

Takashi. wa. kareshi. ja. nakute, tada. no.
osananajimi. da. yo

隆司不是我男朋友，我們只是青
梅竹馬而已。

⑫ 相親結婚

お見合い結婚
お見合い（みあ）結婚（けっこん）

omiai. kekkon

💬 「お見合い」就是「相親」，這個詞則是指「透過相親而結婚」。

お見合い（みあ）結婚（けっこん）は今（いま）はだんだん少（すく）なくなっている。

omiai. kekkon. wa. ima. wa. dandan. sukunaku. natte. iru

現在愈來愈少人透過相親結婚了。

⑬ 花花公子

女（おんな）ったらし
onnattarashi

💬 亦可寫作「女たらし」，指「擅長玩弄女性的男人」。

あの人（ひと）、イケメンだけどすごい女（おんな）ったらしだから、付（つ）き合（あ）わないほうがいいよ。

ano. hito, ikemen. da. kedo. sugoi. onnattarashi. da. kara, tsukiawanai. hô. ga. î. yo

那個人雖然很帥，但卻是個花花公子，還是別跟他交往吧。

⑭ 大女人主義

かかあ天下
かかあ天下（でんか）

kakâdenka

💬 指妻子的權力大於丈夫。相反詞是「亭主関白（請參考 P. 146 ㊱）」，也就是「大男人主義」。

彼女（かのじょ）、おとなしそうだけど、家（いえ）ではかかあ天下（でんか）らしいよ。

kanojo, otonashisô. da. kedo, ie. de. wa. kakâ. denka. rashî. yo

她看起來雖然溫和，但聽說在家裡可是個大女人喔。

⑮ 私生子

隠し子
隠（かく）し子（ご）

kakushigo

💬 和妻子以外的女性所生的小孩，或身份被刻意隱瞞的孩子。

あの俳優（はいゆう）さんって、あんなに若（わか）いのに隠（かく）し子（ご）がいるんだって。

ano. haiyû. san. tte, annani. wakai. noni. kakushigo. ga. iru. n. datte

聽說那個演員還那麼年輕，就有私生子了耶。

⑯ 私奔

駆け落ち
kakeochi

💬 遭雙親反對而無法成婚的男女一起離家出走。

両親に彼との結婚を猛反対され、駆け落ちして結婚しました。

ryôshin. ni. kare. to. no. kekkon. o. môhantai. sare, kakeochi. shite. kekkon. shimashita

我爸媽強烈反對我和他的婚事，所以我們就私奔，自己結婚了！

⑰ 暗戀、單戀

片思い
kataomoi

💬 單方面對人懷有情愫。

高校生のとき、1つ上の先輩にずっと片思いしていました。

kôkôsê. no. toki, hitotsu. ue. no. senpai. ni. zutto. kataomoi. shite. imashita

我高中的時候，一直暗戀著比我大一屆的學長。

⑱ 斷絕關係

勘当する
kandô. suru

💬 斷絕親子之間的關係。

高三で妊娠して、彼と結婚したい、と言ったら、親に勘当された。

kôsan. de. ninshin. shite, kare. to. kekkon. shitai, to. ittara, oya. ni. kandô. sareta

我在高三的時候懷孕，又說想和對方結婚，結果父母就和我斷絕關係了。

⑲ 與富家千金結婚

逆玉
gyakutama

💬 指「男性和有錢的女性結婚，過著富裕的生活」。相反詞是「玉の輿 (こし) ，請參考 P. 145 ㉞」，指「女性與富豪結婚；釣到金龜婿」。

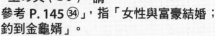

A: 山田君の結婚相手って、大企業の一人娘なんだって。

Yamada. kun. no. kekkon. aite. tte, daikigyô. no. hitorimusume. nandatte

聽說山田的結婚對象是某大企業家的獨生女耶。

B: それって逆玉だよね。

sore. tte. gyakutama. da. yo. ne

這就是所謂的少奮鬥二十年吧。

---

⑳ 不會看場合

空気が読めない

kûki. ga. yomenai

💬 指「行為或言詞不適合當場的氣氛」，也就是我們口語說的「不會看場合；白目」。

あの子、仕事がこんなに忙しい時期に「1週間お休み取って、ハワイに行ってきます」だって。ほんと、空気読めないんだから。

ano. ko, shigoto. ga. konnani. isogashî. jiki. ni. "isshûkan. oyasumi. totte, hawai. ni. itte. kimasu". datte. honto, kûki. yomenai. nda. kara

那個女生在大家工作正忙的時候說：「我要請假一星期去夏威夷玩」。真的很不會看場合耶。

㉑ 水火不容

犬猿の仲

ken'en. no. naka

💬 諺語。正確出處不可考，指「兩人的感情不好；水火不容」。

上田さんと西川さんは犬猿の仲だから、パーティの席は隣同士にしたらいけないよ。

Ueda. san. to. Nishikawa. san. wa. ken'en. no. naka. dakara, pâtî. no. seki. wa. tonari. dôshi. ni. shitara. ikenai. yo

上田先生和西川先生水火不容，安排宴會座位時不可以把他們排在一起喔。

㉒ 聯誼

合コン

gôkon

💬「合同（ごうどう）コンパ」的簡稱。許多男男女女一起吃飯、唱歌等的聯誼同歡活動。

今日の合コン最悪。既婚者とか、ずっと自慢話してる男とかばっかり。

kyô. no. gôkon. saiaku. kikonsha. toka, zutto. jimanbanashi. shiteru. otoko. toka. bakkari

今天的聯誼超爛，男生要不就是已婚，要不就是一直自吹自擂。

㉓ 溝通障礙

コミュ障
komyushô

💬「コミュニケーション障害（しょうがい）」的簡稱。這並不是真的疾病，而是指「不擅與別人互動」。

私はコミュ障で人とうまく話したりできないので、将来どんな仕事をしたらいいのか悩んでいる。

watashi. wa. komyushô. de. hito. to. umaku. hanashitari. dekinai. node, shôrai. donna. shigoto. o. shitara. înoka. nayande. iru

我有溝通障礙，不擅長和人交談，所以很煩惱未來該做什麼工作才好。

㉔ 尋找結婚對象

婚活
konkatsu

💬 在 2008 年出版的一本書裡，模仿「就職活動（しゅうしょくかつどう）→就活（しゅうかつ）」一詞，將「結婚活動（けっこんかつどう）」稱為「婚活」，從此普及。指為了尋找結婚對象而參加相親活動或加入婚友社。

この前、婚活パーティに行ってきたんだけど、全然いい人いなかった。

konomae, konkatsu. pâtî. ni. itte. kita. n. dakedo, zenzen. î. hito. inakatta

我之前參加了尋找結婚對象的派對，結果都沒遇到好對象。

㉕ 戰場；發生激烈爭執

修羅場
shuraba

💬 原為佛教用語，指發生過激戰的血腥戰場，引申為「人際關係的糾葛或情侶間的感情問題」。

昨日彼氏のうちに行ったら、ベッドに知らない女がいて、それから修羅場だったのよ。

kinô. kareshi. no. uchi. ni. ittara, beddo. ni. shiranai. onna. ga. ite, sorekara. shuraba. datta. no. yo

我昨天去男朋友家，看見他床上竟然有個陌生女人，接下來的場面簡直像戰場一樣。

㉖ 姉妹淘聚會

女子会
じょしかい
joshikai

💬「女子会」一詞首見於居酒屋「笑笑（わらわら）」推出的姉妹淘聚會優惠活動，還獲選為 2010 年流行語大獎 TOP 10。是指「只有女性好友們參加的吃飯喝酒的聚會」。

> あのカフェ、おしゃれで個室があって、女子会にオススメだよ！
>
> ano. kafe, oshare. de. koshitsu. ga. atte, joshikai. ni. osusume. da. yo!
>
> 那間咖啡廳很漂亮又有包廂，很適合姉妹淘聚會唷！

○ ○ ○ ○ ○ ○ ○ ○ ○ ○ ○ ○ ○ ○

㉗ 輕佻；輕浮

尻が軽い
しり　かる
shiri. ga. karui

💬「行為輕佻；不穩重」，尤指女性。而「尻輕女（しりがるおんな）」就是指「水性楊花、行為輕薄的女人」。

> あの子、尻が軽いから、合コン行った後、すぐ誰とでも寝ちゃうのよ。
>
> ano. ko, shiri. ga. karui. kara, gôkon. itta. ato, sugu. dare. to. demo. nechau. no. yo
>
> 那個女生好輕浮，每次去參加聯誼完都會跟人過夜。

㉘ 校園階級

スクールカースト
sukûru. kâsuto

💬 用印度的「カースト制度（せいど）：種姓制度」來比喻學校裡「學生的受歡迎程度」。通常外表出眾、有品味、運動神經好的學生排名比較前面。

> 中学校ではスクールカースト下位だったけど、高校デビューしました。
>
> chûgakkô. de. wa. sukûru. kâsuto. kai. datta. kedo, kôkô. debyû. shimashita
>
> 我國中時在校園裡的地位很低，但到高中就脫胎換骨了。

○ ○ ○ ○ ○ ○ ○ ○ ○ ○ ○ ○ ○ ○

㉙ 肌膚的接觸

スキンシップ
sukinshippu

💬 以 skin+ship 拼成的和製英語。指親子或親密對象之間「肌膚互相碰觸，進行心靈交流」。

> スキンシップが夫婦円満の秘訣ですよ。
>
> sukinshippu. ga. fûfu. enman. no. hiketsu. desu. yo
>
> 肌膚之親是夫妻維繫感情的祕訣唷。

㉚ 床伴；性伴侶

セフレ

sefure

💬 這是以 sex ＋ friend (セックスフレンド) 組成的和製英語的簡稱。指不是夫妻、情侶等關係，只單純進行性行為的對象。

彼とは別れてからも、まだずるずるとセフレの関係を続けている。

kare. to. wa. wakarete. kara. mo, mada. zuruzuru. to. sefure. no. kankê. o. tsuzukete. iru

我和他分手之後還藕斷絲連，維持著性伴侶的關係。

㉛ 在外的形象很好

外面がいい

sotozura. ga. î

💬 指「對外人的態度以及在外面的形象很好」，通常暗指「在外面跟在家裡的態度截然不同」。

うちの主人、外面だけは良くて、「いい旦那さんね」なんて言われるけど、家の中ではいつも不機嫌でほんとうに腹が立つのよ。

uchi. no.shujin, sotozura. dake. wa. yokute, "î danna. san. ne". nante. iwareru. kedo, ie. no. naka. de. wa. itsumo. fukigen. de. hontô. ni. hara. ga. tatsu. no. yo

我先生對外人的態度都很好，大家都說他是個好老公，但在家裡態度卻很差，真令人生氣。

㉜ 不合

反りが合わない

sori. ga. awanai

💬 慣用句。原意為刀身的弧度和刀鞘不合，引申為「想法不合」。

上司とどうも反りが合わないが、我慢するしかない。

jôshi. to. dômo. sori. ga. awanai. ga, gaman. suru. shika. nai

我和主管的想法實在不合，但也只能忍耐。

㉝ 高壓態度

高飛車
たかびしゃ

takabisha

💬 源自日本將棋的步法，表示「對他人採取高壓姿態」。和「上（うえ）から目線（めせん）」幾乎同義。

> 彼のこと、ちょっといいかな、と思ってたけど、店員に対して高飛車な態度をとるのを見て一気に幻滅しちゃった。
>
> kare. no. koto, chotto. î. ka. na, to. omotteta. kedo, ten'in. ni. taishite. takabisha. na. taido. o. toru. no. o. mite. ikki. ni. genmetsu. shichatta

我本來對他頗有好感，但一看見他對店員頤指氣使的模樣，就完全幻滅了。

㉞ 釣金龜婿

玉の輿に乗る
たま　こし　　の

tama. no. koshi. ni. noru

💬 女性和有錢男性結婚，過著富裕的生活。

> 彼女、海外の大富豪と結婚するんだって！玉の輿だよね！
>
> kanojo, kaigai. no. daifugô. to. kekkon. suru. n. datte! tama. no. koshi. da. yo. ne!

聽說她要和一位外國富豪結婚了！真是釣到金龜婿了呢！

㉟ 女工具人

都合のいい女
つごう　　　　　おんな

tsugô. no. î. onna

💬 字面上是「方便的女性」，給人呼之即來，揮之即去的感覺，也就是「對男性言聽計從的女性」。

> A: 彼から呼び出されたらすぐに行っちゃうの。
>
> kare. kara. yobidasaretara. sugu. ni. icchau. no
>
> 他每次一找我，我就會立刻過去。
>
> B: それって、都合のいい女にされてるよ！
>
> sorette, tsugô. no. î. onna. ni. sareteru. yo!
>
> 妳這樣會被當成女工具人喔！

㊱ 大男人主義

亭主関白
ていしゅかんぱく

têshu. kanpaku

💬 指在家裡，「亭主：丈夫」就像「関白：輔佐天皇的官職」一樣威風。

父は亭主関白で、私たちが小さい頃からずっと母を怒鳴りつけていた。

chichi. wa. têshu. kanpaku. de, watashitachi. ga. chîsai. koro. kara. zutto. haha. o. donaritsukete. ita

我爸非常大男人，從我們小時候就經常對媽媽破口大罵。

㊲ 斷絕關係

手を切る
て　き

te. o. kiru

💬 切斷「不好的人際關係」。

あんな浮気者の男とは早く手を切ったほうがいいよ。

anna. uwakimono. no. otoko. to. wa. hayaku. te. o. kitta. hô. ga. î. yo

那種外遇成性的男人，妳還是早點跟他斬斷關係比較好。

㊳ 出手；下手

手を出す
て　だ

te. o. dasu

💬 誘使女性和自己發生關係。

社内の女には手を出さないほうがいいぞ。

shanai. no. onna. ni. wa. te. o. dasanai. hô. ga. î. zo

不要對同公司的女生出手比較好喔。

㊴ 同居

同棲
どうせい

dôsê

💬 指情侶沒有結婚，只住在一起。

主人とは3年間同棲した後、結婚しました。

shujin. to. wa. sannenkan. dôsê. shita. ato, kekkon. shimashita

我和先生同居3年之後就結婚了。

⑩ 爽約、放鴿子

ドタキャン
dotakyan

💬 字面上的意思是在「土壇場（どたんば）：危急的最後一刻」，把事情「キャンセル (cancel)：取消」，指「在最後一刻臨時取消原本的約定或計畫」。

> 由美ったら、また当日になって「行けなくなっちゃった」ってドタキャンしてきたんだよ。信じられない。
>
> Yumi. ttara, mata. tôjitsu. ni. natte. "ikenakunacchatta". tte. dotakyan. shite. kita. n. da. yo. shinjirarenai
>
> 由美竟然又到當天才說：「我不能去了」，臨時放我鴿子，真令人傻眼。

㉛ 陷入泥沼

泥沼
doronuma

💬 用惱人的泥沼來引申為「難以掙脫的困難」。

> 夫の不倫相手が家に乗り込んで来たり、養育費のことでもめたり、泥沼離婚となった。
>
> otto. no. furin. aite. ga. ie. ni. norikonde. kitari, yôikuhi. no. koto. de. mometari, doronuma. rikon. to. natta
>
> 一下是我丈夫的外遇對象跑來家裡，一下又因為贍養費起爭執，使得我們的離婚手續陷入泥沼。

㊷ 奉子成婚

できちゃった結婚
dekichatta. kekkon

💬 指「因為懷孕而結婚」，也可簡稱為「デキ婚（こん）」。由於「できちゃった」語意中含有不小心懷孕的意思，因此最近也有人改用「授（さず）かり婚；授かる：得到恩賜」或「おめでた婚；おめでたい：可喜可賀」等說法。

> あの人、あんなに若いのにもう子供いるの？絶対デキ婚だよね。
>
> ano. hito, annani. wakai. noni. mô. kodomo. iru. no? zettai. dekikon. da. yo. ne
>
> 那個人還那麼年輕就已經有小孩了？一定是奉子成婚吧。

㊸ 事實婚姻

内縁／事実婚
ないえん／じじつこん

naien / jijitsukon

💬 男女雙方事實上具有婚姻關係且共同生活，但由於沒有完成結婚登記，因此在法律上不被承認為夫妻。

内縁の夫の遺産相続の件で、いろいろもめている。
ないえん おっと い さんそうぞく けん

naien. no. otto. no. isan. sôzoku. no. ken. de, iroiro. mometeiru

我和丈夫只有事實婚姻，現在因為丈夫的遺產繼承問題而鬧得滿城風雨。

㊹ 和好

仲直りする
なかなお

nakanaori. suru

💬 吵架的雙方言歸於好。

喧嘩した友達と仲直りしたいんだけど、どうしたらいいかな。
けんか ともだち なかなお

kenka. shita. tomodachi. to. nakanaori. shitai. n. da. kedo, dôshitara. î. ka. na

我想和之前吵架的朋友和好，該怎麼辦才好呢。

㊺ 搭訕

ナンパする

nanpa. suru

💬 指「男性在路上對女性搭訕、邀約」。相反地，若是女性搭訕男性，則稱為「逆（ぎゃく）ナン」。

昨日買い物してたら、すごくかっこいい人にナンパされたんだ！
きのう か もの ひと

kinô. kaimono. shite. tara, sugoku. kakkoî. hito. ni. nanpa. sareta. n. da!

我昨天去逛街的時候，被一個超帥的人搭訕耶！

㊻ 承認親子關係

認知する
にんち

ninchi. suru

💬 在法律上沒有婚姻關係的男女生下小孩後，將小孩納入戶籍，承認其與自己的親子關係。

彼との間に子供が生まれたが、彼が認知してくれないまま1年が過ぎた。
かれ あいだ こども う かれ にんち いちねん す

kare. to. no. aida. ni. kodomo. ga. umareta. ga, kare. ga. ninchi. shite. kurenai. mama. ichinen. ga. sugita

我和他生了孩子，但他不願意承認親子關係，就這樣過了1年。

㊼ 睡別人的妻子 / 丈夫

寝取る
ねとる
netoru

💬 與別人的配偶或戀人在雙方合意的狀況下發生性關係。

> 結婚を考えていた彼女を同僚に寝取られた。
> けっこん かんが かのじょ どう
> りょう ねと
>
> kekkon. o. kangaeteita. kanojo. o. dôryô. ni. netorareta
>
> 我那已經論及婚嫁的女朋友，居然跟我同事發生了關係。

○ ○ ○ ○ ○ ○ ○ ○ ○ ○ ○ ○ ○ ○

㊽ 不看場合的情侶

バカップル
bakappuru

💬 這是用「バカ：愚蠢」和「カップル：情侶」組成的俗語。指「不在乎旁人眼光，卿卿我我的放閃情侶」。

> あの二人、電車の中でずっといちゃいちゃしてるのよ。ほんと、バカップルだよね。
> ふたり でんしゃ なか
>
> ano. futari, densha. no. naka. de. zutto. ichaicha. shiteru. no. yo. honto, bakappuru. da. yo. ne
>
> 那兩個人在電車裡一直卿卿我我，真是一對不看場合的情侶。

㊾ 被排擠

ハブられる
haburareru

💬 源自「省（はぶ）く：除去、省略」這個字，有「遭受排擠」的意思。

> 高校のときはグループ内でハブられてすごく辛かったです。
> こうこう ない
> つら
>
> kôkô. no. toki. wa. gurûpu. nai. de. haburarete. sugoku. tsurakatta. desu
>
> 我高中時在小團體裡遭到排擠，過得很辛苦。

○ ○ ○ ○ ○ ○ ○ ○ ○ ○ ○ ○ ○ ○

㊿ 巧遇

鉢合わせする
はち あ
hachiawase. suru

💬「鉢：缽」也有「頭蓋骨」的意思，用「頭和頭互相碰撞」的動作，引申為「偶然巧遇」的意思。通常會用來指遇到不想遇到的人。

> 彼のマンションに行ったら、浮気相手とばったり鉢合わせした。
> かれ い
> うわ き あいて はち
> あ
>
> kare. no. manshon. ni. ittara, uwaki. aite. to. battari. hachiawase. shita
>
> 我去男朋友家的時候，好死不死遇到了我的劈腿對象。

51 玩火

火遊び
ひ あそ
hiasobi

💬 原是指小孩用火柴或打火機玩火，後指做出像玩火一樣危險的「一夜情」等行為。

お互い一晩限りの火遊びの
たが ひとばんかぎ ひ あそ
つもりだったのに、本気に
ほん き
なってしまった。

otagai. hitoban. kagiri. no. hiasobi. no.
tsumori. datta. noni, honki. ni. natte.
shimatta

我們本來彼此都只抱著玩玩的心態一夜情，但我卻認真了。

52 一見鍾情

一目惚れ
ひとめ ぼ
hitomebore

💬「一目：只看一眼」加上「惚れる：喜歡上異性」，指「只見過一次就喜歡上對方」。

今朝電車の中で会った女
け さでんしゃ なか あ おんな
の子に一目惚れしてしまっ
こ ひとめ ぼ
た。

kesa. densha. no. naka. de. atta. onnanoko.
ni. hitomebore. shite. shimatta

我對今天早上在電車裡遇到的女生一見鍾情了。

53 腳踏兩條船

二股をかける
ふたまた
futamata. o. kakeru

💬 同時和兩個對象交往，也就是「腳踏兩條船；劈腿」的意思。

最低！私、彼氏に二股かけ
さいてい わたし かれ し ふたまた
られてたのよ！

saitê! watashi, kareshi. ni. futamata.
kakerareteta. no. yo!

爛人！我被我男朋友腳踏兩條船了！

54 婚外情

不倫
ふ りん
furin

💬 指已婚男女與配偶以外的異性發生關係。

あの俳優さん、不倫してた
はいゆう ふ りん
んだって。信じられない。
しん

ano. haiyû. san, furin. shiteta. n. datte.
shinjirarenai

據說那個男演員有婚外情，太不可置信了。

55 沒有朋友的人

ぼっち
bocchi

💬「独（ひと）りぼっち」的簡稱。形容「在學校或團體裡沒有朋友、很孤單的人」。

学校ではずっとぼっちで、休み時間は本ばかり読んでいた。

gakkô. de. wa. zutto. bocchi. de, yasumijikan. wa. hon. bakari. yonde. ita

我在求學階段一直沒什麼朋友，下課時間總是在看書。

56 媽媽友

ママ友
mamatomo

💬 指經由小孩
認識的一群母親們彼此結交為朋友。有些媽媽友會相約吃飯或討論育兒的問題，也有些媽媽友之間會產生霸凌或爭端。

ママ友のうちに行くとき、手土産は何を持って行ったらいいのか悩む。

mamatomo. no. uchi. ni. iku. toki, temiyage. wa. nani. o. motte. ittara. î. no. ka. nayamu

我很煩惱，不知道去媽媽友家的時候該帶什麼伴手禮才好。

57 形式主義

マンネリ
manneri

💬「マンネリズム(mannerism)：形式主義」的簡稱。指「事情流於形式，欠缺新鮮感和趣味性」。

付き合って5年にもなると、デートもマンネリ化してきてつまらない。

tsukiatte. gonen. ni. mo. naru. to, dêto. mo. manneri. ka. shite. kite. tsumaranai

交往5年後，約會也漸漸流於形式，變得很無聊。

58 有可能

脈がある
myaku. ga. aru

💬「脈」原是「脈搏」，引申為「希望；機會；可能性」。

彼女には一度デートを断られたが、LINEの返信もすぐしてくれるし、まだ脈はあるんじゃないかと思っている。

kanojo. ni. wa. ichido. dêto. o. kotowarareta. ga, rain. no. henshin. mo. sugu. shite. kureru. shi, mada. myaku. wa. aru. n. janai. ka. to. omotte. iru

她雖然拒絕了跟我出去，但LINE訊息總是回得很快，我覺得應該還有機會。

⑤⑨ 放不下

未練
みれん

miren

💬 指「人的心中還留有執念；放不下；不乾脆」的意思。

> 松本君、別れた彼女に未練タラタラで、彼女の写真も全部削除しないで置いてるんだよ。
>
> まつもとくん、わか、かのじょ、みれん、かのじょ、しゃしん、ぜんぶ、さくじょ、お
>
> Matsumoto. kun, wakareta. kanojo. ni. miren. taratara. de, kanojo. no. shashin. mo. zenbu. sakujo. shinai. de. oiteru. n. da. yo
>
> 松本還沒放下前女友，一直留著她的照片都不刪掉呢。

⑥⓪ 怦然心動

胸キュン
むね

munekyun

💬「胸がキュンとする」的簡稱。特指在想起青春時期與異性之間的回憶，或是看見異性令人意外的一面時，令人心頭一揪的感覺。

> このアニメの主人公の台詞に胸キュンしちゃう！
>
> しゅじんこう、せりふ、むね
>
> kono. anime. no. shujinkô. no. serifu. ni. munekyun. shichau!
>
> 這部動畫裡主角的台詞真是令人怦然心動！

⑥① 網友

メル友
とも

merutomo

💬「メール友だち」的簡稱。這是指在網路上認識之後，透過電子郵件聯絡而變得熟稔的朋友。

> 外国人とメル友になりたいんだけど、どこのサイトがいいかな。
>
> がいこくじん、とも
>
> gaikokujin. to. merutomo. ni. naritai. n. da. kedo, doko. no. saito. ga. î. ka. na
>
> 我想交外國網友，不知道哪個網站比較好。

⑥② 外貌協會

面食い
めん く

menkui

💬 形容「挑外表；喜歡臉蛋好看」的人，就是中文俗稱的「外貌協會」。這個詞男女皆適用。

美紀って学生時代、あんなに面食いだったのに、結局結婚したのは全然いけてない男なんだよね。

Miki. tte. gakusêjidai, annani. menkui. datta. noni, kekkyoku. kekkon. shita. no. wa. zenzen. iketenai. otoko. nanda. yo. ne

美紀在學生時代那麼注重外表，沒想到最後跟一個完全不帥的人結婚。

(63) 前女友

元カノ

motokano

「元」是「原本的；以前的」，「カノ」源自「彼女（かのじょ）」一詞。前男友則是「元彼（もとかれ）」。

元カノのことがどうしても忘れられない。

motokano. no. koto. ga. dôshitemo. wasurerarenai

我怎麼也忘不了前女友。

(64) 破鏡重圓

元の鞘に収まる

moto. no. saya. ni. osamaru

原來是指「放進其他刀鞘的刀回到原本的刀鞘裡」。後用來引申「已經分手的兩人再次恢復原本的關係；破鏡重圓」。

二人は色々あったが、結局元の鞘に収まった。

futari. wa. iroiro. atta. ga, kekkyoku. moto. no. saya. ni. osamatta

他們兩人經歷了很多事，最後還是破鏡重圓了。

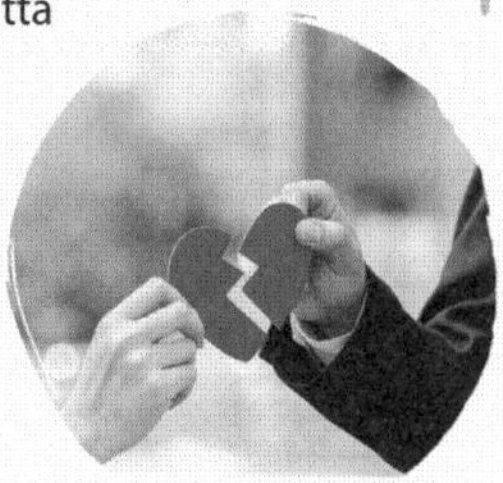

(65) 吃醋、嫉妒

焼き餅を妬く

yakimochi. o. yaku

這是在與「焼く」同音的「妬く」前加上「焼き餅」所組成的諧語。

彼女、俺が仕事で女の人と話してるだけで、すぐ焼き餅妬くから困ってるんだよ。

kanojo, ore. ga. shigoto. de. onna. no. hito. to. hanashiteru. dake. de, sugu. yakimochi. yaku. kara. komatteru. n. da. yo

我只是和女性談公事，我女友就會吃醋，真傷腦筋。

⑥⑥ 復合

縒りを戻す

yori. o. modosu

💬 已經分手的兩人再次恢復原本的關係，也就是「破鏡重圓」。

別れた彼女とよりを戻したんだけど、実はあまりうまくいってないんだ。

wakareta. kanojo. to. yori. o. modoshita. n. da. kedo, jitsu. wa. amari. umaku. itte. nai. n. da

我雖然和前女友復合了，但其實進展的不太順利。

○ ○ ○ ○ ○ ○ ○ ○ ○ ○ ○ ○ ○ ○

⑥⑦ 兩情相悅

両思い

ryôomoi

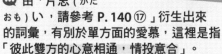

💬 由「片思 (かたおも) い，請參考 P. 140 ⑰ 」衍生出來的詞彙，有別於單方面的愛慕，這裡是指「彼此雙方的心意相通，情投意合」。

彼と両思いだということがわかって、付き合うことになりました。

kareto. ryôomoi. da. to. yû. koto. ga. wakatte, tsukiau. koto. ni. narimashita

我發現我和他其實是兩情相悅，所以就開始交往了。

NOTE

2-2 角色

① 愛撒嬌的小孩

甘えん坊
あま ぼう

amaenbô

💬 愛撒嬌的小孩。

息子は甘え
むすこ あま
ん坊で、小学生になっても
ぼう しょうがくせい
ママにべったりだ。

musuko. wa. amaenbô. de, shôgakusê. ni.
natte. mo. mama. ni. bettari. da

我兒子很愛撒嬌，都上小學了還
一直黏著媽媽。

② 愛吃甜食的人 / 愛喝酒的人

甘党／辛党
あまとう からとう

amatô / karatô

💬 一般將愛吃甜食的人稱為「甘党」，
因此大家常把「辛党」誤解為喜歡吃辣的
人，但其實是指「愛喝酒的人」。

甘党の正行さんにはおまん
あまとう まさゆき
じゅうを、辛党の賢二さん
からとう けんじ
には日本酒をお土産に買っ
にほんしゅ みやげ か
て行きましょう。
い

amatô. no. Masayuki. san. ni. wa. omanjû.
o, karatô. no. Kenji. san. ni. wa. nihonshu. o.
omiyage. ni. katte. ikimashô

我們去買伴手禮吧。買日式饅頭
給愛吃甜食的正行，買日本酒給
愛喝酒的賢二。

③ 三十歲 / 四十歲 / 五十歲左右的人

アラサー／
アラフォー／
アラフィフ

arasâ / arafô / arafifu

💬 皆為和製英語，
分別為「アラウンド
＋サーティー／フォーティー／フィフ
ティー (around thirty/forty/fifty)」的簡
稱。源自某女性時尚雜誌，是指 30 歲左
右、40 歲左右、50 歲左右的人。

そのミニスカートはアラ
フォーにはちょっときつい
んじゃない？

sono. minisukâto. wa. arafô. ni. wa. chotto.
kitsui. n. janai?

那件迷你裙對四十歲左右的人來
說不會太短了嗎？

飲食 裝扮 交通 居家 休閒 時間金錢 網路用語 人際關係 **角色** 個性 行為 情緒 生理 不當舉止

④ 奶爸
イクメン
ikumen

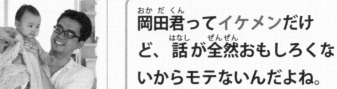

💬 取「イケメン」的諧音，將「イケ」改為「育児（いくじ）」的「育（いく）」，指積極照顧小孩的男性。

うちのパパはとても**イクメ**
ンで、オムツ替_がえもお風呂_{ふろ}
に入_いれるのも全部_{ぜんぶ}やってく
れるんです。

uchi. no. papa. wa. totemo. ikumen. de,
omutsu. gae. mo. ofuro. ni. ireru. no. mo.
zenbu. yatte. kureru. n. desu

我家爸爸是個超級奶爸，不管是
幫小孩換尿布或洗澡，都由他負
責。

---

⑤ 帥哥
イケメン
ikemen

💬 在「イケてる＝かっこいい：帥」後面加上有「man：男生」和「面（めん）」兩層涵義的「メン」組合而成，指「外表瀟灑帥氣的男性」。

岡田君_{おかだくん}ってイケメンだけ
ど、話_{はなし}が全然_{ぜんぜん}おもしろくな
いからモテないんだよね。

Okada. kun. tte. ikemen. dakedo, hanashi.
ga. zenzen. omoshirokunai. kara. motenai.
n. da. yo. ne

岡田雖然很帥，但講話很無趣，
所以不受女生歡迎。

---

⑥ 常欺負人的小孩
いじめっ子_こ
ijimekko

💬 喜歡欺壓弱小的小孩。

あのね、いじめっ子_こがいる
から、幼稚園_{ようちえん}に行_いきたくな
いの。

ano. ne, ijimekko. ga. iru. kara, yôchien. ni.
ikitakunai. no

幼稚園有個喜歡欺負人的小孩，
所以我不想去。

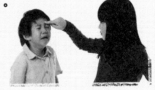

---

⑦ 受欺負的對象
いじられキャラ
ijirare. kyara

💬 經常成為他人調侃或嘲笑對象的人。

私はクラスではいじられキャラで通っているが、実際はバカにされているみたいで嫌だ。

watashi. wa. kurasu. de. wa. ijirare. kyara. de. tôtte. iru. ga, jissai. wa. baka. ni. sarete. iru. mitai. de. iya. da

我在班上的形象雖是個常受欺負的角色，但我其實很討厭那種被人瞧不起的感覺。

---

⑧ 短暫走紅的人

一発屋

ippatsuya

💬 俗語，指只有一部代表作或只在短時間內大受歡迎，之後就不再走紅的人。

あの芸人さんって一発屋だったね。今年は消えちゃったね。

ano. gênin. san. tte. ippatsuya. datta. ne. kotoshi. wa. kiechatta. ne

那位搞笑藝人好像只短暫走紅了一陣子，今年就不見了呢。

---

⑨ 療癒系

癒し系

iyashi. kê

💬 這是在 2000 年左右出現的流行語，形容一種光是看著就令人感到療癒的人或物。

結婚するならやっぱり癒し系の女の子がいいな。

kekkon. suru. nara. yappari. iyashi. kê. no. onna. no. ko. ga. î. na

既然要結婚，對象當然要挑療癒系的女孩子囉。

---

⑩ 知識份子、菁英

インテリ

interi

💬 俄文「インテリゲンチャ (intelligentsiya)」的簡稱，指「知識份子」。

最近はインテリ芸能人が参加するクイズ番組が多いよね。

saikin. wa. interi. gênôjin. ga. sanka. suru. kuizu. bangumi. ga. ôi. yo. ne

最近許多益智猜謎節目邀請的藝人都是知識份子呢。

---

⑪ 騙子

うそつき

usotsuki

💬「うそをつく：說謊、騙人」的名詞化，也就是「說謊欺騙別人的人；騙子」。

うそつき！奥さんと別れ
るって言ってたくせに！

usotsuki! okusan. to. wakareru. tte. itteta.
kuse. ni!

你這個騙子！你不是說要和太太
離婚嗎？

芸能界の大御所のＡさんっ
て、すごく嫌われてるん
だって。

gênôkai. no. ôgosho. no. A. san. tte,
sugoku. kirawareteru. n. datte

聽說演藝圈的大老 A 先生人緣非
常差。

あ行・か行・さ行・た行・な行・は行・ま行・や行・ら行・わ行

⑫ 叛徒

裏切り者
uragirimono

💬 源自「裏切る：
背叛」這個動詞，指「背叛同伴的人」。

裏切り者！全然勉強して
ないって言ってたのに、な
んでテスト１００点なんだ
よ！

uragirimono! zenzen. benkyô. shite. nai.
tte. itteta. noni, nande. tesuto. hyakuten.
na. n. da. yo

你這個叛徒！你明明說完全沒讀
書，為什麼考了 100 分！

⑬ 退休大老

大御所
ôgosho

💬 原指將軍隱居的地方，後引申為隱居
的將軍本人。在現代表示雖然離開第一
線，但仍在該業界擁有龐大勢力的人。

⑭ 大人物

大物
ômono

💬 在該業界擁有龐大勢力
與影響力的人。

A: この前空港で歌手の○○
と会って握手してもらっ
たの。

kono. mae. kûkô. de. kashu. no. OO. to.
atte. akushu. shite. moratta. no

我之前在機場和歌星○○握手
耶。

B: すごい大物じゃない！
ラッキーだったね。

sugoi. ômono. janai! rakkî. datta. ne

那不是大明星嗎？你好幸運
喔！

⑮ 娘娘腔、變裝癖

おかま

okama

💬 男同性戀者，或缺乏男性特徵的男性、扮成女裝的男性。「おかま」是江戶時代的俗語，意指肛門，帶有貶義，請小心使用此字。

> <ruby>高橋<rt>たかはし</rt></ruby>君って、<ruby>声<rt>こえ</rt></ruby>が<ruby>高<rt>たか</rt></ruby>いし<ruby>動<rt>うご</rt></ruby>きもおかまっぽいよね。
>
> Takahashi. kun. tte, koe. ga. takai. shi. ugoki. mo. okamappoi. yo. ne
>
> 高橋的聲音很高，動作也很娘娘腔。

○ ○ ○ ○ ○ ○ ○ ○ ○ ○ ○ ○ ○

⑯ 大嘴巴

おしゃべり

oshaberi

💬「しゃべる：說話」的名詞化。指「話很多，或口風不緊的人」。

> <ruby>友達<rt>ともだち</rt></ruby>がおしゃべりで、<ruby>私<rt>わたし</rt></ruby>の<ruby>秘密<rt>ひみつ</rt></ruby>も<ruby>何<rt>なん</rt></ruby>でもすぐに<ruby>他<rt>ほか</rt></ruby>の<ruby>人<rt>ひと</rt></ruby>に<ruby>話<rt>はな</rt></ruby>してしまうから<ruby>困<rt>こま</rt></ruby>る。
>
> tomodachi. ga. oshaberi. de, watashi. no. himitsu. mo. nan. demo. suguni. hoka. no. hito. ni. hanashite. shimau. kara. komaru
>
> 我朋友是個大嘴巴，每次都把我的祕密洩漏出去，真傷腦筋。

⑰ 跟不上進度的學生

<ruby>落<rt>お</rt></ruby>ちこぼれ

ochikobore

💬 跟不上學校課業的進度，學業成績低落的人。

> <ruby>高一<rt>こういち</rt></ruby>までは<ruby>落<rt>お</rt></ruby>ちこぼれだったが、<ruby>二年<rt>にねん</rt></ruby>から<ruby>必死<rt>ひっし</rt></ruby>に<ruby>勉強<rt>べんきょう</rt></ruby>してアメリカの<ruby>名門大学<rt>めいもんだいがく</rt></ruby>に<ruby>合格<rt>ごうかく</rt></ruby>した。
>
> kôichi. made. wa. ochikobore. datta. ga, ninen. kara. hisshi. ni. benkyô. shite. amerika. no. mêmon. daigaku. ni. gôkaku. shita
>
> 我在高一之前功課一直很差，但高二開始拼命唸書，最後大學考上了美國的名校。

○ ○ ○ ○ ○ ○ ○ ○ ○ ○ ○ ○ ○

⑱ 得意忘形的人

お<ruby>調子者<rt>ちょうしもの</rt></ruby>

ochôshimono

💬 一被奉承就立刻得意忘形或變得輕浮的人。

> <ruby>普段<rt>ふだん</rt></ruby>はお<ruby>調子者<rt>ちょうしもの</rt></ruby>の<ruby>浩二<rt>こうじ</rt></ruby>君が、<ruby>二人<rt>ふたり</rt></ruby>っきりになったときにすごく<ruby>真面目<rt>まじめ</rt></ruby>でドキッとした。
>
> fudan. wa. ochôshimono. no. Kôji. kun. ga. futarikkiri. ni. natta. toki. ni. sugoku. majime. de. dokitto. shita

平常很容易得意忘形的浩二，在我跟他兩個人獨處的時候卻變得很正經，讓我嚇了一跳。

- - - - - - - - -

⑲ 追星族

追っかけ
okkake

💬「追いかける：追趕」的名詞化，指「一直跟著演員或歌手到處跑的狂熱粉絲」。

アイドルグループの追っかけをしてるので、全然お金がない。

aidoru. gurûpu. no. okkake. o. shiteru. node, zenzen. okane. ga. nai

我在追一個偶像團體，所以很窮。

- - - - - - - - -

⑳ 長相帥氣的男性；有男子氣概的人

男前
otokomae

💬 源自歌舞伎用語，指「長相英俊帥氣的人」。有時也會用於形容人的行為很有男子氣概，或是女性做出不輸男性的帥氣舉動時。

この写真の俺、すごい男前に写ってると思わない？

kono. shashin. no. ore, sugoi. otokomae. ni. utsutteru. to. omowanai?

你不覺得我這張照片超有男子氣概的嗎？

- - - - - - - - -

㉑ 男大姐

オネエ
onê

💬 源自「お姉（ねえ）さん」一詞。與「オカマ」同義，但沒有歧視的意思，近來漸漸取代「オカマ」。

渡辺君って、たまに「ナニナニなのよね」とかオネエ口調のときがあるよね。

Watanabe. kun. tte, tamani. "naninani. na. no. yo. ne". toka. onê. kuchô. no. toki. ga. aru. yo. ne

渡邊偶爾會用男大姐的口吻說話耶。

- - - - - - - - -

㉒ 富二代

御曹司
onzôshi

💬「御曹司」原是指貴族的宅邸，後指住在那種宅邸中的貴族子嗣。在現代表示富裕家庭的小孩。

あの俳優さんって、実は大企業の御曹司なんだって。

ano. haiyû. san. tte, jitsuwa. daikigyô. no. onzôshi. na. n. datte

聽說那個演員其實是某大企業的富二代。

㉓ 小鬼、小屁孩

餓鬼
gaki

💬 小孩的俗稱。大多使用片假名書寫。

ガキのくせに生意気なことを言うんじゃない！

gaki. no. kuse. ni. namaiki. na. koto. o. yû. n. janai!

你這個小鬼，不要在那裏大放厥詞！

㉔ 死腦筋的人

堅物
katabutsu

💬「太過認真，不懂變通的人」。

父は頑固な堅物で、笑っているところなど見たことがない。

chichi. wa. ganko. na. katabutsu. de, waratte. iru. tokoro. nado. mita. koto. ga. nai

我爸是個頑固的死腦筋，我從沒看過他笑。

㉕ 勝利組

勝ち組
kachigumi

💬 在某個領域或事業上成功的人。反義詞為「負(ま)け組：失敗組」。

あいつ、あんなきれいな奥さんもらって、高級車乗りまわして、人生の勝ち組だよなあ。

aitsu, anna. kirêna. okusan. moratte, kôkyûsha. norimawashite, jinsê. no. kachigumi. da. yo. nâ

那傢伙娶了那麼漂亮的太太，又開著名車，真是人生勝利組啊。

㉖ 充滿個人魅力的人

カリスマ
karisma

💬 源自希臘文的 charisma，意為「天賦；魅力」，後來引申指「擁有能吸引眾人的資質與能力的人」。

> あそこの美容室、カリスマ美容師がいて、全然予約取れないんだよ。
>
> asoko. no. biyôshitsu. karisma. biyôshi. ga. ite, zenzen. yoyaku. torenai. n. da. yo
>
> 那間美容院有一位大受歡迎的設計師，根本預約不到。

㉗ 旱鴨子

カナヅチ
kanazuchi

💬 因為「金鎚 (かなづち)：榔頭」太重，會立刻沉入水中，因此用來指「不會游泳的人」。

> 実は私、カナヅチなんで、あまり海に行きたくないんです。
>
> jitsuwa. watashi, kanazuchi. na. n. de, amari. umi. ni. ikitakunai. n. desu
>
> 其實我是個旱鴨子，所以不太想去海邊。

㉘ 骨瘦如柴的人

がりがり
garigari

💬 形容一個人「消瘦、皮包骨的樣子」。

> 河合君、がりがりだよね。ご飯ちゃんと食べてるのかな。
>
> Kawai. kun, garigari. da. yo. ne. gohan. chanto. tabeteru. no. ka. na
>
> 河合瘦得跟皮包骨一樣，他到底有沒有好好吃飯啊？

㉙ 書呆子

ガリ勉
gariben

💬 「がりがり：全神貫注、專心一志」＋「勉強 (べんきょう) する」的簡稱。指「一天到晚只會讀書的人」。

> 高校まではガリ勉だったが、大学に入ってからは毎日遊んでいる。
>
> kôkô. made. wa. gariben. datta. ga, daigaku. ni. haitte. kara. wa. mainichi. asonde. iru
>
> 我在高中之前是個書呆子，但上了大學之後就每天都在玩。

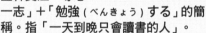

㉚ 有威嚴

貫禄がある
かんろく

kanroku. ga. aru

💬「人的體態或態度流露出威嚴或氣勢」。有時用於暗中指別人肥胖。

> ご子息は次期社長というだけあって、若干４０代にして貫禄がありますねえ。
> ### し そく　じ き しゃちょう
> ### じゃっかんよんじゅうだい
> ### かんろく
>
> goshisoku. wa. jiki. shachô. to. yû. dake. atte, jakkan. yonjû. dai. ni. shite. kanroku. ga. arimasu. nê
>
> 令郎不愧是下一任老闆，才 40 多歲就這麼有威嚴。

㉛ 陰晴不定的人

気分屋
き ぶん や

kibun'ya

💬 指「隨著當下心情採取行動；性情不定的人」。

> あの子、気分屋だから約束しても急に来なかったりするんだよね。
> ### こ　き ぶん や　やくそく
> ### きゅう
>
> ano. ko, kibun'ya. dakara. yakusoku. shitemo. kyûni. konakattari. suru. nda. yo. ne
>
> 他的心情陰晴不定，就算跟他約好了，有時候也會突然不來。

㉜ 形象類似

キャラが被る
かぶ

kyara. ga. kaburu

💬「キャラ」是「キャラクター (character)」的簡稱。指同時有很多個風格或特徵相似的藝人、演員同台。

> 芸人のＡとＢって、キャラが被るから共演ＮＧなんだって。
> ### げいにん
> ### かぶ　きょうえんエヌジー
>
> gênin. no. A. to. B. tte, kyara. ga. kaburu. kara. kyôen. enujî. na. n. datte
>
> 據說藝人 A 和 B 的個人形象太類似，不能同台。

㉝ 貪吃鬼

食いしん坊
く　　　　ぼう

kuishinbô

💬「～坊」意指具有某種傾向的人。

> 人の物まで食べるなんて、ほんとに食いしん坊なんだから。
> ### ひと　もの　た
> ### く　　　ぼう
>
> hito. no. mono. made. taberu. nante, honto. ni. kuishinbô. nan. da. kara
>
> 連別人的東西都吃，你真的是貪吃鬼耶！

㉞ 奧客

クレーマー

kurêmâ

💬 源自英文的 claimer 一字。英文原義是要求者、申請者，日文則特指針對商品或服務提出不合理的抱怨或客訴的客人。

> 靴屋でバイトしてるんだけど、一日はいた靴を「返品したい」って持ってくるお客さんがいるんだよ。クレーマーだよね。
>
> kutsuya. de. baito. shiteru. n. dakedo, ichinichi. haita. kutsu. o. "henpin. shitai". tte. mottekuru. okyakusan. ga. iru. n. da. yo. kurêmâ. da. yo. ne
>
> 我在鞋店打工時，竟遇到客人把已經穿了一天的鞋拿來說想退貨。真的是奧客耶。

○ ○ ○ ○ ○ ○ ○ ○ ○ ○

㉟ 幕後主使者

黒幕

kuromaku

💬 躲在幕後策劃，指使他人的人。

> あの事件は犯人が逮捕されたけど、実は黒幕がいたっていう噂だよ。
>
> ano. jiken. wa. hannin. ga. taiho. sareta. kedo, jitsuwa. kuromaku. ga. ita. tte. yû. uwasa. da. yo
>
> 那起案件的兇手已經落網了，但聽說幕後主使者其實另有其人呢。

○ ○ ○ ○ ○ ○ ○ ○ ○ ○

㊱ 黏人馬屁精

腰巾着

koshiginchaku

💬 原指綁在腰間的束口袋，引申為「一直緊跟在有權有勢的人物身旁，逢迎諂媚的人」。

> 中村部長は社長の腰巾着だから、気をつけたほうがいいよ。
>
> Nakamura. buchô. wa. shachô. no. koshiginchaku. da. kara, ki. o. tsuketa. hô. ga. î. yo
>
> 中村部長成天黏在老闆身旁拍馬屁，你得小心他。

○ ○ ○ ○ ○ ○ ○ ○ ○ ○

㊲ 順風耳

地獄耳

jigokumimi

💬 指「耳朵很靈，經常聽見別人的祕密或壞話的人」。

姑(しゅうとめ)は耳が遠いくせに地獄耳(じごくみみ)で、自(じ)分(ぶん)の悪口(わるくち)はすぐに聞(き)きつける。

shûtome. wa. mimi. ga. tôi. kuseni. jigokumimi. de, jibun. no. warukuchi. wa. suguni. kikitsukeru

我婆婆明明重聽，卻是個順風耳，只要別人說她壞話，她就會馬上發現。

○ ○ ○ ○ ○ ○ ○ ○ ○ ○ ○ ○ ○

㊳ 傑尼斯宅

ジャニオタ／ジャニヲタ

janiota

💬「ジャニーズオタク（ヲタク）」的簡稱，指「專迷傑尼斯事務所旗下藝人的忠實粉絲」。

妹(いもうと)がジャニオタで、部(へ)屋(や)中(じゅう)アイドルのポスターを貼(は)っている。

imôto. ga. janiota. de, heyajû. aidoru. no. posutâ. o. hatte. iru

我妹是個傑尼斯宅，房裡貼滿了偶像的海報。

㊴ 容易膽怯的人

小心者(しょうしんもの)

shôshinmono

💬 小心謹慎、容易膽怯的人。

私(わたし)は小心者(しょうしんもの)で、相手(あいて)が悪(わる)くても何(なに)も文句(もんく)が言(い)えない。

watashi. wa. shôshinmono. de, aite. ga. warukutemo. nani. mo. monku. ga. ienai

我很膽小，就算是對方不好，我也不敢有半句抱怨。

○ ○ ○ ○ ○ ○ ○ ○ ○ ○ ○ ○ ○

㊵ 富豪

セレブ

serebu

💬 源自英文的「セレブリティ（celebrity）」一詞。英文的原義為名人，但日文的意思是有錢人。

セレブな友達(ともだち)にランチに誘(さそ)われたんだけど、すごい高(こう)級(きゅう)レストランで焦(あせ)った。

serebu. na. tomodachi. ni. ranchi. ni. sasowareta. n. da. kedo, sugoi. kôkyû. resutoran. de. asetta

有個很有錢的朋友約我吃午餐，結果那是間高級餐廳，害我緊張死了。

㊶ 草食男

草食系男子／
（そうしょくけいだんし）
肉食系男子
（にくしょくけいだんし）

**sôshokukê. danshi /
nikushokukê. danshi**

💬 「草食系男子」指「對戀愛不積極的男性」。相反地，對感情十分積極，追求肉慾的男性，則稱為「肉食系男子：肉食男」。

彼って草食系
（かれ）　（そうしょくけい）
男子だから、全
（だんし）　　　　（ぜん）
然恋愛に発展し
（ぜんれんあい）（はってん）
ないんだ。

kare. tte.sôshokukê. da. kara,
zenzen. ren'ai. ni. hatten. shinai.
n. da

他是個草食男，所以我們兩個在感情方面完全沒有進展。

㊷ 一家之主

大黒柱
（だいこくばしら）
daikokubashira

💬 原指日本傳統住宅的正中央用於支撐整個房子的支柱，引申為「一家之主」。

あなたは一家の大黒柱なん
（いっか）　　（だいこくばしら）
だから、もっとしっかりし
てよ！

anata. wa. ikka. no. daikokubashira. na. n.
da. kara, motto. shikkari. shite. yo!

振作點好嗎？你是一家之主耶！

㊸ 馬屁精

太鼓持ち
（たいこも）
taikomochi

💬 善於拍馬屁、討好別人的人。

あの議員は首相の太鼓持ち
（ぎいん）（しゅしょう）（たいこも）
だと言われている。
（い）

ano. giin. wa. shushô. no. taikomochi. da.
to. iwarete. iru

據說那個議員老是拍首相的馬屁。

㊹ 大胃王

大食漢
（たいしょくかん）
taishokkan

💬 食量很大的人。

山田さん、この前<ruby>牛丼<rt>ぎゅうどん</rt></ruby><ruby>大盛<rt>おおも</rt></ruby>り３杯<ruby>食<rt>た</rt></ruby>べてたよ。すごい<ruby>大食漢<rt>たいしょくかん</rt></ruby>だね。

Yamada. san, kono. mae. gyûdon. ômori. sanbai. tabeteta. yo. sugoi. taishokkan. da. ne

上次山田先生竟然吃了三碗大碗的牛丼。真是個大胃王呢。

㊹ 不敢高攀之人或物

<ruby>高嶺<rt>たかね</rt></ruby>の<ruby>花<rt>はな</rt></ruby>

takane. no. hana

💬 可遠觀而不可褻玩之物，一般用於形容高級貴重物品或美麗的女性。

あんな<ruby>完璧<rt>かんぺき</rt></ruby>な<ruby>美人<rt>びじん</rt></ruby>、<ruby>高嶺<rt>たかね</rt></ruby>の<ruby>花<rt>はな</rt></ruby>で、<ruby>男<rt>おとこ</rt></ruby>は<ruby>逆<rt>ぎゃく</rt></ruby>に<ruby>敬遠<rt>けいえん</rt></ruby>しちゃうよ。

anna. kanpeki. na. bijin, takane. no. hana. de, otoko. wa. gyaku. ni. kêen. shichau. yo

那麼完美的美女，男人都會覺得不敢高攀，對她敬而遠之。

㊻ 小不點

ちび

chibi

💬 為「ちびる：變短」這個動詞的名詞化。用來稱呼「小孩或個子嬌小的人」，有時為暱稱，有時則帶有貶義。

うるさい！<ruby>黙<rt>だま</rt></ruby>れ！ちび！

urusai! damare! chibi!

吵死了！你給我閉嘴！矮冬瓜！

㊼ 傲嬌的人

ツンデレ

tsundere

💬 指平常都露出一副「ツンツン」的冷漠態度，但與男性兩人獨處時，卻「デレッ」地向男人撒嬌的女性。本來只用於遊戲的虛構人物設定，最近也開始用在真實生活上。

<ruby>俺<rt>おれ</rt></ruby>の<ruby>彼女<rt>かのじょ</rt></ruby>、<ruby>外<rt>そと</rt></ruby>ではしっかりしてるけど<ruby>実<rt>じつ</rt></ruby>はツンデレでかわいいんだよ。

ore. no. kanojo, soto. de. wa. shikkari. shiteru. kedo. jitsu. wa. tsundere. de. kawaî. n. da. yo

我女朋友在人前表現得很能幹，可是其實很傲嬌，超可愛的。

㊽ 暴牙的人

出っ歯

deppa

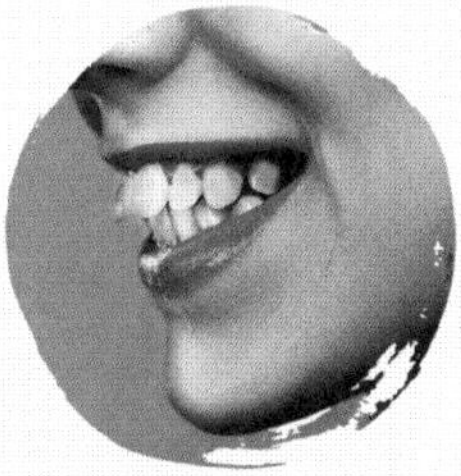

「上排牙齒比一般人突出」的狀態，或指有此特徵的人。

子供の頃はそうでもなかったのに、大人になってからどんどん出っ歯になってきた。

kodomo. no. koro. wa. sô. de. mo. nakatta. noni, otona. ni. natte. kara. dondon. deppa. ni. natte. kita

我小時候暴牙還沒有這麼明顯，但成年之後卻愈來愈嚴重。

㊾ 胖子

デブ

debu

俗語，指身材肥胖的人。一般多以片假名書寫。

俺、昔すごいデブだったんだけど、頑張ってダイエットしたんだ。

ore, mukashi. sugoi. debu. datta. n. da. kedo, ganbatte. daietto. shita. n. da

我以前是個胖子，但努力減肥，現在瘦下來了。

㊿ 怕羞的人

照れ屋

tereya

很容易害臊、靦腆的人。

彼氏は照れ屋だから、絶対「愛してる」とか言ってくれないの。

kareshi. wa. tereya. da. kara, zettai. “aishiteru”. toka. itte. kurenai. no

我男朋友很害羞，打死都不對我說「我愛妳」。

(51) 天然呆

天然（ボケ）

tennen (boke)

經常做出與眾不同的言行舉止，引人發笑的怪人。

恵理の言うことっていつもズレてて、天然だよね。

Eri. no. yû. koto. tte. itsumo. zuretete, tennen. da. yo. ne

惠理說話常常偏離主題，真是個天然呆耶。

52 壓軸表演者

トリ
tori

💬 原本寫作「取（と）り」，指日本傳統劇場中最後一名表演者向所有觀眾收錢，再分給其他表演者的行為。現在則與收錢無關，用來單指壓軸的表演者，也可以用於劇場以外。當最後的表演者不止一人時，亦可將最後一名表演者稱為「大（おお）トリ」。

今年（ことし）の紅白歌合戦（こうはくうたがっせん）の大（おお）トリは誰（だれ）だろう。

kotoshi. no. kôhaku. utagassen. no. ôtori. wa. dare. darô?

今年的紅白歌合戰會由誰唱壓軸呢？

53 愛哭鬼

泣（な）き虫（むし）
nakimushi

💬 動不動就哭的人。

5歳（ごさい）の息子（むすこ）は泣（な）き虫（むし）で、ちょっとしたことですぐに泣（な）いてしまう。

go. sai. no. musuko. wa. nakimushi. de, chotto. shita. koto. de. suguni. naite. shimau

我5歲的兒子是個愛哭鬼，只要遇到一點小事就會哭。

54 吃火鍋時特別囉嗦的人

鍋奉行（なべぶぎょう）
nabebugyô

💬 「奉行」是日本幕府時代的官名。指「吃火鍋時，對食材的擺放方式、調味、食用順序等很有意見的人。」

お父（とう）さん、普段（ふだん）は料理（りょうり）しないくせに、すき焼（や）きのときは鍋奉行（なべぶぎょう）になるのよね。

otôsan, fudan. wa. ryôri. shinai. kuse. ni, sukiyaki. no. toki. wa. nabebugyô. ni. naru. no. yo. ne

爸爸平常都不做菜，卻在吃壽喜燒的時候意見很多。

55 帥哥／丑角

二枚目（にまいめ）／三枚目（さんまいめ）
nimaime / sanmaime

💬 江戶時代，歌舞伎寫著演員名字的看板有8張，「一（いち）枚目：第一張」是主角，「二枚目：第二張」是俊俏的美男子，「三枚目：第三張」則是丑角。現在仍有「二枚目」、「三枚目」的說法，但「一枚目」這個詞彙現已不再使用。

あの俳優（はいゆう）さんって、見た目（みため）は二枚目（にまいめ）だけど性格（せいかく）は三枚目（さんまいめ）でおもしろいんだよ。

ano. haiyû. san. tte, mitame. wa. nimaime. da. kedo. sêkaku. wa. sanmaime. de. omoshiroi. n. da. yo

那位演員外表帥氣，但個性卻很搞笑，真是有趣。

° ° ° ° ° ° ° ° ° ° ° ° °

㊄ 跨性別者；第三性

ニューハーフ

nyûhâfu

💬 用 **new ＋ half** 拼成的和製英語。是指生理性別為男性，但卻扮成女裝生活，或是以女裝從事第三性公關的人。一般認為此用語的起源是歌星桑田佳祐某次和經營人妖夜店的貝蒂媽媽對談時，貝蒂提到：「我是男人和女人的混血兒。」

初（はじ）めて新宿（しんじゅく）二丁目（にちょうめ）のニューハーフパブに行（い）ってきたんだけど、おもしろかったよ。

hajimete. Shinjuku. nichôme. no. nyûhâfu. pabu. ni. itte. kita. n. da. kedo, omoshirokatta. yo

我前陣子第一次去新宿二丁目的人妖夜店，好好玩喔。

㊗ 怕燙的人

猫舌（ねこじた）

nekojita

💬 像貓一樣怕吃燙的食物，或指這樣的人。

私（わたし）は猫舌（ねこじた）だから、こんな熱（あつ）いラーメンはすぐには食（た）べられない。

watashi. wa. nekojita. da. kara, konna. atsui. râmen. wa. sugu. ni. wa. taberarenai

我很怕燙，沒辦法馬上吃這麼燙的拉麵。

° ° ° ° ° ° ° ° ° ° ° ° °

㊘ 溫室裡的花朵

箱入（はこい）り娘（むすめ）

hakoirimusume

💬 形容彷彿寶貝一樣，被收藏在盒子裡養育的女兒，也就是俗稱的千金大小姐。

彼女（かのじょ）、箱入（はこい）り娘（むすめ）だから、今（いま）まで男（おとこ）の人（ひと）とデートしたことなんかないのよ。

kanojo, hakoirimusume. da. kara, imamade. otoko. no. hito. to. dêto. shita. koto. nanka. nai. no. yo

她是家裡呵護至極的溫室花朵，從來都沒跟男性約會過。

あ行・か行・さ行・た行・な行・は行・ま行・や行・ら行・わ行

bar

171

⑤⑨ 跑腿的人

パシリ
pashiri

💬 「使(つか)いっ走(ばし)り」的簡稱，指「奉命到各處買東西的人」。

クラブの先輩(せんぱい)にパシリに使(つか)われているが、嫌(いや)だとは言(い)えない。

kurabu. no. senpai. ni. pashiri. ni. tsukawarete. iru. ga, iya. da. to. wa. ienai

社團的學長一直叫我去跑腿，我沒辦法拒絕。

⑥⓪ 離過婚的人

バツイチ
batsuichi

💬 「バツイチ」是指「曾經離過一次婚的男女」。因為在戶口遷出的時候，戶籍謄本上會印一個叉叉記號（但現在電子化的戶籍謄本上只會記載「遷出」，不會畫叉）。有時會稱呼離婚兩次的人「バツ2」、離婚三次的人「バツ3」。

バツイチ同士(どうし)で再婚(さいこん)して、うまくいっている。

batsuichi. dôshi. de. saikon. shite, umaku. itte. iru

兩個離過婚的人再婚，現在過著幸福的生活。

⑥① 八面玲瓏的人

八方美人(はっぽうびじん)
happôbijin

💬 形容做人處事「處世圓滑，面面俱到」。多含有貶義。

あの人(ひと)は八方美人(はっぽうびじん)で誰(だれ)に対(たい)してもいいことを言(い)うから、なんか信用(しんよう)できない。

ano. hito. wa. happôbijin. de. dare. ni. taishite. mo. î. koto. o. yû. kara, nanka. shin'yô. dekinai

那個人八面玲瓏，對誰都說好話，總覺得很不值得信賴。

⑥② 狂歡咖

パリピ
paripi

💬 年輕人用語，將 party people 讀成貼近英文發音的「パーリーピーポー」後的簡稱。指在夜店、活動會場、海邊、路上大聲喧鬧的人們。2015 年年輕人用語大獎冠軍。

ナイトプール流行(はや)ってるけど、パリピばっかりなのかな。

naito. pûru. hayatteru. kedo, paripi. bakkari. na. no. kana

現在很流行夜間泳池，不過去那裡的人會不會都是狂歡咖啊。

(63) 繭居

引(ひ)きこもり

hikikomori

「長時間將自己關在家裡或房間裡，不參與社會活動」的行為。

息子(むすこ)が半年(はんとし)以上(いじょう)引(ひ)きこもりで、学校(がっこう)にも行(い)かないので困(こま)っている。

musuko. ga. hantoshi. ijô. hikikomori. de, gakkô. ni. mo. ikanai. node. komatte. iru

我兒子已經關在家裡不出門超過半年了，連學校也不去，很令人頭痛。

(64) 綠葉

引(ひ)き立(た)て役(やく)

hikitateyaku

指「能襯托出旁人優點的人」。

友達(ともだち)に誘(さそ)われて合(ごう)コンに行(い)ったけど、友達(ともだち)の引(ひ)き立(た)て役(やく)にされただけだった。

tomodachi. ni. sasowarete. gôkon. ni. itta. kedo, tomodachi. no. hikitateyaku. ni. sareta. dake. datta

我朋友約我去參加聯誼，沒想到原來我只是被抓去襯托她的。

(65) 獨生子女

一人(ひとり)っ子(こ)

hitorikko

指沒有兄弟姊妹的獨生子女。

一人(ひとり)っ子(こ)なので、ずっと兄(きょう)弟(だい)がいる人(ひと)をうらやましく思(おも)っていました。

hitorikko. na. node, zutto. kyôdai. ga. iru. hito. o. urayamashiku. omotte. imashita

我是獨生子，所以一直很羨慕有兄弟姊妹的人。

(66) 小白臉

ヒモ

himo

源自「紐（ひも）：繩索」一詞，特指「要求女性工作並提供金錢或貴重物品給自己的男性」。由來眾說紛紜，有一說是因為男性在「海女（あま）：女性潛水師」身上綁繩索，讓對方下水捕撈，而自己只在船上等。

A: 彼、将来俳優になるって
いう大きい夢のために頑
張ってるから、生活は私
が全部面倒見てるの。

kare, shôrai. haiyû. ni. naru. tte. yû.
ôkî. yume. no. tame. ni. ganbatteru.
kara, sêkatsu. wa. watashi. ga. zenbu.
mendô. miteru. no

他說他以後想當演員，一直為
了這個夢想在努力，所以他的
生活都是我在照顧的。

B: それってヒモじゃない？

sore. tte. himo. janai?

這不就是吃軟飯的小白臉嗎？

⑥⑦ 奇妙的女孩

不思議ちゃん

fushigi.chan

💬 把「不思議：不可思議」當作人名來
使用的詞彙。指「感情和言行舉止偏離一
般常理，具有獨特氛圍的女性」。

あの子、いつも独り言言っ
てて、ちょっと不思議ちゃ
んだよね。

ano. ko. itsumo. hitorigoto. ittete, chotto.
fushigi. chan. da. yo. ne

那個女孩總是在
自言自語，感覺
有點奇妙呢。

⑥⑧ 腐女

腐女子

fujoshi

💬 喜歡「ボーイズラブ（和製英語
BOYS LOVE, BL）」作品，也就是以男男
愛情為題材的漫畫或小說的女性。

腐女子に人気のＢＬ同人漫
画を読んでみたけど、なん
かすごかったよ。

fujoshi. ni. ninki. no. bîeru. dôjin. manga. o.
yonde. mita. kedo, nanka. sugokatta. yo

我看了腐女很喜歡的 BL 同人漫
畫，內容好驚人喔。

⑥⑨ 醜女

ブス

busu

💬 一種貶抑女性其貌不揚的用詞，多以
片假名書寫。

なんで私をふって、あんな
ブスと付き合うのよ！

nande. watashi. o. futte, anna. busu. to.
tsukiau. no. yo!

你為什麼要甩了我，跟那個醜女
交往！

⑦ 懦弱的人

ヘタレ

hetare

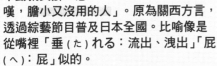

💬 俗語，指「動不動就哭訴、悲嘆，膽小又沒用的人」。原為關西方言，透過綜藝節目普及日本全國。比喻像是從嘴裡「垂（た）れる：流出、洩出」「屁（へ）：屁」似的。

困（こま）ったことがあったらすぐにドラえもんに頼（たよ）るのび太（た）ってヘタレだよね。

komatta. koto. ga. attara. suguni. doraemon. ni. tayoru. nobita. tte. hetare. da. yo. ne

大雄一遇到困難就馬上求助於哆啦Ａ夢，真是懦弱。

⑦ 路痴

方向音痴

hôkôonchi

💬 「音痴」原指音感遲鈍、不擅長唱歌的人，後用於形容對各種感覺遲鈍。「方向音痴」就是指「沒有方向感，很容易迷路的人」。此外還有「運動（うんどう）音痴：運動白痴」、「味覚（みかく）音痴：味覺白痴」、「機械（きかい）音痴：機械白痴」等用法。

私（わたし）、ひどい方向音痴（ほうこうおんち）で、地図（ず）を見（み）ても全然（ぜんぜん）行（い）きたいところに行（い）けないの。

watashi, hidoi. hôkôonchi. de, chizu. o. mite. mo. zenzen. ikitai. tokoro. ni. ikenai. no

我是個大路痴，就算看著地圖走，也沒辦法抵達目的地。

⑦ 肉感

ぽっちゃり

pocchari

💬 用於形容有點肉肉的可愛模樣。

女性（じょせい）はがりがりよりも、ぽっちゃりしているほうがかわいいですよ。

josê. wa. garigari. yori. mo, pocchari. shite. iru. hô. ga. kawaii. desu. yo

女性與其骨瘦如柴，還不如有點肉感比較可愛唷。

⑦ 沒用的人

ポンコツ

ponkotsu

💬 原指機械車輛等因為損壞或老舊而不堪使用，最近也用來形容人毫無用處。

上司がポンコツすぎて、ほんとに嫌になる。

jôshi. ga. ponkotsu. sugite, honto. ni. iya. ni. naru

我的主管實在太沒用了，真的很討厭。

㉔ **真命天子 / 真命天女**

ほんめい
本命
honmê

💬 原指賽馬或賽艇比賽中第一名的馬或選手，後用於形容最被看好的人。

付き合ってた人に、「君は本命じゃなくて遊びだったんだ」って言われたの。ひどくない？

tsukiatteta. hito. ni, "kimi. wa. honmê. janakute. asobi. datta. n. da". tte. iwareta. no. hidokunai?

我之前交往過的人對我說：「妳不是我的真命天女，我只是跟妳玩玩罷了。」很過份吧！

㉕ **敗犬**

ま　　いぬ
負け犬
makeinu

💬 原義是「打架輸了之後逃走的狗」，引申為在比賽中輸了之後便垂頭喪氣地離場的人。之後又引申為「年過30歲還未婚、沒有小孩的女性」，成為2004年的流行語。

みんな結婚してるのに、私だけ彼氏もいないなんて、ほんと負け犬だよ。

minna. kekkon. shiteru. noni, watashi. dake. kareshi. mo. inai. nante, honto. makeinu. da. yo

大家都結婚了，只有我連男朋友都沒有，真是個敗犬。

㉖ **戀母情節**

マザコン
mazakon

💬 這是和製英語「マザー・コンプレックス (mother + complex)」的簡稱。指「對母親抱有過度情感與執著的人」。

私の彼、すごいマザコンでさー、何でもすぐに「ママに聞いてみる」って電話するんだよ。

watashi. no. kare, sugoi. mazakon. de. sâ, nan. de. mo. sugu. ni. "mama. ni. kîte. miru". tte. denwa. suru. n. da. yo

我男朋友有嚴重的戀母情節，不管做什麼事都說：「我要問媽咪。」然後打電話給媽媽。

⑦ 魔法師

魔法使い
mahôtsukai

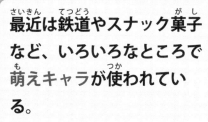

💬 會使用魔法的人。

魔法使いの
おばあさんが杖を振ると、
シンデレラの服は美しい
ドレスになりました。

mahôtsukai. no. obâsan. ga. tsue. o. furu.
to, shinderera. no. fuku. wa. utsukushî.
doresu. ni. narimashita

仙女揮揮魔杖，灰姑娘身上的衣
服就變成了漂亮的禮服。

○ ○ ○ ○ ○ ○ ○ ○ ○ ○ ○ ○ ○ ○ ○ ○

⑦ 萌角

萌えキャラ
moekyara

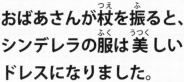

💬 「萌え」是對動畫或遊戲中的角色抱有
好感、戀慕之情的意思，曾獲 2005 年流
行語大獎。在普及之後，也開始使用於動
漫角色以外的人身上。「萌えキャラ」指
帶有「萌え」感情的角色，也就是可愛的
動漫角色。

最近は鉄道やスナック菓子
など、いろいろなところで
萌えキャラが使われてい
る。

saikin. wa. tetsudô. ya. sunakku. gashi.
nado, iroirona. tokoro. de. moe. kyara. ga.
tsukawarete. iru

最近在火車或零食包裝等各種地
方，都能看到可愛的動漫角色。

○ ○ ○ ○ ○ ○ ○ ○ ○ ○ ○ ○ ○ ○ ○ ○

⑦ 怪獸家長

モンスターペアレ
ント
monsutâ. pearento

💬 由 monster ＋ parent 組成的和製英
語。指「不斷對學校或老師提出不合理要
求的家長」。

子供同士の喧嘩に親がいち
いち口を出すなんて、モン
スターペアレントのするこ
とだよ。

kodomo. dôshi. no. kenka. ni. oya. ga.
ichiichi. kuchi. o. dasu. nante, monsutâ.
pearento. no. suru. koto. da. yo

小孩子吵架，家長卻一直插手，
這是怪獸家長才會做的事情唷。

⑧ 湊熱鬧的人

野次馬
やじうま

yajiuma

💬 指「聚集在火災或意外現場看熱鬧的人」。

> 昨日うちの近くで事故があったんだけど、野次馬がみんなスマホで写真撮ってたの。
> きのう ちか じこ やじうま しゃしんと
>
> kinô. uchi. no. chikaku. de. jiko. ga. atta. n. da. kedo, yajiuma. ga. minna. sumaho. de. shashin. totteta. no
>
> 昨天我家附近發生意外，許多湊熱鬧的群眾竟然拿出手機拍照。

⑧ 瘦子食量大

痩せの大食い
や おおぐ

yase. no. ôgui

💬 慣用句。

> A: 彼女、あんなに細いのに一人でピザ2枚も食べちゃったんだよ。
> かのじょ ほそ
> ひとり にまい た
>
> kanojo, annani. hosoi. noni. hitori. de. piza. nimai. mo. tabechatta. n. da. yo
>
> 她那麼瘦，卻一個人吃掉兩個披薩耶。

> B: へえ、まさに痩せの大食いだね。
> や おおぐ
>
> hê, masani. yase. no. ôgui. da. ne
>
> 哇，真的是所謂瘦子食量大呢。

⑧ 寬鬆（世代）

ゆとり（世代）
せだい

yutori (sedai)

💬 指在 2002 年～2010 年接受日本「ゆとり教育（きょういく）：寬鬆教育」的世代，也就是 1987 年 4 月 2 日～2004 年 4 月 1 日出生的人。所謂「ゆとり教育」是有別於以往的「詰（つ）め込（こ）み教育：填鴨式教育」，以培養孩子自動自發思考能力為目標，減少學習時間和學習內容的教育。然而由於日本的國際學力測驗排名後退，這種教育受到批判，最後完全廢止。一般認為「ゆとり世代」的特徵包括「缺乏抗壓性、私事優先於工作、害怕失敗」等。

今年の新人、まさにゆとり
でさ、仕事もまともにでき
ないのに、ちょっと注意
したらすぐに泣き出すんだ
よ。

kotoshi. no. shinjin, masani. yutori. de. sa,
shigoto. mo. matomo. ni. dekinai. noni,
chotto. chûi. shitara. suguni. nakidasu. n.
da. yo

今年的新人完全是個寬鬆世代，
工作做不好，只要稍微唸她兩句
就哭出來。

○ ○ ○ ○ ○ ○ ○ ○ ○ ○ ○ ○ ○ ○ ○

⑧ 療癒系吉祥物

ゆるキャラ

yurukyara

💬「ゆるいマスコットキャラクター」
的簡稱，指在活絡地方經濟時使用的吉祥
物角色。「ゆるキャラ」一詞是漫畫家三
浦純所發明的。

今一番人気のゆるキャラは
やっぱりくまもんだね。

ima. ichiban. ninki. no. yurukyara. wa.
yappari. kumamon. da. ne

現在最受歡迎的療癒系吉祥物，
應該就是熊本熊了吧。

⑧ 蘿莉控

ロリコン

rorikon

💬 和製英語「ロリータ・コンプレック
ス (Lolita＋complex)」的簡稱。「ロリ
ータ」一字源自美國作家納博科夫的小說
名，指「對幼女、少女懷有情愫或迷戀的
男性」。

うちの弟、小学生の女の
子がたくさん出てくる漫画
とか読んでるんだけど、ロ
リコンかな。

uchi. no. otôto, shôgakusê. no. onna. no.
ko. ga. takusan. dete. kuru. manga. toka.
yonderu. n. da. kedo, rorikon. ka. na

我弟在看內容都是小學女生的漫
畫，他會不會是蘿莉控啊？

あ行・か行・さ行・た行・な行・は行・ま行・や行・ら行・わ行

Play All | MP3 Track 10

2-3 個性

① 強辭奪理

ああ言えばこう言う

â. ieba. kô. yû

💬 指「無論某人說什麼，對方都刻意找歪理反駁」。

妹は「ああ言えばこう言う」という感じで、何を言っても言い返してくる。

imôto. wa. "â. ieba. kô. yû". to. yû. kanji. de, nani. o. ittemo. îkaeshite. kuru

我妹很愛強辭奪理，不管我說什麼她都要反駁。

② 易緊張

上がり症

agarishô

💬「上がる」有「血液湧上腦部」的意思，表示緊張。指一上台面對人群就容易極度緊張的個性。

私は極度の上がり症で、大勢の人の前でしゃべると声が震えてしまう。

watashi. wa. kyokudo. no. agarishô. de, ôzê. no. hito. no. mae. de. shaberu. to. koe. ga. furuete. shimau

我非常容易緊張，在眾人面前說話時聲音都會顫抖。

③ 大姊個性

姉御肌

anegohada

💬「姉御」原指黑道老大的妻子或女友。這個詞是指「個性果斷乾脆，又很會照顧人的女性」。

会社の先輩は姉御肌で、美人でしっかり者なので尊敬している。

kaisha. no. senpai. wa. anegohada. de, bijin. de. shikkarimono. na. node. sonkê. shite. iru

我公司的前輩又漂亮又能幹，就像個大姊姊，我很尊敬她。

④ 唱反調

天の邪鬼

amanojaku

💬 原義是傳說中的妖怪，引申指「故意和人唱反調的人」。

同僚で天の邪鬼な人がいて、私が何を言っても反対されるから困ってしまう。

dôryô. de. amanojaku. na. hito. ga. ite, watashi. ga. nani. o. ittemo. hantai. sareru. kara. komatte. shimau

我有個同事很愛唱反調，不管我說什麼他都會反對，真傷腦筋。

○ ○ ○ ○ ○ ○ ○ ○ ○ ○ ○ ○ ○ ○ ○ ○

⑤ 懦弱沒用

意気地がない
ikuji. ga. nai

💬 指「缺乏克服困難、努力到最後的力量」。

あなたってほんとに意気地がないのね。私のことが好きなら好きって言いなさいよ！

anata. tte. honto. ni. ikuji. ga. nai. no. ne. watashi. no. koto. ga. suki. nara. suki. tte. înasai. yo!

你真的很沒用耶，喜歡我就直說啊！

⑥ 壞心眼

意地が悪い／意地悪
iji. ga. warui / ijiwaru

💬 指「故意做出令對方討厭的事情；個性差」。

クラスに意地が悪い子がいて、いつも私だけ無視するの。

kurasu. ni. iji. ga. warui. ko. ga. ite, itsumo. watashi. dake. mushi. suru. no

我們班上有個心地很壞的同學，每次都故意只無視我一個人。

○ ○ ○ ○ ○ ○ ○ ○ ○ ○ ○ ○ ○ ○ ○ ○

⑦ 不忍卒睹

痛い（イタい）
itai

💬 行為舉止偏離重點，帶有「羞恥、丟臉、難看」的意思。是一個大約從 2000 年開始流行的年輕人用語，通常以片假名書寫。

あの人、４０代なのに若作りしちゃってイタいよね。

ano. hito, yonjû. dai. na. noni. wakazukuri. shichatte. itai. yo. ne

那個人都 40 多歲了還裝年輕，真是令人不忍卒睹。

⑧ 酸言酸語

嫌味
いやみ

iyami

💬 令人感到不舒服的言語。

課長はいつも僕にねちねち嫌味を言ってくる。
かちょう　ぼく　いやみ　い

kachô. wa. itsumo. boku. ni. nechinechi. iyami. o. ittekuru

課長老是對我說些酸言酸語。

⑨ 性感

色気がある
いろけ

iroke. ga. aru

💬 指「擁有能吸引異性的魅力」，多用於形容女性。

やっぱり男の人って、色気がある女性が好きなんでしょ？
おとこ　ひと　いろけ　じょせい　す

yappari. otoko. no. hito. tte, iroke. ga. aru. josê. ga. suki. na. n. desho?

男人果然還是喜歡性感的女性對吧？

⑩ 煩

ウザい

uzai

💬 「うざったい」的簡稱。年輕人用語，帶有「煩人、囉唆、礙事」等意思。通常以片假名書寫。

最近LINEのスパムアカウントから何度も友達追加されて、まじでウザい。
さいきんライン　なんど　ともだちついか

saikin. rain. no. supamu. akaunto. kara. nandomo. tomodachi. tsuika. sarete, maji. de. uzai

最近一直有假帳號加我 LINE 好友，真是煩死了。

⑪ 堅強

打たれ強い
う　づよ

utarezuyoi

💬 具有能承受批評、責難，度過逆境的力量。

芸能人のＡって、ネット上であんなにたたかれてもけろっとしてて、打たれ強いよね。
げいのうじん　じょう　う　づよ

gênôjin. no. A. tte, netto. jô. de. annani. tatakaretemo. kerotto. shitete, utarezuyoi. yo. ne

藝人 A 在網路上被攻擊成那樣，還能若無其事，好堅強喔。

⑫ 在家一條龍，在外一條蟲

内弁慶
うちべんけい
uchibenkê

💬「弁慶」是「源義経 (みなもとのよしつね)」的家臣，也就是眾所皆知的英雄豪傑「武蔵坊弁慶 (むさしぼうべんけい)」。意指「只有在家裡表現得像弁慶一樣囂張跋扈，但在外面卻懦弱無用」。

うちの娘 はひ
むすめ
どい内弁慶で、知らない人
うちべんけい　　　　　　　　 し　　　　　 ひと
の前では一言も話さない。
まえ　　　　 ひとこと　　 はな

uchi. no. musume. wa. hidoi. uchibenkê. de, shiranai. hito. no. mae. de. wa. hitokoto. mo. hanasanai

我女兒是個典型的在家一條龍，在外一條蟲，在陌生人面前一句話也不肯說。

⑬ 度量大 / 小

器が大きい／
うつわ　　 おお
小さい
ちい
utsuwa. ga. ôkî / chîsai

💬 指一個人「度量大或小」。

部長って部下のミスも全然
ぶちょう　　　 ぶか　　　　　　　　　　 ぜんぜん
責めないし、ほんと器が大
せ　　　　　　　　　　　　　　 うつわ　　 おお
きいよね。

buchô. tte. buka. no. misu. mo. zenzen. semenai. shi, honto. utsuwa. ga. ôkî. yo. ne

就算手下犯錯，部長也完全不會苛責，度量真的很大。

⑭ 純真

うぶ
ubu

💬 指一個人年輕單純，還沒有被社會污染。

ちょっと下ネタを聞いただ
しも　　　　　　 き
けで顔を赤らめるなんて、
かお　 あか
彼女、うぶだなあ。
かのじょ

chotto. shimoneta. o. kîta. dake. de. kao. o. akarameru. nante, kanojo, ubu. da. nâ

她好純真喔，光是聽到別人開黃腔就臉紅了。

⑮ 雙面人

裏表がある
うらおもて
uraomote. ga. aru

💬 指「一個人在人前人後的態度截然不同」。

あの人、すごく裏表（うらおもて）があって、普段（ふだん）はニコニコしてるけど、陰（かげ）では人（ひと）の悪口（わるくち）ばっかり言（い）ってるのよ。

ano. hito, sugoku. uraomote. ga. atte, fudan. wa. nikoniko. shiteru. kedo, kage. de. wa. hito. no. warukuchi. bakkari. itteru. no. yo

那個人完全是個雙面人，平常笑臉迎人，私底下卻一直說人壞話。

⑯ 下流、猥褻

エッチ

ecchi

💬 形容言行舉止下流、猥褻的俗語。據說「エッチ」的由來是將「変態（へんたい）」一詞以羅馬拼音書寫成「hentai」，再取其字首 H 來暗指下流行為，帶有貶義。從 1980 年左右開始，人們習慣用「エッチする」來委婉地表示性行為。

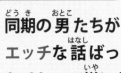

同期（どうき）の男（おとこ）たちがエッチな話（はなし）ばっかりしてて嫌（いや）になる。

dôki. no. otoko. tachi. ga. ecchi. na. hanashi. bakkari. shitete. iya. ni. naru

跟我同期進公司的男同事總是喜歡開黃腔，非常討厭。

⑰ 性感、引人遐想的

エロい

eroi

💬 「エロい」是「エロ」的形容詞化。「エロ」源自「エロチック（erotic）」，與「エッチ」同義。亦可表示具有性的吸引力。

彼女（かのじょ）、いつも露出（ろしゅつ）多（おお）めの服（ふく）着（き）てて、なんかエロいよなあ。

kanojo. itsumo. roshutsu. ôme. no. fuku. kitete, nanka. eroi. yo. nâ

她總是穿著暴露，真是引人遐想。

⑱ 粗枝大葉

大雑把

ôzappa

💬 不注意細節，敷衍隨便。

私（わたし）は大雑把（おおざっぱ）な性格（せいかく）だから、正確（せいかく）さを求（もと）められるような仕事（しごと）は苦手（にがて）だ。

watashi. wa. ôzappa. na. sêkaku. dakara, sêkakusa. o. motomerareru. yôna. shigoto. wa. nigate. da

我的個性粗枝大葉，很不擅長要求精確的工作。

⑲ 氣場

オーラがある

ôra. ga. aru

💬「オーラ (aura)：靈氣、光環」，也就是中文口語常說的「氣場」，表示具有獨特且吸引人的魅力。

> 見て！あの人、女優の○○よ！やっぱり芸能人って、オーラがあるわねえ。
>
> mite! ano. hito, joyû. no. OO. yo! yappari. gênôjin. tte, ôra. ga. aru. wa. nê
>
> 你看！那是女演員○○耶！明星果然有一種獨特的氣場。

⑳ 晚熟、木訥

奥手

okute

💬 指「生理或精神上比較不成熟或晚熟的人」，或是「對於戀愛消極且害羞的人」。

> 奥手な彼と何度かデートをしたが、手すらつないでくれない。
>
> okute. na. kare. to. nando. ka. dêto. o. shita. ga, te. sura. tsunaide. kurenai
>
> 他很木訥，我跟他約會過好幾次了，他卻連我的手都沒牽過。

㉑ 膽小

臆病

okubyô

💬 只因為一點小事就害怕膽怯。

> 私はすごく臆病で、怖い話を聞いた後は一人でトイレに行けなくなってしまう。
>
> watashi. wa. sugoku. okubyô. de, kowai. hanashi. o. kîta. ato. wa. hitori. de. toire. ni. ikenaku. natte. shimau
>
> 我超膽小，聽完鬼故事就不敢自己去上廁所。

㉒ 多管閒事

お節介

osekkai

💬 踰越本分，喜歡插手管別人的事情。

> 近所のおばさんがお節介で、頼んでもないのにすぐに見合いの話を持ってくる。
>
> kinjo. no. obasan. ga. osekkai. de, tanondemo. nai. noni. suguni. miai. no. hanashi. o. motte. kuru
>
> 我有個鄰居阿姨很愛多管閒事，我也沒拜託她，她就幫我介紹相親對象。

㉓ 調皮又兇悍的女孩

お転婆

otenba

💬 指活潑又強勢的女孩子。

うちの娘は気が強くお転婆で、幼稚園でもいたずらばかりして怒られている。

uchi. no. musume. wa. ki. ga. tsuyoku. otenba. de, yôchien. de. mo. itazura. bakari. shite. okorarete. iru

我女兒個性強勢又調皮搗蛋，在幼稚園也老是因為惡作劇而被罵。

㉔ 好好先生、爛好人

お人好し

ohitoyoshi

💬 不會懷疑別人，容易被人利用或欺騙的大好人。

私の彼、お人好し過ぎて、人に頼まれたら絶対断れないんだよね。

watashi. no. kare, ohitoyoshi. sugite, hito. ni. tanomaretara. zettai. kotowarenai. n. da. yo. ne

我男朋友是個好好先生，只要有人拜託他，他就絕對不會拒絕。

㉕ 體貼

思い遣りがある

omoiyari. ga. aru

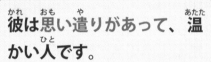

💬 設身處地替他人著想。

彼は思い遣りがあって、温かい人です。

kare. wa. omoiyari. ga. atte, atatakai. hito. desu

他是個貼心的暖男。

㉖ 討人情

恩着せがましい

onkisegamashî

💬 故意施恩於人，使人感激。

先輩にお土産もらって、「これ、あなたのためにわざわざ買ってきてあげたのよ」って言われたんだけど、なんか恩着せがましくない？

senpai. ni. omiyage. moratte, "kore, anata. no. tame. ni. wazawaza. katte. kite. ageta. no. yo" tte. iwareta. n. da. kedo, nanka. onkisegamashikunai?

有個學長帶了伴手禮給我並說：「這是我特地買回來給你的喔」，不覺得很像在討人情嗎？

㉗ 自我意識很強

我が強い
ga. ga. tsuyoi

💬 形容「態度強硬，總是固執地堅持己見」。

> かのじょ、ほか ひと はなし き
> 彼女、他の人の話は聞かな
> じぶん はなし も
> いで、すぐに自分の話に持
> い
> って行くんだよね。ほんと
> が つよ
> 我が強いんだから。

kanojo, hoka. no. hito. no. hanashi. wa.
kikanai. de, suguni. jibun. no. hanashi.
ni. motte. iku. n. da. yo. ne. honto. ga. ga.
tsuyoi. n. da. kara

她每次都不聽別人說話，只顧著講自己的，自我意識真的很強耶。

㉘ 粗魯；隨便

がさつ
gasatsu

💬 形容人「不注重細節，隨便又粗魯」。

> よめ だ
> 嫁はがさつで、出したもの
> ぜんぜんかたづ
> も全然片付けない。

yome. wa. gasatsu. de, dashita. mono. mo.
zenzen. katazukenai

我太太很隨便，東西拿出來之後都不收好。

㉙ 居家的

家庭的
かていてき
katêteki

💬 形容人「擅長做家事、帶小孩、重視家庭」。

> けっこん かてい
> やっぱり結婚するなら家庭
> てき じょせい
> 的な女性がいいですね。

yappari. kekkon. suru. nara. katêteki. na.
josê. ga. î. desu. ne

如果要結婚的話，對象還是找居家型的女性比較好，對吧。

㉚ 機靈

気が利く
き き
ki. ga. kiku

💬 形容個性很機靈，連細節也非常注意。

> かのじょ りょうり と わ
> 彼女、料理を取り分けた
> さけ
> り、お酒をついだり、すご
> き き
> く気が利くよね。

kanojo, ryôri. o. toriwaketari, osake. o.
tsuidari, sugoku. ki. ga. kiku. yo. ne

她很機靈，總是主動幫大家分菜和斟酒。

㉛ 一板一眼

几帳面
（き ちょうめん）
kichômen

💬 「几帳」是古時作為屏風的帷幕，支柱上有細小的刻紋，引申為「連細部都製作得非常精密細膩」，用來形容人「做事謹慎有條理」。

血液型がA型の人は几帳面できちんとしているとよく言われる。
（けつえきがた）（エーがた）（ひと）（き ちょうめん）（い）

ketsuekigata. ga. A. gata. no. hito. wa. kichômen. de. kichinto. shite. iru. to. yoku. iwareru

聽說A型的人總是一板一眼，做事很有條理。

㉜ 豪氣大方

気前がよい
（き まえ）
kimae. ga. yoi

💬 形容人「個性大方豪氣，會毫不吝嗇地拿出金錢或物品」。

部長はいつも気前よくお寿司をおごってくれる。
（ぶ ちょう）（き まえ）（す）

buchô. wa. itsumo. kimae. yoku. osushi. o. ogotte. kureru

部長總是豪氣地請我吃壽司。

㉝ 陰晴不定

気まぐれ
（き）
kimagure

💬 指「隨心所欲，想到什麼就做什麼」。

猫は気まぐれだから、甘えてくるときもあれば、触ると不機嫌になることもある。
（ねこ）（き）（あま）（さわ）（ふ き げん）

neko. wa. kimagure. da. kara, amaete. kuru. toki. mo. areba, sawaru. to. fukigen. ni. naru. koto. mo. aru

貓的心情陰晴不定，有時候會來撒嬌，有時候只要一摸牠就會不高興。

㉞ 慢郎中

ぐず
guzu

💬 做事或做決定時拖拖拉拉，或指有這種特徵的人。

早く用意しなさい。ほんとにあんたはぐずなんだから。
（はや）（よう い）

hayaku. yôishinasai. hontoni. anta. wa. guzu. nan. da. kara

趕快準備啦，你真是個慢郎中耶。

㉟ 很會打算盤

計算高い
けいさんだか

kêsandakai

💬 在金錢方面算得很清楚，或是對利害關係很敏感。

お金持って
かね も
る男の前でうまく振る舞う
おとこ まえ ふ ま
女って計算高いよね。
おんな けいさんだか

okane. motteru. otoko. no. mae. de. umaku.
furumau. onna. tte. kêsandakai. yo. ne

刻意在有錢人面前表現的女人，算盤打得真精呢。

㊱ 卑劣

ゲス（下衆・下種）
げ す げ す

gesu

💬 形容「品行低劣」。2016 年名為「ゲスの極（きわ）み乙女（おとめ）」的樂團主唱發生婚外情，引起話題，使得「ゲス不倫（ふりん）」成為 2016 年的流行語。

あんなに女を取っ替え引っ
おんな と か ひ
替えしてるゲス野郎のどこ
か やろう
がいいの？

annani. onna. o. tokkaehikkae. shiteru.
gesuyarô. no. doko. ga. î. no?

那種一直不停換女伴的下流男人到底哪裡好？

㊲ 自我中心

自己中
じ こ ちゅう

jikochû

💬「自己中心的（じこちゅうしんてき）」的簡稱。凡事只顧自己的需求或益處，而不考慮別人。

自己中な友達といっしょに
じ こ ちゅう ともだち
旅行に行って、散々な目に
りょこう い さんざん め
遭った。
あ

jikochû. na. tomodachi. to. isshoni. ryokô.
ni. itte, sanzan. na. me. ni. atta

我跟一個自我中心的朋友一起去旅行，結果吃了很多苦頭。

㊳ 內心堅強

芯が強い
しん つよ

shin. ga. tsuyoi

💬 外表看起來雖然不太可靠，但意志堅強，不會因為一點小事而嚷嚷或被擊倒。

彼女、ああ見えて実は芯が
かのじょ み じつ しん
強くて、何事も最後まであ
つよ なにごと さいご
きらめないのよ。

kanojo, â. miete. jitsu. wa. shin. ga.
tsuyokute, nanigoto. mo. saigo. made.
akiramenai. no. yo

從她的外表雖然看不出來，但其實她內心很堅強，從不輕言放棄唷。

㊴ 愛擔心

心配性
<ruby>心配性<rt>しんぱいしょう</rt></ruby>

shinpaishô

💬 凡事都很容易擔心。

> 私は心配性で、「鍵かけ
> たかな」とか「火を止めた
> かな」とかすぐに気になっ
> てしまう。
> （<ruby>私<rt>わたし</rt></ruby>は<ruby>心配性<rt>しんぱいしょう</rt></ruby>で、「<ruby>鍵<rt>かぎ</rt></ruby>かけ たかな」とか「<ruby>火<rt>ひ</rt></ruby>を<ruby>止<rt>と</rt></ruby>めた かな」とかすぐに<ruby>気<rt>き</rt></ruby>になってしまう。）
>
> watashi. wa. shinpaishô. de, "kagi. kaketa. kana". toka. "hi. o. tometa. kana" toka. suguni. ki. ni. natte. shimau
>
> 我的個性很愛擔心，總是掛心著門鎖好了沒、瓦斯關了沒。

㊵ 厚臉皮

図々しい／面の皮が厚い
<ruby>図々<rt>ずうずう</rt></ruby>しい／
<ruby>面<rt>つら</rt></ruby>の<ruby>皮<rt>かわ</rt></ruby>が<ruby>厚<rt>あつ</rt></ruby>い

zûzûshî / tsura. no. kawa. ga. atsui

💬 厚顏無恥，給人添麻煩也不以為意。
後者源自中文「臉皮很厚」。

> 図々しいママ友がいて、
> ホームパーティーのとき
> も、自分は何も持って来な
> いくせに、余った料理やお
> 菓子をいっぱい持って帰る
> んだよ。
> （<ruby>図々<rt>ずうずう</rt></ruby>しいママ<ruby>友<rt>とも</rt></ruby>がいて、ホームパーティーのときも、<ruby>自分<rt>じぶん</rt></ruby>は<ruby>何<rt>なに</rt></ruby>も<ruby>持<rt>も</rt></ruby>って<ruby>来<rt>こ</rt></ruby>ないくせに、<ruby>余<rt>あま</rt></ruby>った<ruby>料理<rt>りょうり</rt></ruby>やお<ruby>菓子<rt>かし</rt></ruby>をいっぱい<ruby>持<rt>も</rt></ruby>って<ruby>帰<rt>かえ</rt></ruby>るんだよ。）
>
> zûzûshî. mamatomo. ga. ite, hômupâtî. no. toki. mo, jibun. wa. nani. mo. motte. konai. kuse. ni, amatta. ryôri. ya. okashi. o. ippai. motte. kaeru. n. da. yo
>
> 我有個媽媽友很厚臉皮，每次大家在家裡辦聚會的時候，她從來不帶東西，卻帶走一堆剩下的菜和點心。

㊶ 色狼

すけべ
すけべ

sukebe

💬 原本寫作「助平（すけべい）」，從「好き（すき）」轉音為「助（すけ）」，再將其擬人化。指「好色之徒」。

> あのすけべ親父、人の足
> ばっかり見やがって。
> （あのすけべ<ruby>親父<rt>おやじ</rt></ruby>、<ruby>人<rt>ひと</rt></ruby>の<ruby>足<rt>あし</rt></ruby>ばっかり<ruby>見<rt>み</rt></ruby>やがって。）
>
> ano. sukebe. oyaji, hito. no. ashi. bakkari. miyagatte.
>
> 那個色老頭，老是盯著人家的腿看。

㊷ 粗神經、神經大條

図太い
ずぶとい
zubutoi

💬 形容「人粗神經，不在乎身旁人們的反應，總是若無其事」。

> あの人、図太い神経してるから、人に何を言われても気にならないのね。
>
> ano. hito, zubutoi. shinkê. shiteru. kara, hito. ni. nani. o. iwaretemo. ki. ni. naranai. no. ne
>
> 那個人神經很大條，不管別人說什麼，他都不在乎呢。

㊸ 懶散

ずぼら
zubora

💬 行為個性懶散，沒有條理。

> こんなに簡単なダイエットなら、ずぼらな私でも続けられそう！
>
> konnani. kantan. na. daietto. nara, zubora. na. watashi. demo. tsuzukeraresô!
>
> 這麼簡單的減肥方法，就連我這個懶人好像也可以持之以恆耶！

㊹ 急性子

せっかち
sekkachi

💬 是「急(せ)き勝(か)ち」的轉音，指靜不下心來，一直急於進行下一步。

> 私はせっかちな性分なので、のんびりした人と一緒に仕事をするといらいらする。
>
> watashi. wa. sekkachi. na. shôbun. na. node, nonbiri. shita. hito. to. issho. ni. shigoto. o. suru. to. iraira. suru
>
> 我是個急性子，要是和手腳太慢的人一起工作，就會很焦躁。

㊺ 冷淡

素っ気無い
そっけない
sokkenai

💬 對別人冷漠、不體貼。

> 彼に素っ気無い態度を取られたんだけど、やっぱり私のこと、嫌いなのかな。
>
> kare. ni. sokkenai. taido. o. torareta. n. da. kedo, yappari. watashi. no. koto, kirai. na. no. kana
>
> 他總是對我很冷淡，是不是討厭我啊？

㊻ 輕浮

チャラい
charai

💬 形容「言行舉止輕浮」。為動詞用法「チャラチャラしている」的形容詞化。一般以片假名書寫。最近也會將「チャラい男（おとこ）」簡稱為「チャラ男（お）」。

> 彼って、金髪（きんぱつ）でチャラそうに見（み）えるけど、実（じつ）は根（ね）は真面目（まじめ）なんだよ。
>
> kare. tte, kinpatsu. de. charasô. ni. mieru. kedo, jitsu. wa. ne. wa. majime. na. n. da. yo
>
> 他染了一頭金髮，看起來又很輕浮，但其實個性很認真唷。

- - - - - - - - - - - - -

㊼ 苟且隨便

ちゃらんぽらん
charanporan

💬 隨便又不負責任。

> 今（いま）までちゃらんぽらんに生（い）きてきたけど、これからは真面目（まじめ）に仕事（しごと）しようと思（おも）う。
>
> ima. made. charanporan. ni. ikite. kita. kedo, korekara. wa. majime. ni. shigoto. shiyô. to. omou
>
> 我一直以來都很苟且隨便，但從現在開始我決定要認真工作。

㊽ 手腳俐落

手際（てぎわ）がいい
tegiwa. ga. î

💬 形容「處理事情明快俐落」。

> レストランでバイトしてただけあって、料理（りょうり）の手際（てぎわ）がいいですね。
>
> resutoran. de. baito. shiteta. dake. atte, ryôri. no. tegiwa. ga. î. desu. ne
>
> 他不愧是曾在餐廳打工過的人，做起菜來動作真是俐落。

- - - - - - - - - - - - -

㊾ 情緒高昂

テンションが高（たか）い／ハイテンション
tenshon. ga. takai / haitenshon

💬 源自「テンション(tension)」。英文原義為精神緊繃，日文為誤用，意指「情緒高昂」。「ハイテンション high＋tension」為和製英語。

居酒屋で隣に座ったのがテンション高い大学生のグループで、うるさかった。

izakaya. de. tonari. ni. suwatta. no. ga. tenshon. takai. daigakusê. no. gurûpu. de, urusakatta

居酒屋裡隔壁桌的大學生團體情緒太嗨，吵死了。

○ ○ ○ ○ ○ ○ ○ ○ ○ ○ ○ ○ ○ ○

⑤⓪ 超級虐待狂／超級被虐狂

ドS／ドM

doesu / doemu

💬 S 為「サディズム (sadism)：虐待狂」之意，「ど」是加強語氣的用法。俗語，指透過攻擊別人、使別人痛苦而感到快樂的性癖好或傾向，相反詞為「ドM」。M 為「マゾヒズム (masochism)：被虐待狂」之意，指透過被羞辱而感到快樂的性癖好或傾向。台灣年輕人用語稱「抖S」、「抖M」。

ドMの友人は、ドSのご主人に罵られても大笑いしている。

doemu. no. yûjin. wa, doesu. no. goshujin. ni. nonoshiraretemo. ôwarai. shite. iru

我那抖 M 朋友被她那個抖 S 先生臭罵，竟然還大笑。

⑤① 酸人

毒を吐く

doku. o. haku

💬 用尖酸刻薄的話語貶低他人。

彼女、おっとりしてるように見えて、意外に毒吐くよね。

kanojo, ottori. shiteru. yô. ni. miete, igai. ni. doku. haku. yo. ne

她看起來溫和，但其實很會酸人耶。

○ ○ ○ ○ ○ ○ ○ ○ ○ ○ ○ ○ ○ ○

⑤② 笨拙

どじ

doji

💬 指犯下愚蠢笨拙的錯。

私はどじで、しょっちゅう何もないところでつまずいたり、転んだりする。

watashi. wa. doji. de, shocchû. nani. mo. nai. tokoro. de. tsumazuitari, korondari. suru

我很笨拙，走在平平的路上也常會絆跤、跌倒。

(53) 遲鈍；不靈光

とろい

toroi

動作或腦筋遲鈍的樣子。

佐藤(さとう)さんって、仕事(しごと)もとろいしミスも多(おお)いし、ほんとに困(こま)るわ。

Satô. san. tte, shigoto. mo. toroi. shi. misu. mo. ôi. shi, hontoni. komaru. wa

佐藤先生做事慢吞吞，又常出錯，真傷腦筋。

(54) 自大狂妄

生意気(なまいき)

namaiki

不考慮自己的年齡或能力，言行舉止過於狂妄傲慢。

最近(さいきん)5歳(ごさい)の娘(むすめ)が私(わたし)に対(たい)して生意気(なまいき)な口(くち)をきくようになってきた。

saikin. go. sai. no. musume. ga. watashi. ni. taishite. namaiki. na. kuchi. o. kiku. yô. ni. natte. kita

我5歲的女兒最近開始對我講話沒大沒小。

(55) 裝熟

馴(な)れ馴(な)れしい

narenareshî

言行舉止彷彿跟對方很熟稔，讓人覺得沒禮貌。

この前合(まえごう)コンで会(あ)った人(ひと)、初対面(しょたいめん)なのに馴(な)れ馴(な)れしく下(した)の名前(なまえ)で呼(よ)んでくるの。

konomae. gôkon. de. atta. hito, shotaimen. na. noni. narenareshiku. shita. no. namae. de. yonde. kuru. no

我上次在聯誼認識的人很愛裝熟，才第一次見面就直接叫我名字，而不是姓氏。

(56) 陰沉

根暗(ねくら)

nekura

形容個性「打從骨子裡陰沉」。

高校生(こうこうせい)のときは根暗(ねくら)なオタクで、クラスメートに馬鹿(ばか)にされていた。

kôkôsê. no. toki. wa. nekura. na. otaku. de, kurasumêto. ni. baka. ni. sarete. ita

我高中時是個陰沉的阿宅，常被班上同學取笑。

(57) 裝乖

猫(ねこ)をかぶる

neko. o. kaburu

諺語。形容「隱藏本性，裝作乖巧」的樣子。

嫌(きら)われたくないので、彼氏(かれし)の前(まえ)では猫(ねこ)をかぶっている。

kirawaretakunai. node, kareshi. no. mae. de. wa. neko. o. kabutte. iru

我不想被男友討厭，所以在他面前都裝乖。

(58) 融入氣氛

ノリがいい

nori. ga. î

指「配合熱鬧的氣氛，自己的情緒也變得高昂；積極參與人際互動」。原為「乘(の)り」，但一般以片假名書寫。

今日(きょう)の合(ごう)コンは女(おんな)の子(こ)がみんなノリがよくて楽(たの)しかった。

kyô. no. gôkon. wa. onna. no. ko. ga. minna. nori. ga. yokute. tanoshikatta

今天的聯誼很開心，女孩子都很融入氣氛。

(59) 老實過頭

バカ正直(しょうじき)

bakashôjiki

指「太過老實而不知變通」。

「寝坊(ねぼう)したので遅刻(ちこく)しました」なんて、バカ正直(しょうじき)に言(い)う奴(やつ)いるかよ！

“nebô. shita. node. chikoku. shimashita”. nante, bakashôjiki. ni. yû. yatsu. iru. ka. yo!

誰會那麼老實地說自己是因為睡過頭而遲到的啦！

(60) 壞心腸

腹黒(はらぐろ)い

haraguroi

在心中打壞主意，陰險，心地不善良，也就是台灣年輕人網路用語常說的「腹黑」。

彼女(かのじょ)、優(やさ)しそうに見(み)えるけど、実(じつ)は腹黒(はらぐろ)いのよ。

kanojo, yasashisô. ni. mieru. kedo, jitsu. wa. haraguroi. no. yo

她看起來很善良，但實際上卻滿肚子壞水。

(61) 內向

引(ひ)っ込(こ)み思案(じあん)

hikkomijian

形容個性內向保守，無法積極在人前表達或主動採取行動。

娘(むすめ)は引(ひ)っ込(こ)み思案(じあん)で、学校(がっこう)でもなかなか友達(ともだち)ができないようだ。

musume. wa. hikkomijian. de, gakkô. de. mo. nakanaka. tomodachi. ga. dekinai. yô. da

我女兒個性內向，似乎在學校交不到朋友。

(62) 搶手

引(ひ)っ張(ぱ)りだこ

hipparidako

指「大受歡迎，許多人搶著要」。

明(あか)るくて盛(も)り上(あ)げ上手(じょうず)な彼(かれ)は、飲(の)み会(かい)に引(ひ)っ張(ぱ)りだこだ。

akarukute. moriage. jôzu. na. kare. wa, nomikai. ni. hipparidako. da

開朗又善於炒熱氣氛的他，在聚會時非常搶手。

(63) 怕生

人見知(ひとみし)り

hitomishiri

指小孩看見陌生人而感到害羞。在口語中也可以用於大人。

2歳(にさい)の娘(むすめ)は人見知(ひとみし)りがひどくて、知(し)らない人(ひと)の前(まえ)では一言(ひとこと)も話(はな)さない。

ni. sai. no. musume. wa. hitomishiri. ga. hidokute, shiranai. hito. no. mae. de. wa. hitokoto. mo. hanasanai

我 2 歲的女兒很怕生，在陌生人面前一句話都不說。

(64) 度量大

太(ふと)っ腹(ぱら)

futoppara

指度量大、心胸寬大，或是很大方。

あの会社(かいしゃ)の社長(しゃちょう)さん、被災(ひさい)地(ち)に100億円(ひゃくおくえん)寄付(きふ)したらしいよ。太(ふと)っ腹(ぱら)だね。

ano. kaisha. no. shachô. san, hisaichi. ni. hyaku. oku. en. kifu. shita. rashî. yo. futoppara. da. ne

聽說那間公司的老闆捐了 100 億日圓給災區耶，真是大方。

⑥⑤ 歪理、強詞奪理

屁理屈を言う
へりくつ を い

herikutsu. o. yû

💬 硬說些不合道理的話。

> 小学生の息子に「宿題し
> しょうがくせい むすこ しゅくだい
> ろ」と言っても、屁理屈ば
> い へりくつ
> っかり言っ
> い
> て全然やら
> ぜんぜん
> ない。
>
>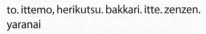
>
> shôgakusê. no.
> musuko. ni.
> "shukudai. shiro".
> to. ittemo, herikutsu. bakkari. itte. zenzen.
> yaranai
>
> 我叫我那讀小學的兒子去寫功
> 課，他卻老是說些歪理，完全不
> 寫。

⑥⑥ 我行我素

マイペース

maipêsu

💬 是「my + pace」組成的和製英語。
按照自己的進度或方法行事，引申為「堅
持自己的步調和方法，不配合別人，也不
受他人左右」。

> 西田さんって、マイペース
> にし だ
> であまり人に合わせないよ
> ひと あ
> ね。
>
> Nishida. san. tte, maipêsu. de. amari. hito.
> ni. awasenai. yo. ne
>
> 西田先生做事我行我素，不太配
> 合別人。

⑥⑦ 積極正向 / 消極負面

前向き／後ろ向き
まえ む うし む

maemuki / ushiromuki

💬 「前向き」指對事情的態度和想法積極
正面。相反地，「後ろ向き」則是態度消
極負面的意思。

> 私はこの本を読んで、気持
> わたし ほん よ きも
> ちが前向きになりました。
> まえ む
>
> watashi. wa. kono. hon. o. yonde, kimochi.
> ga. maemuki. ni. narimashita
>
> 我讀了這本書之後，
> 態度就變得比較
> 積極正向了。

⑥⑧ 認真嚴謹

まめ

mame

💬 認真勤勉，或指做事誠心誠意。

本田君って、記念日ごとに
彼女にプレゼントあげてる
の？まめだねえ。

Honda. kun. tte, kinenbi. goto. ni. kanojo.
ni. purezento. ageteru. no? mame. da. nê

本田每個紀念日都會送女友禮
物？好有心喔。

○ ○ ○ ○ ○ ○ ○ ○ ○ ○ ○ ○

⑥⑨ 不服輸

負けず嫌い
makezugirai

💬 形容個性
「倔強好勝、
不喜歡輸給別
人」。

息子は
負けず嫌いで、ゲームをし
ても自分が勝つまでやめな
い。

musuko. wa. makezugirai. de, gêmu. o.
shitemo. jibun. ga. katsu. made. yamenai

我兒子的個性很不服輸，玩遊戲
一定要贏才甘願。

○ ○ ○ ○ ○ ○ ○ ○ ○ ○ ○ ○

⑦⓪ 打腫臉充胖子

見栄を張る
mie. o. haru

💬 指「充排場，讓自己看起來比較有面
子」。

つい見栄を張って「別荘
持ってるの」なんてうそを
言ってしまった。

tsui. mie. o. hatte. "bessô. motteru. no".
nante. uso. o. itte. shimatta

為了打腫臉充胖子，我脫口而
出，謊稱我有一
棟別墅。

○ ○ ○ ○ ○ ○ ○ ○ ○ ○ ○ ○

⑦① 沉默寡言

無口
mukuchi

💬 不太說話、沉默寡言的樣子。

普段は無口な彼だが、野球
の話になると急に熱く語
り出す。

fudan. wa. mukuchi. na. kare. daga, yakyû.
no. hanashi. ni. naru. to. kyûni. atsuku.
kataridasu

他平常沉默寡言，但一聊到棒球
就突然變得很熱情，滔滔不絕。

⑦ 天真無邪

無邪気
むじゃき
mujaki

💬 率直單純、沒有壞心眼，或指純真可愛。

子供たちの無邪気な笑顔を見ていると癒される。
こども　　　　　　むじゃき　　えがお
み　　　　　　　　いや

kodomo. tachi. no. mujaki. na. egao. o. mite. iru. to. iyasareru

看著孩子們天真無邪的笑容，覺得好療癒。

⑦ 橫衝直撞

無鉄砲／向こう見ず
む　てっぽう　　　　む　　　み
muteppô / mukômizu

💬 從「無点法 (むてんぽう)」或「無手法 (むてほう)」轉音而來，「鉄砲」為借字。指做事沒有考慮周全，硬是執行。

弟は昔から無鉄砲なところがあるから心配だ。
おとうと　むかし　　　む　てっぽう
しんぱい

otôto. wa. mukashi. kara. muteppô. na. tokoro. ga. aru. kara. shinpai. da

我弟從小做事就橫衝直撞，令人擔心。

⑦ 無所謂

無頓着
む　とんちゃく
mutonchaku

💬「頓着」是講究、注意、拘泥的意思。「無頓着」則是形容「一點也不在乎」的樣子。

服装に無頓着な男はモテないよ。もうちょっとおしゃれしたら？
ふくそう　　む　とんちゃく　　おとこ

fukusô. ni. mutonchaku. na. otoko. wa. motenai. yo. mô. chotto. oshare. ni. shitara?

不注重外表的男生是不會有異性緣的。你要不要試著打扮得時尚一點？

⑦ 耍流氓

やんちゃ
yancha

💬 小孩耍賴、惡作劇。或指不良少年。

俺、若い頃は結構やんちゃしてたんだよね。
おれ　わか　ころ　　けっこう

ore, wakai. koro. wa. kekkô. yancha. shiteta. n. da. yo. ne

我年輕時曾經混過流氓呢。

あ行・か行・さ行・た行・な行・は行・ま行・や行・ら行・わ行

⑯ 精明

ようりょう
要領がいい
yôryô. ga. î

💬 懂得臨機應變，手腳俐落；或指擅長偷懶、討人歡心。相反詞為「要領が悪（わる）い」。

お兄ちゃんは要領がいいから、一緒にいたずらしても私だけが叱られる。

onîchan. wa. yôryô. ga. î. kara, issho. ni. itazura. shitemo. watashi. dake. ga. shikarareru

我哥很精明，每次一起惡作劇，都只有我一個人被罵。

⑰ 貪心

よくば
欲張る
yokubaru

💬 貪得無厭，什麼都想要。

そんなにあれもこれもと欲張らないで、一つのことだけ一生懸命頑張りなさい。

sonnani. are. mo. kore. mo. to. yokubaranai. de, hitotsu. no. koto. dake. isshôkenmê. ganbarinasai

別那麼貪心什麼都想要，專注在一件事情上努力就好。

⑱ 多禮

りちぎ
律儀
richigi

💬 原為佛教用語，是「極為重視禮節」的意思。

近所の人にお土産をあげたら、律儀にお礼の品を持って来た。

kinjo. no. hito. ni. omiyage. o. agetara, richigi. ni. orê. no. shina. o. motte. kita

我送了伴手禮給鄰居，結果對方還特地回禮，真是多禮。

⑲ 頑皮、淘氣

わんぱく
腕白
wanpaku

💬 形容小孩調皮搗蛋，喜歡惡作劇的淘氣個性，特指小男孩。

息子は腕白で、幼稚園でもお友達を泣かせてしまうことがある。

musuko. wa. wanpaku. de, yôchien. de. mo. otomodachi. o. nakasete. shimau. koto. ga. aru

我兒子很調皮，有時還弄哭他幼稚園的同學。

2-4 行為

① 默契十足

阿吽の呼吸
あ うん こ きゅう

aun. no. kokyû

💬 指多人一同做事的時候「非常有默契」。

あの二人は姉妹だけに阿吽の呼吸で見事な演技でしたね。
ふ た り　　　し まい　　　　　あ うん　こ きゅう　み ごと　えん　ぎ

ano. futari. wa. shimai. dake. ni. aun. no. kokyû. de. migoto. na. engi. deshita. ne

她們兩人不愧是姉妹，演起戲來默契十足。

② 抓人語病

揚げ足を取る
あ　　　あし　　　と

ageashi. o. toru

💬 慣用句。原指在柔道或相撲中絆倒對方，引申為「抓到對方的失言或語病，便加以調侃或責難」。

職場にすぐ人の揚げ足を取る人がいて、話していると疲れてしまう。
しょく ば　　　　　ひと　　あ あし　と　　ひと　　　　はな　　　　　　　　　つか

shokuba. ni. sugu. hito. no. ageashi. o. toru. hito. ga. ite, hanashite. iru. to. tsukarete. shimau

我公司裡有個喜歡抓人語病的同事，每次跟他講話都好累。

③ 躲雨

雨宿りする
あま やど

amayadori. suru

💬 指為了避雨而躲在屋簷下。

突然の雨で雨宿りしていたところ、知らない人が傘を貸してくれた。
とつぜん　　あめ　あま やど　　　　　　　　　　　し　　　　　ひと　かさ　　　か

totsuzen. no. ame. de. amayadori. shite. ita. tokoro, shiranai. hito. ga. kasa. o. kashite. kureta

突然下雨了，我在屋簷下躲雨時，竟有位陌生人把傘借我。

④ 走一步算一步

行き当たりばった
り

ikiatari. battari

💬 沒有事先計劃，依照當場的狀況來決定。

> 私は旅行に行くときは予定を立てずに行き当たりばったりの旅を楽しむんです。
>
> watashi. wa. ryokô. ni. iku. toki. wa. yotê. o. tatezu. ni. ikiatari. battari. no. tabi. o. tanosimu. n. desu
>
> 我喜歡享受沒有計劃、走一步算一步的旅行。

⑤ 無微不至

至れり尽くせり

itareri. tsukuseri

💬 語出莊子〈齊物論〉。指連細節都設想周到。

> 河原でキャンプするより、旅館で至れり尽くせりのもてなしを受けたほうがよほどいい。
>
> kawara. de. kyanpu. suru. yori, ryokan. de. itareri. tsukuseri. no. motenashi. o. uketa. hô. ga. yohodo. î
>
> 與其在河畔露營，還不如在旅館享受無微不至的款待。

⑥ 拔腿就跑

一目散

ichimokusan

💬 指「不顧一切，拼了命地逃離」。

> 犯人は警官を見た途端、一目散に逃げ出した。
>
> hannin. wa. kêkan. o. mita. totan, ichimokusan. ni. nigedashita
>
> 兇手一看到警察便拔腿就跑。

⑦ 指指點點

後ろ指を指される

ushiroyubi. o. sasareru

💬 在別人背後指著他責難、說他的壞話。

> あなたが犯罪を犯したら、あなたのお子さんまでが後ろ指を指されることになるんですよ。
>
> anata. ga. hanzai. o. okashitara, anata. no. okosan. made. ga. ushiroyubi. o. sasareru. koto. ni. naru. n. desu. yo
>
> 要是你犯了罪，連你的孩子都會被人指指點點喔。

⑧ 重複別人的話

鸚鵡返し

ômu. gaeshi

💬 指「一字不漏地重複別人說過的話」。一般以片假名書寫，如「オウム返し」。

> 子供は大人の言葉をオウム返しすることで、言葉を習得するものだ。
>
> kodomo. wa. otona. no. kotoba. o. ômu. gaeshi. suru. koto. de, kotoba. o. shûtoku. suru. mono. da
>
> 小孩都是透過重複大人的話，來學說話的。

⑨ 多管閒事

大きなお世話

ôkina. osewa

💬「插手管別人的事；管太多」的意思。用於拒絕別人的好意。

> 「あなたも早く結婚したほうがいいわよ」なんて、大きなお世話だよ！
>
> "anata. mo. hayaku. kekkon. shita. hô. ga. î. wa. yo."nante, ôkina. osewa. da. yo!
>
> 什麼叫做「你也應該趕快結婚」嘛，真是多管閒事！

⑩ 支吾其詞

奥歯に物が挟まったよう

okuba. ni. mono. ga. hasamatta. yô

💬 直譯為「宛如齒縫中卡著東西」的意思，引申為「不清楚地說出想說的話，顧左右而言他」。

> そんな奥歯に物が挟まったような言い方しないで、言いたいことがあるならはっきり言いなさいよ！
>
> sonna. okuba. ni. mono. ga. hasamatta. yô. na. îkata. shinai. de, îtai. koto. ga. aru. nara. hakkiri. înasai. yo!
>
> 你如果有話想說就直說，不要支吾其詞！

○ ○ ○ ○ ○ ○ ○ ○ ○ ○ ○

⑪ 分送

御裾分け

osusowake

💬 「裾」是衣服的下襬，帶有「一點小意思」的涵義。指「把別人給自己的東西再分給朋友」。

（接上）

> 実家から大量に野菜が送られて来たので、近所の人に御裾分けをした。
>
> jikka. kara. tairyô. ni. yasai. ga. okurarete. kita. node, kinjo. no. hito. ni. osusowake. o. shita
>
> 我的老家寄來一大堆蔬菜，所以我分送給附近鄰居。

○ ○ ○ ○ ○ ○ ○ ○ ○ ○ ○

⑫ 音訊全無

音沙汰がない

otosata. ga. nai

💬 指「沒有音訊；沒有聯絡」。

> 最近友人から全く音沙汰がないのだが、いったいどうしたのだろうか。
>
> saikin. yûjin. kara. mattaku. otosata. ga. nai. no. daga, ittai. dô. shita. no. darô. ka
>
> 最近我朋友音訊全無，不知道究竟發生了什麼事？

○ ○ ○ ○ ○ ○ ○ ○ ○ ○ ○

⑬ 大量購買、一次買齊

大人買い

otonagai

💬 俗語。指大人一次大量購買原針對孩童販售，附有贈品的糖果或漫畫。

急に読みたくなって、
『ONEPIECE（ワンピース）』を全巻、ネット
で大人買（おとなが）いしてしまった。

kyû. ni. yomitaku. natte, "wanpîsu". o. zenkan, netto. de. otonagai. shite. shimatta

我突然想看《航海王》的漫畫，所以就在網路上買了一整套。

⑭ 依賴他人

負（お）んぶに抱（だ）っこ

onbu. ni. dakko

💬「負んぶ：揹」；「抱っこ：抱」。用來責備人「凡事仰賴他人，自己什麼都不會」。

もう社会人（しゃかいじん）なのに、いつまでも親（おや）に負（お）んぶに抱（だ）っこの状態（じょうたい）ではいけないよ。

mô. shakaijin. na. noni, itsumademo. oya. ni. onbu. ni. dakko. no. jôtai. de. wa. ikenai. yo

你已經出社會了，不能再什麼事情都靠爸媽。

⑮ 逐一

片（かた）っ端（ぱし）から

katappashi. kara

💬 從手邊的事物開始逐一處理。

引越（ひっこ）しすることになったので、部屋（へや）のものを片（かた）っ端（ぱし）から捨（す）てていった。

hikkoshi. suru. koto. ni. natta. node, heya. no. mono. o. katappashi. kara. sutete. itta

我要搬家了，所以把房裡的東西一一清掉。

⑯ 毫不留情

ガチンコ

gachinko

💬 指「認真一較高下」。原為相撲用語，後來因為從 1999 年開始播出的電視節目「ガチンコ！」而普及。之後又出現「ガチで」、「ガチに」等簡稱。帶有「認真地～」之意。

部活（ぶかつ）サボってたら、先輩（せんぱい）にガチで怒（おこ）られた。

bukatsu. sabottetara, senpai. ni. gachi. de. okorareta

我蹺掉了社團，結果被學長毫不留情地臭罵一頓。

⑰ 盯著人看

ガン見する
ganmi. suru

💬 年輕人用語。「ガンガン見る」的簡稱，也就是直盯著人看的意思。相反地，只瞥對方一眼則稱為「チラ見する」。

電車で前の席にすごく好みの女の人がいて、ついガン見してしまった。

densha. de. mae. no. seki. ni. sugoku. konomi. no. onna. no. hito. ga. ite, tsui. ganmi. shite. shimatta

電車上坐在我前面的女生是我的天菜，害我不自覺一直盯著人家看。

⑱ 豎起耳朵

聞き耳を立てる
kikimimi. o. tateru

💬 集中注意力專心聆聽。

部屋で主人と話していると、隣の部屋で 姑 が聞き耳を立てているのを感じる。

heya. de. shujin. to. hanashite. iruto, tonari. no. heya. de. shûtome. ga. kikimimi. o. tatete. iru. no. o. kanjiru

我在房裡跟先生談話，隱約感覺到婆婆似乎在隔壁房間豎起耳朵偷聽。

⑲ 叮嚀

釘を刺す
kugi. o. sasu

💬 事先交代提醒，以避免發生問題。

彼には「このことを絶対誰にも言うな」と釘を刺しておいた。

kare. ni. wa. "kono. koto. o. zettai. dare. ni. mo. yû. na". to. kugi. o. sashite. oita

他對我耳提面命：「這件事絕對不能告訴別人。」

⑳ 口頭禪

口癖
kuchiguse

💬 說話時下意識經常使用的詞句。

「疲れた」「寝てない」が口癖の人って、なんかむかつくよね。

"tsukareta". "netenai". ga. kuchiguse. no. hito. tte, nanka. mukatsuku. yo. ne

總是把「好累喔」、「我都沒睡」當口頭禪掛在嘴邊的人，真令人惱怒。

💬 對別人說些觸霉頭的話，或是挑剔別人。

彼女は、私がどんなプレゼントをあげても、必ずけちを付ける。

kanojo. wa, watashi. ga. donna. purezento. o. agetemo, kanarazu. kechi. o. tsukeru

不管我送她什麼禮物，她都一定會挑剔。

㉑ 頂嘴

口答えをする

kuchigotae. o. suru

💬 反駁尊長所說的話。

最近小三の息子が私に口答えするようになってきた。

saikin. shôsan. no. musuko. ga. watashi. ni. kuchigotae. suru. yô. ni. natte. kita

我那就讀小三的兒子，最近變得很會跟我頂嘴。

㉒ 挑剔、觸霉頭

けちを付ける

kechi. o. tsukeru

㉓ 碎唸

小言を言う

kogoto. o. yû

💬 把小事一一挑出來責罵別人。

妻に毎日小言を言われるので、あまり家に帰りたくない。

tsuma. ni. mainichi. kogoto. o. iwareru. node, amari. ie. ni. kaeritakunai

我太太每天嘮叨個不停，害我不太想回家。

㉔ 動作

仕草

shigusa

💬 一舉手一投足的動作。

女性が髪をかき上げる仕草
にドキっとする。

josê. ga. kami. o. kakiageru. shigusa. ni.
dokitto. suru

女性撩起頭髮的動作真令人怦然
心動。

- - - - - - - - - - - -

㉕ 跳腳

地団駄を踏む

jidanda. o. fumu

💬 因為懊悔或憤怒而用
力跺腳，或形容「怒不
可遏」。

新製品発表をラ
イバル会社に先
越され、社長も
地団駄を踏んで
悔しがっているだろう。

shinsêhin. happyô. o. raibaru. gaisha. ni.
sakikosare, shachô. mo. jidanda. o. funde.
kuyashigatte. iru. darô

被敵對公司搶先一步發表新產
品，想必老闆也氣得跳腳吧。

- - - - - - - - - - - -

㉖ 怪叫

素っ頓狂

suttonkyô

💬 指「突然發出尖聲怪叫」。

何よ、急にそんな素っ頓
狂な声をあげて。びっくり
するじゃない。

nani. yo, kyû. ni. sonna. suttonkyô. na. koe.
o. agete. bikkurisuru. janai

怎麼啦，幹嘛突然發出怪叫，嚇
我一跳。

- - - - - - - - - - - -

㉗ 清喉嚨

咳払いをする

sekibarai. o. suru

💬 為了打暗號或引人注意而故意乾咳。

仕事中にLINEしてたら、後
ろに立っていた部長が咳払
いをした。

shigoto. chû. ni. rain.
shite. tara, ushiro. ni.
tatte. ita. buchô. ga.
sekibarai. o. shita

我在工作的時候傳
LINE，一直站在我
身後的部長便故意
清了清喉嚨。

㉘ 無視

外方を向く
そっぽ　　　む

soppo. o. muku

💬 望向其他方向而不看著對方，引申為無視於對方。

> あの議員は失言のせいで、
> ぎいん　　しつげん
> 有権者から外方を向かれ
> ゆうけんしゃ　　そっぽ　　む
> た。
>
> ano. giin. wa. shitsugen. no. sê. de,
> yûkensha. kara. soppo. o. mukareta
>
> 那個議員因為失言而遭到掌權者的無視。

○ ○ ○ ○ ○ ○ ○ ○ ○ ○

㉙ 耍賴

駄々を捏ねる
だ だ　　こ

dada. o. koneru

💬 形容小孩因為自己的願望無法達成而任性耍賴。

> おもちゃ売り場で子供が
> う　ば　　こども
> 「買って！買って！」と駄々
> か　　　か　　　　　だ だ
> を捏ねている。
> こ
>
> omocha. uriba. de. kodomo. ga. "katte!
> katte!" to. dada. o. konete. iru
>
> 玩具賣場有個孩子在耍賴，一直大喊：「買給我！買給我！」

㉚ 裝睡

狸寝入り
たぬき　ね　い

tanukineiri

💬 日本自古認為狸會騙人，因此用這個說法來指「故意裝睡，以躲避自己不想做的事情」。

> あなた、
> また狸
> たぬき
> 寝入りしてるんでしょ。早
> ね い　　　　　　　　　　はや
> く起きて！買い物に行くわ
> お　　か　　もの　い
> よ！
>
> anata, mata. tanukineiri. shiteru. n.
> desho. hayaku. okite! kaimono. ni. iku.
> wa. yo!
>
> 老公，你又在裝睡了對吧。快起來！要去買東西囉！

○ ○ ○ ○ ○ ○ ○ ○ ○ ○

㉛ 不要囉唆

つべこべ言わずに
い

tsubekobe. iwazu. ni

💬 斥責他人「不要囉唆或找一堆藉口」。

> つべこべ言わずに、黙って
> い　　　　　　だま
> 練習しろ！
> れんしゅう
>
> tsubekobe. iwazu. ni, damatte. renshû.
> shiro!
>
> 不要囉唆，給我安靜練習！

㉜ 下跪磕頭

土下座する

dogeza. suru

💬 古時王公貴族經過時，一般人必須跪地伏首，後來引申為「向對方下跪，以表示歉意」。

> 店員の接客態度が悪いと言いがかりをつけて、客が店員に土下座を強要したらしいよ。
>
> ten'in. no. sekkyaku. taido. ga. warui. to. îgakari. o. tsukete, kyaku. ga. ten'in. ni. dogeza. o. kyôyô. shita. rashî. yo
>
> 聽說有客人客訴店員的服務態度太差，還強迫店員下跪磕頭呢。

㉝ 假惺惺

取って付けたよう

tottetsuketa. yô

💬 言語或態度太過刻意、不自然。

> 彼に「桃子ちゃんも春菜ちゃんもかわいいよね。あ、君ももちろんかわいいよ。」なんて取って付けたように言われて腹が立った。
>
> kare. ni. "Momoko. chan. mo. Haruna. chan. mo. kawaî. yo. ne. a, kimi. mo. mochiron. kawaî. yo. " nante. tottetsuketa. yô. ni. iwarete. hara. ga. tatta
>
> 他假惺惺地說：「桃子和春菜都很可愛呢。啊，妳當然也很可愛囉」。聽了真令人生氣。

㉞ 一臉得意

ドヤ顔

doyagao

💬「どや」為關西方言，意為「どうだ？：怎麼樣？」。表示一臉驕傲得意，彷彿在說：「怎麼樣？我很厲害吧？」的意思，曾入圍 2011 年流行語大獎。

> 真夏にドヤ顔でオープンカーに乗ってる奴って、どう思う？
>
> manatsu. ni. doyagao. de. ôpunkâ. ni. notteru. yatsu. tte, dô. omou?
>
> 對於在炎炎夏日還一臉得意地開著敞篷車的人，你有什麼看法？

㉟ 別放在心上

ドンマイ

donmai

💬 俗語，源自英文的 Don't mind。通常用來安慰、鼓勵因為失敗而感到氣餒的人。

> 人生<ruby>生<rt>じんせい</rt></ruby>いろいろあるって。
> ドンマイ！
>
> jinsê. iroiro. aru. tte. donmai!
>
> 人生本來就有起有落，別放在心上！

㊱ 顧人怨

憎まれ口を叩く

nikumareguchi. o. tataku

💬 表現出讓人厭惡的態度或行為。

> そんな憎まれ口ばかり叩いてないで、好きなら素直に好きと言ったら？
>
> sonna. nikumareguchi. bakari. tataite. naide, sukinara. sunao. ni. suki. to. ittara?
>
> 不要一直說那種惹人厭的話，如果喜歡就直說啊。

㊲ 哼聲哼氣

猫撫で声

nekonadegoe

💬 貓咪被撫摸時發出的叫聲，指拍人馬屁時的諂媚聲音。

> 妻が猫撫で声で話しかけてくるときは、何か買って欲しいときだ。
>
> tsuma. ga. nekonadegoe. de. hanashikakete. kuru. toki. wa, nani. ka. katte. hoshî. toki da
>
> 我太太只要用撒嬌的語氣跟我說話，就表示她又想買東西了。

㊳ 打破砂鍋問到底

根掘り葉掘り聞く

nehori. hahori. kiku

💬「葉掘り」是「根掘り」的諧音，指「追根究柢，非問個清楚不可」。

あまり親しくないママ友が、プライベートなことまで根掘り葉掘り聞いてくるんだけど、デリカシーないと思わない？

amari. shitashikunai. mamatomo. ga, puraibêto. na. koto. made. nehori. hahori. kîte. kuru. n. dakedo, derikashî. nai. to. omowanai?

有個和我不太熟的媽媽友一直追問我的私事，你不覺得她很不懂人情世故嗎？

○ ○ ○ ○ ○ ○ ○ ○ ○ ○ ○ ○ ○ ○ ○ ○

㉟ 撃掌

ハイタッチ

hai. tacchi

💬 用 high+touch 組成的和製英語。指雙方將手高舉過頭，互相撃掌的動作，相當於英文的 give me five。

サヨナラホームランを打ったA選手は、他の選手たちにハイタッチで迎えられた。

sayonara. hômuran. o. utta. A. senshu. wa, hoka. no. senshu. tachi. ni. hai. tacchi. de. mukaerareta

隊友們高舉起手，輪流與揮出再見全壘打的球員 A 撃掌。

㊵ 一成不變、了無新意

馬鹿の一つ覚え

baka. no. hitotsu. oboe

💬 諺語。意指愚笨的人只要學會一件事，就會在各種場合得意洋洋地展現。

毎回毎回馬鹿の一つ覚えみたいに同じ店に行かないで、たまには違うところで食事しようよ。

maikai. maikai. baka. no. hitotsu. oboe. mitai. ni. onaji. mise. ni. ikanai. de, tamani. wa. chigau. tokoro. de. shokuji. shiyô. yo

每次都只去同一間店，真是了無新意，偶爾也去別的地方吃飯嘛。

○ ○ ○ ○ ○ ○ ○ ○ ○ ○ ○ ○ ○ ○ ○ ○

㊶ 直言不諱、口無遮攔

歯に衣着せぬ

ha. ni. kinu. kisenu

💬 想到什麼就講什麼，毫不修飾。

あのコメンテーターは歯に衣着せぬ物言いが受けている。

ano. komentêtâ. wa. ha. ni. kinu. kisenu. monoî. ga. ukete. iru

那個評論家直言不諱的說話方式相當受歡迎。

㊷ 戰戰兢兢

腫れ物に触るよう

haremono. ni. sawaru. yô

💬 小心翼翼地對待對方，深怕惹對方不開心。

> 反抗期の息子に、腫れ物に触るように接してしまう。
>
> hankôki. no. musuko. ni, haremono. ni. sawaru. yô. ni. sesshite. shimau
>
> 面對我那個正值叛逆期的兒子，我總是戰戰兢兢。

㊸ 再加上一點什麼

プラスアルファ

purasu. arufa

💬 以 plus+α 組成的和製英語，意思是「在基準之上再添加一些什麼」。有一說認為這個說法是誤將代表未知數的 X 看成希臘文的 α 而形成的。

> この新製品のアイデアはいいけど、何かプラスアルファがあると、もっとよくなると思うよ。
>
> kono. shinsêhin. no. aidea. wa. î. kedo, nanika. purasu. arufa. ga. aru. to, motto. yoku. naru. to. omou. yo
>
> 這個新產品的創意很不錯，但我想假如能再加上一點什麼，一定會更棒。

㊹ 絞盡腦汁、竭盡全力

フル回転する

furu. kaiten. suru

💬 「フル」源自英文 full 一詞。指「絞盡腦汁；竭盡全力」。

> 女性に慣れていないので、初デートでは頭をフル回転させて、褒め言葉を考えた。
>
> josê. ni. narete. inai. node, hatsu. dêto. de. wa. atama. o. furu. kaiten. sasete, homekotoba. o. kangaeta
>
> 我不太會和女生相處，所以第一次約會的時候，絞盡腦汁想著該怎麼誇獎對方。

㊺ 賣關子、裝模作樣

勿体ぶる

mottaiburu

💬 故意擺架子、裝模作樣。

> 伊藤先輩とあの後どうだったの？ねえ、勿体ぶらないで教えてよ！
>
> Itô. senpai. to. ano. ato. dô. datta. no? nê, mottaiburanaide. oshiete. yo!
>
> 妳和伊藤學長後來怎麼樣了？哎唷，不要賣關子，告訴我嘛！

㊻ 空巢穴

蛻の殻
もぬけ から
monuke. no. kara

💬 原義為蟬或蛇蛻下的皮，引申為「人離開後的床或住處」。

警察が犯人のアジトに踏み込んだときには、すでに蛻の殻だった。
けいさつ はんにん ふ こ もぬけ から

kêsatsu. ga. hannin. no. ajito. ni. fumikonda. toki. ni. wa, sudeni. monuke. no. kara. datta

警察攻進犯罪集團的巢穴時，那裡已經空無一人了。

㊼ 修圖

盛る
も
moru

💬 年輕人用語。指把影像修飾得比實際好看。

あの子のツイッターのプロフ写真、ちょっと盛りすぎじゃない？
こ しゃしん も

ano. ko. no. tsuittâ. no. purofu. shashin, chotto. morisugi. janai?

那個女生推特上的大頭貼，修圖修得太過火了吧？

㊽ 插嘴、插手

横槍を入れる
よこやり い
yokoyari. o. ireru

💬 指第三者從旁打擾或妨礙別人說話或工作。

葬儀は身内だけでひっそり行うつもりだったが、叔父が横槍を入れてきてもめた。
そうぎ みうち おこな おじ よこやり い

sôgi. wa. miuchi. dake. de. hissori. okonau. tsumori. datta. ga, oji. ga. yokoyari. o. irete. kite. mometa

我們希望葬禮只要家人低調舉行就好，但叔叔跑來插嘴出意見，於是跟我們起了爭執。

㊾ 直呼名字

呼び捨て
よ す
yobisute

💬 在稱呼他人的時候省略了敬稱。

あの人、彼氏でもないのに、私の下の名前を呼び捨てするんだよね。
ひと かれし わたし した なまえ よ す

ano. hito, kareshi. demo. nai. noni, watashi. no. shita. no. namae. o. yobisute. suru. n. da. yo. ne

那個人又不是我男朋友，卻直接叫我名字，還不加稱謂。

(50) 例行公事、習慣動作

ルーティン

rûtin

源自英文的 routine 一詞。指「固定的一連串動作」。

多く(おお)の一流(いちりゅう)アスリートは集中力(しゅうちゅうりょく)を高(たか)めるためのルーティンがあるそうだ。

ôku. no. ichiryû. asurîto. wa. shûchûryoku. o. takameru. tame. no. rûtin. ga. aru. sô. da

聽說許多一流的運動員都有固定的習慣動作，可以幫助他們集中精神。

(51) 連續

連(れん)チャン

renchan

俗語，源自中文的「連莊」。表示同一件事情接連發生，主要用於上課、上班、聚餐，以及柏青哥（小鋼珠）中獎的時候。

今日(きょう)は飲(の)み会三連(かいさんれん)チャンの最終日(さいしゅうび)で、もうくたくただ。

kyô. wa. nomikai. san. renchan. no. saishûbi. de, mô. kutakuta. da

今天是連續三場聚餐的最後一攤，真是累翻我了。

(52) 一成不變

ワンパターン

wanpatân

和製英語 one pattern。指「一直重複進行同樣的行為，了無新意」，帶有負面涵義。

毎日(まいにち) T(ティー) シャツにジーンズのワンパターンコーデになってしまいます。

mainichi. tîshatsu. ni. jînzu. no. wanpatân. kôde. ni. natte. shimaimasu

我每天都穿 T 恤配牛仔褲，穿搭一成不變。

NOTE

2-5 情緒

① 呆住、愣怔

呆気に取られる
あっけ　に　と
akke. ni. torareru

💬 慣用句。因為突發事件而嚇一跳、愣住。

> 電車で若い男の人が突然大
> でんしゃ　わか　おとこ　ひと　とつぜんおお
> 声で歌い出したのを見て、
> ごえ　うた　だ　み
> 呆気に取られた。
> あっけ　と
>
> densha. de. wakai. otoko. no. hito. ga.
> totsuzen. ôgoe. de. utaidashita. no. o. mite,
> akke. ni. torareta
>
> 我在電車上看見一名年輕男子突
> 然大聲唱起歌來，當場傻眼。

② 若無其事

あっけら
かん
akkerakan

💬 彷彿什麼事都沒發生。

> 彼女は上司に叱られても、
> かのじょ　じょうし　しか
> あっけらかんとしている。
>
> kanojo. wa. jôshi. ni. shikararetemo,
> akkerakan. to. shite. iru
>
> 她就算被主管責罵，也一臉若無
> 其事的樣子。

③ 餘味不佳

後味が悪い
あとあじ　わる
atoaji. ga. warui

💬 事情的結果不夠乾脆爽快，留下令人
不快的心情。

> あの映画、見終わった後、
> えい が　み お　あと
> 後味が悪くてもやもやす
> あとあじ　わる
> る。
>
> ano. êga, miowatta. ato, atoaji. ga.
> warukute. moyamoya. suru
>
> 看完那部電影後，心裡留下一種
> 不夠暢快的感覺。

④ 丟臉到想鑽進地洞

穴があったら入り
たい
あな　はい
ana. ga. attara. hairitai

💬 形容「丟臉至極，想躲起來」。

> 大勢の人の前で転んでしま
> おおぜい　ひと　まえ　ころ
> い、穴があったら入りたい
> あな　はい
> 気持ちになった。
> き も
>
> ôzê. no. hito. no. mae. de. koronde. shimai,
> ana. ga. attara. hairitai. kimochi. ni. natta
>
> 我在人群面前跌倒，真想挖個地
> 洞鑽
> 進去。

⑤ 無謂的堅持

意地を張る
iji. o. haru

💬 固執地堅持自己的主張或行為。

> つまらない意地を張らないで、素直に謝ったら？
>
> tsumaranai. iji. o. haranai. de, sunao. ni. ayamattara?
>
> 不要再做無謂的堅持了，老老實實地道歉不就好了？

○ ○ ○ ○ ○ ○ ○ ○ ○ ○ ○ ○

⑥ 出人意表

意表を突かれる
ihyô. o. tsukareru

💬 事情出乎預料，令人驚訝。形容「過於輕忽大意，導致弱點遭到攻擊」。

> 就活の面接で、思わぬ質問に意表を突かれた。
>
> shûkatsu. no. mensetsu. de, omowanu. shitsumon. ni. ihyô. o. tsukareta
>
> 我找工作面試時，被問到一個出人意表的問題。

⑦ 好笑

ウケる
ukeru

💬 俗語。源自「受（う）ける」一詞，指「有趣、好笑或風評很好」。

> 何、この動画。超ウケるんだけど。
>
> nani, kono. dôga. chô. ukeru. n. da. kedo
>
> 這影片是怎樣啦，超好笑的。

○ ○ ○ ○ ○ ○ ○ ○ ○ ○ ○ ○

⑧ 遺憾、不捨

後ろ髪を引かれる
ushirogami. o. hikareru

💬 感到後悔、留下遺憾。

> 家族や友人に後ろ髪を引かれる思いで、故郷を離れた。
>
> kazoku. ya. yûjin. ni. ushirogami. o. hikareru. omoi. de, kokyô. o. hanareta
>
> 我抱著對家人和朋友的不捨，離開了故鄉。

⑨ 志得意滿

有頂天になる
うちょうてん
uchôten. ni. naru

💬 原為佛教用語，意指有形世界中最崇高的神，引申為「得意至極」。

> 若いときは、みんなからおだてられて有頂天になっていた。
> わか／うちょうてん
>
> wakai. toki. wa, minna. kara. odaterarete. uchôten. ni. natte. ita
>
> 我年輕的時候，因為身邊的人對我百般奉承而顯得志得意滿。

⑩ 沉迷

現を抜かす
うつつ／ぬ
utsutsu. o. nukasu

💬 醉心、沉迷於某件事情。

> アイドルなんかに現を抜かしてないで、勉強しなさい！
> うつつ／ぬ／べんきょう
>
> aidoru. nanka. ni. utsutsu. o. nukashite. nai. de, benkyô. shinasai!
>
> 不要沉迷於偶像，去念書！

⑪ 回嘴、對罵

売り言葉に買い言葉
う　ことば　か　ことば
urikotoba. ni. kaikotoba

💬 面對粗暴的言詞，也以同樣粗暴的言詞回罵。

> そんな気はなかったのに、売り言葉に買い言葉で妻に「離婚だ！」と言ってしまった。
> き／う　ことば　か　ことば　つま／りこん　い
>
> sonna. ki. wa. nakatta. noni, urikotoba. ni. kaikotoba. de. tsuma. ni. "rikon. da!" to. itte. shimatta
>
> 我明明沒那個意思，卻在對妻子回嘴的時候脫口說出：「我要跟妳離婚！」

⑫ 開心的哀號

うれしい悲鳴
ひめい
ureshî. himê

💬 因為出乎預料的結果而感到高興，同時也感嘆因此變得忙碌。

テレビでうちの店が紹介されたことで、急に忙しくなり、毎日うれしい悲鳴をあげている。

terebi. de. uchi. no. mise. ga. shôkai. sareta. koto. de, kyû. ni. isogashiku. nari, mainichi. ureshî. himê. o. agete. iru

我們的店上了電視，所以店裡突然變得很忙，每天都發出開心的哀號。

---

⑬ 心不在焉

上の空
uwa. no. sora

💬 形容心神不集中的樣子。

森本さんは悩み事があるらしく、最近は授業中も上の空だ。

Morimoto. san. wa. nayamigoto. ga. aru. rashiku, saikin. wa. jugyôchû. mo. uwa. no. sora. da

森本同學好像有什麼煩惱，最近上課都心不在焉的。

---

⑭ 屏氣凝神

固唾を呑む
katazu. o. nomu

💬 「固唾」是緊張時蓄積在嘴裡的唾液。指「因為擔心事情的發展而屏息」。

大統領選挙の開票結果を国民は固唾を呑んで見守った。

daitôryô. senkyo. no. kaihyô. kekka. o. kokumin. wa. katazu. o. nonde. mimamotta

全國人民屏氣凝神地看著總統選舉的開票結果。

---

⑮ 生氣

カチンと来る
kachin. to. kuru

💬 指「對別人的言行舉止感到不悅」。

部長の失礼なセクハラ発言にカチンと来た。

buchô. no. shitsurê. na. sekuhara. hatsugen. ni. kachin. to. kita

部長那種沒禮貌的言語性騷擾，真令人生氣。

⑯ 忍無可忍

堪忍袋の緒が切れる
かんにんぶくろ お き

kanninbukuro. no. o. ga. kireru

💬 怒氣爆發，再也無法忍耐。

> 育児を全く手伝ってくれない夫に、ついに堪忍袋の緒が切れた。
> いくじ まった てつだ おっと かんにんぶくろ お き
>
> ikuji. o. mattaku. tetsudatte. kurenai. otto. ni, tsuini. kanninbukuro. no. o. ga. kireta
>
> 對完全不幫忙照顧孩子的丈夫，我已經忍無可忍。

○ ○ ○ ○ ○ ○ ○ ○ ○ ○ ○ ○ ○ ○

⑰ 尷尬、不自在

決まり悪い／ばつが悪い
き わる わる

**kimari. warui /
batsu. ga. warui**

💬 莫名感到難為情、不自在。

> 彼氏の元カノと隣同士の席になり、決まり悪い思いをした。
> かれし もと となりどうし せき き わる おも
>
> kareshi. no. moto. kano. to. tonari. dôshi. no. seki. ni. nari, kimariwarui. omoi. o. shita
>
> 我被安排坐在我男友的前女友旁邊，感覺好尷尬。

⑱ 噁心

キモい

kimoi

💬 俗語。「気持ち悪い」的簡稱。
きも わる

> あの芸人さん、キモいって言われてるけど、私は好きだなあ。
> げいにん い わたし す
>
> ano. gênin. san, kimoi. tte. iwareteru. kedo, watashi. wa. suki. da. nâ
>
> 大家都說那個搞笑藝人很噁心，但我還滿喜歡他的啊。

○ ○ ○ ○ ○ ○ ○ ○ ○ ○ ○ ○ ○ ○

⑲ 惱羞成怒

逆ギレ
ぎゃく

gyaku. gire

💬 俗語。「ギレ」源自「切れる：生氣」。指受到指正的人反對提出指正的人「切れる」。據說起源於搞笑藝人松本人志。
き

> 電車の中で騒いでいる子供に注意したら、その子の母親に逆ギレされた。
> でんしゃ なか さわ こども ちゅうい こ ははおや ぎゃく
>
> densha. no. naka. de. sawaide. iru. kodomo. ni. chûi. shitara, sono. ko. no. hahaoya. ni. gyaku. gire. sareta
>
> 我在電車裡制止了大聲嬉鬧的小孩，沒想到那孩子的母親竟惱羞成怒。

⑳ 瞠目

きょとんとする
kyoton. to. suru

💬 因為驚訝或無法理解狀況而睜大雙眼。

彼女は一瞬何を言われたか
わからず、きょとんとして
いた。

kanojo. wa. isshun. nani. o. iwareta. ka.
wakarazu, kyoton. to. shite. ita

我一時無法理解她對我說什麼，
只能怔怔地瞠目。

㉑ 天真無邪

屈託がない
kuttaku. ga. nai

💬 形容「無憂無慮、充滿朝氣、天真無
邪」的樣子。

子供たちの屈託のない笑顔
を見ていると幸せな気持ち
になる。

kodomo. tachi. no. kuttaku. no. nai. egao. o.
mite. iru. to. shiawase. na. kimochi. ni. naru

看著孩子天
真無邪的笑
容，我感到
很幸福。

㉒ 滿臉怒容

剣幕
kenmaku

💬 形容憤怒、
激動的態度或
表情。

近所の奥
さんがものすごい剣幕でう
ちに怒鳴り込んできた。

kinjo. no. okusan. ga. monosugoi.
kenmaku. de. uchi. ni. donarikonde. kita

鄰居太太滿臉怒容地跑來我家抱
怨。

㉓ 暴躁、不滿

業を煮やす
gô. o. niyasu

💬 因為不順心而感到暴躁、憤怒。

メーカーの対応の遅さに顧
客は業を煮やした。

mêkâ. no. taiô. no. ososa. ni. kokyaku. wa.
gô. o. niyashita

客人對製造商慢吞吞的處理速度
感到不滿。

㉔ 灰心喪志

心が折れる
kokoro. ga. oreru

💬 近年從「心折れる」一詞衍生的新義，形容「失去心中的支柱，喪失動力，感到挫折」。原本多為運動選手使用，漸漸普及至一般大眾。

> 優勝を目指してずっと頑張ってきたが、コンテストで失敗してしまい、心が折れてしまった。
>
> yûshô. o. mezashite. zutto. ganbatte. kita. ga, kontesuto. de. shippai. shite. shimai, kokoro. ga. orete. shimatta
>
> 我一直以奪冠為目標努力至今，沒想到在比賽中落敗，不禁感到灰心喪志。

㉕ 非分之想

下心
shitagokoro

💬 指「在心中偷偷盤算」。一般指男性對女性的非分之想。

> 「今度うちに遊びに来ない？」なんて言う男、絶対下心あるよね。
>
> "kondo. uchi. ni. asobi. ni. konai?" nante. yû. otoko, zettai. shitagokoro. aru. yo. ne
>
> 會說「下次要不要來我家玩？」的男人，絕對有非分之想對吧。

㉖ 不耐煩

痺れを切らす
shibire. o. kirasu

💬 因久等而失去耐心。

> 知事の煮え切らない発言に記者たちは痺れを切らして質問を始めた。
>
> chiji. no. niekiranai. hatsugen. ni. kisha. tachi. wa. shibire. o. kirashite. shitsumon. o. hajimeta
>
> 記者對縣長不乾不脆的發言感到不耐煩，直接提問。

㉗ 厭煩

癪に障る
shaku. ni. sawaru

💬 指「情緒不佳；感到暴躁」。

> 最近夫が言うことがいちいち癪に障る。
>
> saikin. otto. ga. yû. koto. ga. ichiichi. shaku. ni. sawaru
>
> 最近我先生不管說什麼，聽了都令人生厭。

㉘ 得寸進尺

図に乗る
zu. ni. noru

💬 得意忘形，得寸進尺。

> あいつは褒めるとすぐに図に乗る。
>
> aitsu. wa. homeru. to. suguni. zu. ni. noru
>
> 那傢伙只要一誇獎就會得寸進尺。

○ ○ ○ ○ ○ ○ ○ ○ ○ ○ ○ ○

㉙ 笑點、笑穴

(笑いの) ツボ
(warai. no) tsubo

💬 指令人感到好笑的點。一般認為這個詞源自經穴的「壺」，不過多用片假名書寫。有些年輕人會將「ツボ」當成動詞「ツボる」來使用，也有「ツボにはまる」「ツボに入 (はい) る：戳中笑穴」等說法。

> 彼とは笑いのツボが全然合わない。
>
> kare. to. wa. warai. no. tsubo. ga. zenzen. awanai
>
> 我跟我男朋友的笑點完全不一樣。

㉚ 慌了手腳

テンパる
tenparu

💬 俗語。形容慌張得不知所措。源自麻將術語「聴牌 (テンパイ)」，並將其動詞化。

> 忙しい上に大きいミスまでして、完全にテンパってしまった。
>
> isogashî. ue. ni. ôkî. misu. made. shite, kanzen. ni. tenpatte. shimatta
>
> 在忙得不可開交的時候，又出了一個大紕漏，讓我完全慌了手腳。

○ ○ ○ ○ ○ ○ ○ ○ ○ ○ ○ ○

㉛ 令人吃驚

度肝を抜く
dogimo. o. nuku

💬 讓人感到驚訝之意。

> 新しいAI技術により、人々の度肝を抜くようなロボットが発表された。
>
> atarashî. êai. gijutsu. ni. yori, hitobito. no. dogimo. o. nuku. yô. na. robotto. ga. happyô. sareta
>
> 應用最新 AI 技術的機器人於日前公開，令人驚訝萬分。

③② 不知所措

途方に暮れる

とほう　　　く

tohô. ni. kureru

💬 指「已用盡所有方法與手段，不知該如何是好」。

夫に先立たれ、幼い子供を抱えて途方に暮れていた。
おっと　さきだ　　　おさな
こども　かか　　　と
ほう　く

otto. ni. sakidatare, osanai. kodomo. o. kakaete. tohô. ni. kureteita

我先生過世了，我帶著年幼的孩子，束手無策。

③③ 掃興、冷場

ドン引きする

び

donbiki. suru

💬 俗語。原義為拍電影時將鏡頭拉遠，讓被攝物變小。引申為「因為某人的言行舉止使得氣氛變差、感到掃興或幻滅」的意思。

誕生日に彼氏が作詞作曲した歌をプレゼントされてドン引きした。
たんじょうび　かれし　さくし さっきょく
うた
び

tanjôbi. ni. kareshi. ga. sakushi. sakkyoku. shita. uta. o. purezento. sarete. donbiki. shita

我男友自己填詞譜曲，做了一首歌送我當生日禮物，害氣氛當場冷掉。

③④ 咬牙切齒

歯軋りをする

は　ぎしり

hagishiri. o. suru

💬 原是睡覺時發出磨牙聲，引申為「因為憤怒或悔恨而咬緊牙關」。

試合に負けて、歯軋りをして悔しがった。
しあい　ま　　　は ぎし
くや

shiai. ni. makete, hagishiri. o. shite. kuyashigatta

我輸了比賽，不甘心得咬牙切齒。

③⑤ 沉迷、無法自拔

ハマる

hamaru

💬 俗語。原義為掉進洞裡，引申指「沉迷於愛情或興趣之中」。

今このスマホゲームにハマっています。
いま

ima. kono. sumaho. gêmu. ni. hamatte. imasu

我現在沉迷於這個手遊。

㊱ 畏怯、害怕

ビビる
bibiru

💬 俗語。形容「因為恐懼而裹足不前」。早在平安時代就有這個詞彙，但現在當作年輕人用語或俗語使用。

> この前女優の○○見かけたんだけど、かわいすぎて、まじでビビった。
>
> kono. mae. joyû. no. OO. mikaketa. n. da. kedo, kawaisugite, majide. bibitta
>
> 我上次看到女明星○○，她實在太可愛了，讓我有點怕怕的。

㊲ 喪失幹勁、失望

拍子抜けする
hyôshi. nuke. suru

💬 本來預想事情很困難或很嚴重，沒想到卻意外輕鬆順利地解決，原本的準備都派不上用場，因此感到失望或失去幹勁。

> ５０倍カレーというのに挑戦したが、あまり辛くなくて拍子抜けした。
>
> gojû. bai. karê. to. yû. no. ni. chôsen. shita. ga, amari. karaku. nakute. hyôshi. nuke. shita
>
> 我挑戰了「50倍咖哩」，結果根本不太辣，超沒勁的，害我好失望。

㊳ 引來反感

顰蹙を買う
hinshuku. o. kau

💬 形容「做出違反良知或理智的行動，引起人們的反感」。

> テレビ番組の下品な演出が世間の顰蹙を買った。
>
> terebi. bangumi. no. gehin. na. enshutsu. ga. seken. no. hinshuku. o. katta
>
> 電視節目中低俗的表演，招致社會大眾的反感。

㊴ 察覺

ピンと来る
pin. to. kuru

💬 從他人的態度或狀況，用直覺敏銳地掌握背後的真相。

> 主人の態度を見て、何か隠し事をしているとすぐにピンと来た。
>
> shujin. no. taido. o. mite, nani. ka. kakushigoto. o. shite. iru. to. suguni. pin. to. kita
>
> 我一看見我先生的態度，就立刻察覺他有事瞞著我。

あ行・か行・さ行・た行・な行・は行・ま行・や行・ら行・わ行

⑩ 板著臉

仏頂面
ぶっちょうづら

bucchôzura

💬 形容不悅的表情。

> いつも仏頂面の上司は、私が挨拶しても返事もしない。
> ぶっちょうづら　じょうし
> わたし　あいさつ　へんじ
>
> itsumo. bucchôzura. no. jôshi. wa, watashi. ga. aisatsu. shitemo. henji. mo. shinai
>
> 我的主管總是板著臉，就算我向他打招呼，他也不回應。

⑪ 消沉

へこむ
hekomu

💬 俗語。原義是因為外在的壓力而使得表面凹陷。引申為「心情低落、無精打采」。

> 彼女にふられてへこんでいたときに、この曲を聞いたら元気になった。
> かのじょ
> きょく　き
> げんき
>
> kanojo. ni. furarete. hekonde. ita. toki. ni, kono. kyoku. o. kîtara. genki. ni. natta
>
> 我之前因為被女友甩了而意志消沉，當時聽了這首歌，就恢復了精神。

⑫ 感到憤怒

ムカつく
mukatsuku

💬 俗語。原義為「胃(い)がむかつく：想吐」，引申為「生氣」。

> 課長、私にばっかり仕事押し付けてきて、まじムカつく。
> かちょう　わたし　しごと
> お　つ
>
> kachô, watashi. ni. bakkari. shigoto. oshitsukete. kite, maji. mukatsuku
>
> 課長老是把工作塞給我一個人做，真的很令人火大。

⑬ 認真動氣

向きになる
む

muki. ni. naru

💬 只因為一點小事就認真生氣。亦可用片假名書寫，如「ムキになる」。

> 子供相手にムキにならないでよ。大人気ない。
> こどもあいて
> おとなげ
>
> kodomo. aite. ni. muki. ni. naranaide. yo. otonage. nai
>
> 不要對小孩認真動氣啦，真是幼稚。

㊹ 心情不好

虫の居所が悪い

mushi. no. idokoro. ga. warui

💬 慣用句。指「心情不好，脾氣暴躁」。

> 父は虫の居所が悪いと、すぐに家族に当たり散らす。
>
> chichi. wa. mushi. no. idokoro. ga. warui. to, suguni. kazoku. ni. atarichirasu
>
> 爸爸只要心情一不好，就會拿家人出氣。

○○○○○○○○○○○○○○○○○

㊺ 滿心感動

胸が一杯になる

mune. ga. ippai. ni. naru

💬 形容「因為強烈的喜悅或悲傷而無法思考其他的事」。

> 結婚式では多くの人にお祝いの言葉をいただいて、胸が一杯になりました。
>
> kekkonshiki. de. wa. ôku. no. hito. ni. oiwai. no. kotoba. o. itadaite, mune. ga. ippai. ni. narimashita
>
> 在婚禮上得到了大家的祝福，我滿心感動。

㊻ 詫異、目瞪口呆

目が点になる

me. ga. ten. ni. naru

💬 源自漫畫家會把人物的眼睛畫成兩個點來表示驚訝，從 1980 年起普及。形容「驚訝」的模樣。

> いいな、と思ったワンピースの値札を見て、目が点になった。
>
> î. na, to. omotta. wanpîsu. no. nefuda. o. mite, me. ga. ten. ni. natta
>
> 我看到一件洋裝覺得不錯，但看了標價之後，不禁目瞪口呆。

○○○○○○○○○○○○○○○○○

㊼ 毫無抵抗力

目がない

me. ga. nai

💬 慣用句。形容「喜歡某物到失去判斷力」的樣子。

> 父は甘いものには目がないんです。
>
> chichi. wa. amai. mono. ni. wa. me. ga. nai. n. desu
>
> 家父對甜食毫無抵抗力。

㊽ 恍然大悟

目(め)から鱗(うろこ)が落(お)ちる

me. kara. uroko. ga. ochiru

源自新約聖經《使徒行傳》第 9 章。形容在某個契機之下突然發現事物的真相，當下立刻理解。

ベテランの先生(せんせい)の授業(じゅぎょう)を見(けん)学(がく)して、「こうやって教(おし)えるのか」と目(め)から鱗(うろこ)が落(お)ちた。

beteran. no. sensê. no. jugyô. o. kengaku. shite, "kô. yatte. oshieru. no. ka". to. me. kara. uroko. ga. ochita

我去資深老師的班上觀課之後，才恍然大悟，原來要這樣教。

㊾ 挑毛病

目(め)くじらを立(た)てる

mekujira. o. tateru

挑起眉毛，挑別人的毛病。引申「指出別人的缺點加以責難」。

そんなの、目(め)くじらを立(た)てるほどのことでもないだろう。

sonna. no, mekujira. o. tateru. hodo. no. koto. demo. nai. darô

那種小事，根本不需要雞蛋裡挑骨頭吧。

㊿ 豁出去

やけを起(お)こす／やけくそ

yake. o. okosu / yakekuso

因為事情不如所願，而做出自暴自棄的行為。

こうなったらもうやけくそだ！全財産(ぜんざいさん)、この馬(うま)に突(つ)っ込(こ)んでやる。

kô. nattara. mô. yakekuso. da! zenzaisan, kono. uma. ni. tsukkonde. yaru

事到如今，乾脆豁出去了！我要把所有財產全都壓在這匹馬上。

(51) 糟糕、不妙

ヤバい

yabai

形容「預測狀況危急或不理想」。近年，年輕人也用它來表示「非常好」、「最棒」等正面意義。

このカレー、まじヤバいんだけど。お肉(にく)がとろけちゃう。

kono. karê, maji. yabai. n. da. kedo. oniku. ga. torokechau

這個咖哩飯超不妙的。肉入口即化耶。

(52) 著迷

病(や)み付(つ)きになる

yamitsuki. ni. naru

熱衷於某種興趣或比賽，無法自拔。

このチキン、おいしすぎて病(や)み付(つ)きになっちゃうよ。

kono. chikin,
oishisugite.
yamitsuki. ni.
nacchau. yo

這個炸雞好吃得令人著迷耶。

(53) 大快人心

溜飲(りゅういん)が下(さ)がる

ryûin. ga. sagaru

指「原本累積在心中的不滿、怨懟都消失；揚眉吐氣」的意思。

映画(えいが)のラストで悪者(わるもの)がやられて、溜飲(りゅういん)が下(さ)がった。

êga. no. rasuto. de. warumono. ga.
yararete, ryûin. ga. sagatta

電影結局中壞人被擊敗，真是大快人心。

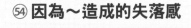

(54) 因為～造成的失落感

～ロス

～ rosu

俗語，源自英文 loss。意思是「失落感」。經常使用於熱門的連續劇、動畫、漫畫完結，或是當紅明星結婚或解散，導致粉絲感到失去生活重心的時候。

彼女(かのじょ)、安室(あむろ)ロスで会社休(かいしゃやす)んだんだって。

kanojo, Amuro. rosu. de. kaisha. yasunda.
n. datte

聽說她因為安室引退，失落感太強，所以請假沒去上班耶。

(55) 放不下

割(わ)り切(き)れない

warikirenai

心中帶有不滿，無法割捨。

別(わか)れたんだからもう彼(かれ)とは関係(かんけい)ない、なんて言(い)っても、そう簡単(かんたん)には割(わ)り切(き)れないよ。

wakareta. n. da. kara. mô. kare. to. wa.
kankê. nai, nante. ittemo, sô. kantan. ni. wa.
warikirenai. yo

儘管說分手之後就和他毫無瓜葛了，但想要放下其實沒那麼簡單。

2-6 生理

① 早上起不來

朝が弱い
あさ よわ

asa. ga. yowai

💬 指早上「喜歡賴床或不容易清醒」。

> 私、低血圧だから朝が弱いのよ。
> わたし ていけつあつ あさ よわ
>
> watashi. têketsuatsu. dakara. asa. ga. yowai. no. yo
>
> 我有低血壓，所以早上總是爬不起來。

② 腳抽筋

足がつる
あし

ashi. ga. tsuru

💬「つる」是指「被扯緊」的狀態。

> プールで泳いでるときに足がつって焦ったよ。
> およ あし あせ
>
> pûru. de. oyoideru. toki. ni. ashi. ga. tsutte. asetta. yo
>
> 我在游泳池游泳的時候腳突然抽筋，緊張死了。

③ 腳底

足の裏
あし うら

ashi. no. ura

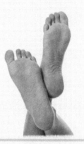

💬「裏」是背面的意思。

> 最近足の裏の皮がよくめくれる。
> さいきんあし うら かわ
>
> saikin. ashi. no. ura. no. kawa. ga. yoku. mekureru
>
> 我最近腳底經常脫皮。

④ 打呼

いびきをかく

ibiki. o. kaku

💬 與「汗（あせ）をかく：流汗、冒汗」的「かく」同義。

> 最近毎晩すごいいびきかいてるよ。疲れてるんじゃない？
> さいきんまいばん つか
>
> saikin. maiban. sugoi. ibiki. kaiteru. yo. tsukareterunjanai?
>
> 你最近每天晚上都打呼很大聲耶，是不是很累呀？

⑤ 雞眼

魚の目
うお　め

uo. no. me

💬 這是「鶏眼 (けいがん)」的俗稱。因為形狀類似魚眼而得名。

> 靴が合わないみたいで、魚
> くつ　あ　　　　　　　うお
> の目ができて痛いんだよ
> め　　　　　いた
> ね。
>
> kutsu. ga. awanai. mitai. de, uo. no. me. ga. dekite. itainda. yo. ne
>
> 我的鞋子好像不合腳，害我長了雞眼，好痛喔。

⑥ 內八字

内股
うちまた

uchimata

💬 走路時腳尖朝內。

> 日本人の女の子って内股で
> に ほんじん　　おんな　こ　　　　うちまた
> 歩いている子が多いよね。
> ある　　　　こ　おお
>
> nihonjin. no. onna. no. ko. tte. uchimata. de. aruite. iru. ko. ga. ôi. yo. ne
>
> 日本有很多女孩子走路都會內八字耶。

⑦ 打盹、打瞌睡

うとうとする

utouto. suru

💬 斷斷續續地入眠。

> 授業 中にうとうとして、
> じゅぎょうちゅう
> 先生に怒られました。
> せんせい　　おこ
>
> jugyôchû. ni. utouto. shite, sensê. ni. okoraremashita
>
> 我在上課的時候打瞌睡，結果被老師罵。

⑧ (頭髮) 分岔

枝毛
えだ　げ

edage

💬 指髮尾像樹枝一樣分裂的頭髮。

> パーマをかけてから枝毛が
> えだげ
> 増えて、困ってるの。
> ふ　　　　こま
>
> pâma. o. kakete. kara. edage. ga. fuete, komatteru. no
>
> 我燙了頭髮之後，分岔就變多了，真傷腦筋。

あ行・か行・さ行・た行・な行・は行・ま行・や行・ら行・わ行

233

⑨ 排便順暢

お通じがいい

otsûji. ga. î

💬「通じ」就是「排便」的意思，是比較委婉的說法。

毎朝ヨーグルトを食べるようになってから、すごくお通じがいいの。

maiasa. yôguruto. o. taberu. yôni. natte. kara, sugoku. otsûji. ga. î. no

自從養成每天早上吃優格的習慣之後，我的排便就很順暢。

⑩ 吃壞肚子、拉肚子

お腹を壊す／腹を下す

onaka. o. kowasu / hara. o. kudasu

💬「壊す」是「弄壞」，指腹瀉。而「下す」是將物品「由高處移往低處」的意思。

冷たいものや辛いものを食べると、すぐにお腹を壊してしまう。

tsumetai. mono. ya. karai. mono. o. taberu. to, suguni. onaka. o. kowashite. shimau

我只要吃冰的或辣的，馬上就會拉肚子。

⑪ 尿床

おねしょする

onesho. suru

💬「寝小便 (ねしょうべん)」是「尿床」，是一種幼兒用語。

うちの息子、小学生になってもまだおねしょしてるのよ。

uchi. no. musuko, shôgakusê. ni. nattemo. mada. onesho. shiteru. no. yo

我兒子都上小學了還會尿床。

⑫ 尿褲子

お漏らしする

omorashi. suru

💬「小便失禁」的幼兒用語。

小さいとき学校でお漏らししちゃったことがあるんだ。

ちい とき がっこう も

chîsai. toki. gakkô. de. omorashi. shichatta. koto. ga. aru. n. da

我小時候曾在學校尿褲子。

⑬ 智齒

親知らず
おや し

oyashirazu

💬 因為是「最後長出來的牙齒，連父母都不知道」，所以得名。

親知らずが虫歯になっちゃって痛いから抜いてきたよ。

おや し むしば いた ぬ

oyashirazu. ga. mushiba. ni. nacchatte. itai. kara. nuite. kita. yo

我的智齒蛀牙，痛得不得了，只好拔掉。

⑭ 粉刺

角栓
かくせん

kakusen

💬 因毛孔中的皮脂和角質變硬而形成的物質。

毛穴パックで鼻の角栓、ごっそり取れたよ！

けあな はな かくせん と

keana. pakku. de. hana. no. kakusen, gossori. toreta. yo!

我用粉刺貼拔出一大堆鼻頭粉刺唷！

⑮ 痂

かさぶた
kasabuta

💬 漢字寫成「瘡蓋（かさぶた）」，意為「瘡（かさ）：傷」的蓋子。

かさぶたをはがしたら、また血が出ちゃうよ。

ち で

kasabuta. o. hagashitara, mata. chi. ga. dechau. yo

要是亂把結好的痂摳掉，會再流血喔。

⑯ 肩膀僵硬、酸痛

肩が凝る／肩凝り

kata. ga. koru /
katakori

💬 肩膀的肌肉僵硬。

最近すごく
肩が凝るんだよね。ちょっともんでくれない？

saikin. sugoku. kata. ga. koru. n. da. yo. ne.
chotto. monde. kurenai?

我最近肩膀痛得好厲害，你可以幫我按摩一下嗎？

○ ○ ○ ○ ○ ○ ○ ○ ○ ○ ○ ○

⑰ 咬字清晰

滑舌がいい

katsuzetsu. ga. î

💬 指「咬字或發音很清楚流暢」。反之，發音不清楚稱為「滑舌が悪 (わる) い」。

あの人、滑舌が悪いから何言ってるのかわからないんだよ。

ano. hito, katsuzetsu. ga. warui. kara. nani.
itteru. no. ka. wakaranai. n. da. yo

那個人講話就像含了顆滷蛋，根本聽不懂。

⑱ 睡眠癱瘓症；鬼壓床

金縛りにあう

kanashibari. ni. au

💬 比喻像被鎖鏈捆住一樣無法動彈。

A: 昨日、
金縛りにあって、全然 体を動かせなかったの。

kinô, kanashibari. ni. atte, zenzen.
karada. o. ugokasenakatta. no

我昨天被鬼壓床，全身動彈不得。

B: 疲れてるんじゃない？

tsukareteru. n. janai?

你可能太累了吧？

○ ○ ○ ○ ○ ○ ○ ○ ○ ○ ○ ○

⑲ 自然捲

癖毛／天パ（天然パーマ）

kusege / tenpa (tennen. pâma)

💬 天生的「パーマ：燙髮」。指「天生捲曲的頭髮」。

ひどい癖毛（くせげ）なので、ストレートパーマをかけています。

hidoi. kusege. nanode, sutorêto. pâma. o. kakete. imasu

我自然捲很嚴重，所以把頭髮燙直了。

○ ○ ○ ○ ○ ○ ○ ○ ○ ○ ○ ○ ○

⑳ 黑眼圈

くま
kuma

💬「くま」的原意是指「深色或陰影的部分」。

徹夜（てつや）したの？目（め）の下（した）、くまができてるよ。

tetsuya. shita. no? me. no. shita, kuma. ga. dekiteru. yo

你昨天整晚沒睡嗎？你有黑眼圈耶。

○ ○ ○ ○ ○ ○ ○ ○ ○ ○ ○ ○ ○

㉑ 血液清澈 / 血液濃稠

血液（けつえき）サラサラ／
血液（けつえき）ドロドロ
ketsueki. sarasara / ketsueki. dorodoro

💬「サラサラ」是「清爽、清澈」，而「ドロドロ」則是「濃稠、黏膩」。「血液サラサラ」指健康血液的流動狀態，大約從 2000 年開始頻繁在媒體上出現。相反地，如高血脂症等不健康的血液，則用「血液ドロドロ」來形容。

玉（たま）ねぎを食（た）べると血液（けつえき）サラサラになりますから、たくさん食（た）べましょう。

tamanegi. o. taberu. to. ketsueki. sarasara. ni. narimasu. kara, takusan. tabemashô

洋蔥可以幫助血液變得清爽，請多吃一點。

○ ○ ○ ○ ○ ○ ○ ○ ○ ○ ○ ○ ○

㉒ 吐

ゲロ
gero

💬 嘔吐或嘔吐物的口語。

昨日（きのう）は飲（の）み過（す）ぎて店（みせ）でゲロ吐（は）いちゃったよ。

kinô. wa. nomisugite. mise. de. gero. haichatta. yo

昨天喝太多，結果在店裡吐了。

㉓ 太陽穴

こめかみ
komekami

💬「かむ」是「咀嚼」的意思，指咀嚼「米（こめ）」的時候會動的部位。

疲れたときに、こめかみの辺りを押すと気持ちがいい。

tsukareta. toki. ni, komekami. no. atari. o. osu. to. kimochi. ga. î

感到疲勞時，可以按摩太陽穴，會比較舒服。

○ ○ ○ ○ ○ ○ ○ ○ ○ ○ ○ ○ ○ ○ ○ ○

㉔ 發寒

寒気がする／ぞくぞくする
samuke. ga. suru / zokuzoku. suru

💬 感到寒冷。

背中がぞくぞくするんだけど、風邪のひき始めかな。

senaka. ga. zokuzoku. suru. n. da. kedo, kaze. no. hikihajime. ka. na

我覺得背後有點發寒，不知道是不是快感冒了。

㉕ 產後憂鬱症

産後鬱
sango. utsu

💬 產婦易罹患的憂鬱症，好發於生產後三個月左右。

出産直後は睡眠不足と子供がお乳を飲んでくれないのとで、産後うつになっていました。

shussan. chokugo. wa. suimin. busoku. to. kodomo. ga. ochichi. o. nonde. kurenai. no. to. de, sangoutsu. ni. natte. imashita

我生產後因為睡眠不足，小孩又不喝奶，於是得了產後憂鬱症。

○ ○ ○ ○ ○ ○ ○ ○ ○ ○ ○ ○ ○ ○ ○

㉖ 外八字

外股／がに股
sotomata / ganimata

💬 走路時腳尖朝外，相對於內八字。「がに股」是指膝蓋以下朝外，彷彿螃蟹腳的狀態，有時會當作外八字的同義詞使用。

かわいい女の子ががに股で歩いているの見ると、がっかりするよね。

kawaî. onna. no. ko. ga. ganimata. de. aruite. iru. no. miru. to, gakkari. suru. yo. ne

看見可愛的女孩走路外八字，會讓人感到很失望呢。

㉗ 姿勢性低血壓

立ちくらみ（する）
tachikurami (suru)

💬 由蹲姿或坐姿站起來的瞬間出現的暈眩症狀。

A: 大丈夫？

daijôbu?

你沒事吧？

B: うん、ちょっと立ちくらみしただけ。休んだら大丈夫。

un, chotto. tachikurami. shita. dake. yasundara. daijôbu

嗯，只是站起來時頭有點暈。休息一下就沒事了。

㉘ 卡痰

痰が絡む
tan. ga. karamu

💬 痰黏在喉嚨咳不出來的不適感。

ここのところ痰が絡んで、咳も続いているんです。

kokonotokoro. tan. ga. karande, seki. mo. tsuzuite. iru. n. desu

最近喉嚨老是卡著痰，咳個不停。

㉙ 足弓

土踏まず
tsuchifumazu

💬 因為往上凹陷，無法碰到地面而得名。

私は扁平足だから、土踏まずがないんです。

watashi. wa. henpêsoku. dakara, tsuchifumazu. ga. nai. n. desu

我是扁平足，所以沒有足弓。

㉚ 按穴道

つぼを押す
tsubo. o. osu

💬「つぼ」就是「穴位；穴道」。

足の裏にはたくさん大事なつぼがあるから、押すと体調がよくなるよ。

ashi. no. ura. ni. wa. takusan. daijina. tsubo. ga. aru. kara, osu. to. taichô. ga. yoku. naru. yo

腳底有很多重要的穴道，按摩這些穴道可以讓身體變好唷。

㉛ 孕吐

つわり
tsuwari

💬 懷孕初期的反胃或嘔吐現象。

> 最近つわりがひどくて何も食べられない。
>
> saikin. tsuwari. ga. hidokute. nani. mo. taberarenai
>
> 我最近孕吐得很嚴重，什麼都吃不下。

○ ○ ○ ○ ○ ○ ○ ○ ○ ○ ○ ○ ○

㉜ 手腕 / 腳踝

手首／足首
tekubi / ashikubi

💬 就像連接頭和身體的「首：脖子」一樣，以「手首」指手和「腕（うで）：手臂」的連接處；以「足首」指「腳踝」。

> 足首がきゅっとしまった女の人ってセクシーだよね。
>
> ashikubi. ga. kyutto. shimatta. onna. no. hito. tte. sekushîda. yo. ne
>
> 小腿至腳踝部位纖細的女性，真是性感呢。

㉝ 頻尿

トイレが近い／
おしっこが近い
toire. ga. chikai / oshikko. ga. chikai

💬 這裡的「近い」指的不是距離，而是指「頻率很高」的意思，也就是每一次上廁所的時間隔得很近。

> 歳のせいか最近トイレが近くて、夜中に何度も目が覚めるんです。
>
> toshi. no. sêka. saikin. toire. ga. chikakute, yonaka. ni. nando. mo. me. ga. sameru. n. desu
>
> 不知道是不是上了年紀的關係，我最近有頻尿的現象，半夜都會醒來好幾次。

○ ○ ○ ○ ○ ○ ○ ○ ○ ○ ○ ○ ○

㉞ 心悸

動悸が
する
dôki. ga. suru

💬 感覺到心臟跳得很快。

> 最近急に動悸がして呼吸が苦しくなるんです。
>
> saikin. kyûni. dôki. ga. shite. kokyû. ga. kurushiku. naru. n. desu
>
> 我最近突然會心悸，喘不過氣來。

㉟ 起雞皮疙瘩

とりはだ　た
鳥肌が立つ

torihada. ga. tatsu

💬 因恐懼、寒冷或不舒服，使皮膚上泛起雞皮般的小疙瘩。近年也常用於覺得「感動」的時候。

> こわ　　　　　とりはだ
> このゲーム、怖すぎて鳥肌
> た
> 立っちゃった。
>
> kono. gêmu, kowasugite. torihada. tacchatta
>
> 這個遊戲好可怕，我都起雞皮疙瘩了。

○ ○ ○ ○ ○ ○ ○ ○ ○ ○ ○

㊱ 因太熱而感到疲累

なつ
夏バテする

natsubate. suru

💬「ばてる」是精疲力竭的意思。因為夏季高溫炎熱，讓人的行動和頭腦都變得遲鈍。

> さいきんなつ　　　　きみ　　　ぜんぜんしょくよく
> 最近夏バテ気味で全然食欲
> がないんだ。
>
> saikin. natsubate. gimi. de. zenzen. shokuyoku. ga. nai. n. da
>
> 我最近熱到無精打采，完全沒有胃口。

㊲ 臥蠶

なみだぶくろ
涙袋

namidabukuro

💬 指「眼睛下方微微隆起處」。

> さんちゅうしゃ
> ヒアルロン酸注射でぷっく
> なみだぶくろ　　て　い
> りかわいい涙袋を手に入
> れた。
>
> hiaruronsan. chûsha. de. pukkuri. kawaî. namidabukuro. o. te. ni. ireta
>
> 我打了玻尿酸，做出豐盈又可愛的臥蠶。

○ ○ ○ ○ ○ ○ ○ ○ ○ ○ ○

㊳ 面皰

ふ　　でもの
にきび／吹き出物

nikibi / fukidemono

💬 基本上「にきび」和「吹き出物」是相同的東西，但「青春期」長的面皰習慣稱「にきび」；「大人」長的面皰則習慣稱「吹き出物」。

A: にきびができちゃった。

nikibi. ga. dekichatta

我長青春痘了。

B: ４０代はにきびじゃな
くて吹き出物って言うの
よ。

yonjûdai. wa. nikibi. ja. nakute.
fukidemono. tte. yû. no. yo

40 歲以後的人不叫青春痘，
要叫成人痘啦。

㊴ 胳臂

二の腕
ninoude

💬「從肩膀到手肘」的部分。

筋トレして、二の腕のぷる
ぷるお肉を引き締めたい。

kintore. shite, ninoude. no. purupuru.
oniku. o. hikishimetai

我想做重訓，甩掉胳臂上的蝴蝶
袖。

㊵ 準備懷孕

妊活
ninkatsu

💬 模仿「就職活動 (しゅうしょくかつどう)
→ 就活 (しゅうかつ)」一詞，將「妊娠活
動 (にんしんかつどう)」稱為「妊活」。這
是某製藥公司發明的詞彙，意指學習有關
懷孕的知識、調整體質以利懷孕等各種孕
前準備。

今妊活中だから、たばこ
は吸わないようにしてるん
だ。

ima. ninkatsu. chû. da. kara, tabako. wa.
suwanai. yôni. shiteru. n. da

我正在準備懷孕，所以盡量不抽
菸。

㊶ 健康檢查

人間ドック
ningen. dokku

💬「ドック (dock)」是「船塢；修理、檢
查船隻的地方」。這裡是指「綜合性的精
密身體檢查」。一般健康檢查有半天、1
天，也有 2 天 1 夜的。

人間ドックの費用はいくら
ぐらいかかりますか？

ningen. dokku. no. hiyô. wa. ikura. gurai.
kakarimasu. ka?

請問健康檢查大
概要多少費用？

㊷ 頭髮亂翹

寝癖がつく
neguse. ga. tsuku

💬 指睡醒時「頭髮不規則亂翹」。

> 時間がないのに、ひどい寝癖が全然直らないよ。どうしよう。
>
> jikan. ga. nai. noni, hidoi. neguse. ga. zenzen. naoranai. yo. dô. shiyô
>
> 都沒時間了，我的頭髮還是翹得亂七八糟，都吹不直，怎麼辦啦。

oooooooooooooo

㊸ 駝背

猫背
nekoze

💬 背部像貓一樣拱起來的姿勢。

> また猫背になってるよ。背筋を伸ばしなさい。
>
> mata. nekoze. ni. natteru. yo. sesuji. o. nobashinasai
>
> 你又駝背了唷，站挺！

㊹ 細軟的頭髮

猫っ毛
nekokke

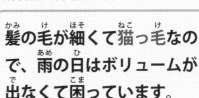

💬 像貓毛一樣柔軟、沒有彈性又扁塌的頭髮。

> 髪の毛が細くて猫っ毛なので、雨の日はボリュームが出なくて困っています。
>
> kaminoke. ga. hosokute. nekokke. nanode, ame. no. hi. wa. boryûmu. ga. denakute. komatte. imasu
>
> 我的髮質細軟，每到下雨天頭髮就變得扁塌，真傷腦筋。

oooooooooooooo

㊺ 夢話

寝言
negoto

💬 在睡夢中說的話。

> 昨日、寝言で「めぐみ」って言ってたわよ。めぐみって誰よ！
>
> kinô, negoto. de. "Megumi"tte. itteta. wayo. Megumi. tte. dare. yo!
>
> 你昨天作夢時叫了一聲「小惠」唷。「小惠」是誰！

㊻ 翻身

寝返りを打つ
ねがえ　　　　う

negaeri. o. utsu

💬 睡覺時翻身。

> 腰が痛くて、寝返りを打つ
> こし　いた　　　　　ねがえ　　う
> のも辛いぐらいだ。
> つら
>
> koshi. ga. itakute, negaeri. o. utsu. no. mo.
> tsurai. gurai. da
>
> 我腰痛到連睡覺翻個身都好痛苦。

○ ○ ○ ○ ○ ○ ○ ○ ○ ○ ○ ○ ○ ○ ○

㊼ 落枕

寝違える
ねちが

nechigaeru

💬 因為睡覺時姿勢不良，造成頸部疼痛。

> 寝違えちゃって、首が痛い
> ねちが　　　　　　　くび　いた
> んだよ。
>
> nechigaechatte, kubi. ga. itai. n. da. yo
>
> 我落枕了，脖子好痛喔。

㊽ 難以入眠 / 容易入眠

寝つきが悪い／い
ね　　　　　わる
い

netsuki. ga. warui / î

💬 「寝つき」是入睡的意思。

> 疲れているのに寝つきが悪
> つか　　　　　　　　　ね　　　　わる
> くて困っています。
> こま
>
> tsukarete. iru. noni. netsuki. ga. warukute.
> komatte. imasu
>
> 我明明很累卻難以入睡，相當煩惱。

○ ○ ○ ○ ○ ○ ○ ○ ○ ○ ○ ○ ○ ○ ○

㊾ 中暑

熱中症
ねっちゅうしょう

necchûshô

💬 在高溫下運動、勞動所引起的病症，會出現脫水、痙攣、昏睡等症狀。

> こんなに暑い日に、帽子も
> あつ　ひ　　　ぼうし
> かぶらないで外で遊んでい
> そと　あそ
> たら熱中症になってしま
> ねっちゅうしょう
> いますよ。
>
> konnani. atsui. hi. ni, bôshi. mo.
> kaburanaide. soto. de. asondeitara.
> necchûshô. ni. natte. shimaimasu. yo
>
> 這麼熱的天氣，你不戴帽子就在外面玩，小心中暑喔。

(50) 精神官能症

ノイローゼ

noirôze

源自德文的「Neurose：精神官能症」，也有「育児（いくじ）ノイローゼ：育兒精神官能症」這種用法。

> **仕事（しごと）、家族（かぞく）、将来（しょうらい）への不安（ふあん）からノイローゼになってしまいました。**
>
> shigoto, kazoku, shôrai. e. no. fuan. kara. noirôze. ni. natte. shimaimashita
>
> **由於對工作、家人、未來感到不安，所以我罹患了精神官能症。**

(51) 爬行

這（は）い這（は）いする

haihai. suru

指小嬰兒在地上爬行。將「這う：爬」名詞化而成的單字，通常用平假名或片假名書寫。

> **赤（あか）ちゃんは通常（つうじょう）生後（せいご）8か月頃（げつごろ）からハイハイを始（はじ）めます。**
>
> akachan. wa. tsujô. sêgo. hachikagetsu. goro. kara. haihai. o. hajimemasu
>
> **嬰兒通常在8個月左右開始學爬。**

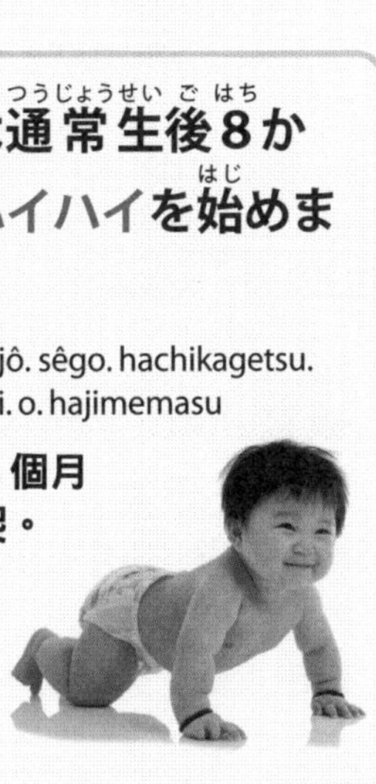

(52) 肌膚乾燥

肌（はだ）が荒（あ）れる

hada. ga. areru

「荒れる」是缺乏水分的狀態。常用於「手（て）が荒れる：手部乾燥」或「唇（くちびる）が荒れる：嘴唇乾裂」等。

> **化粧（けしょう）落（お）とさずに寝（ね）たら、肌（はだ）が荒（あ）れちゃった。**
>
> keshô. otosazu. ni. netara, hada. ga. arechatta
>
> **我沒卸妝就睡了，結果皮膚變得好乾。**

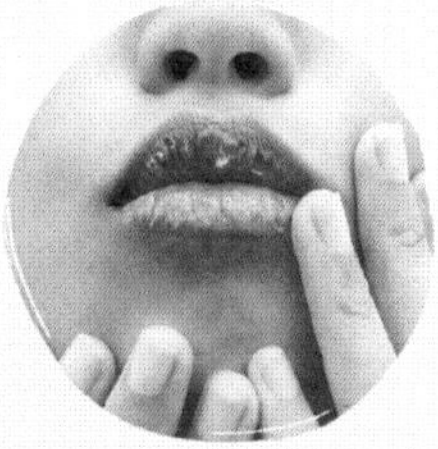

(53) 肌膚有彈性

肌（はだ）に張（は）りがある

hada. ni. hari. ga. aru

「張り」指緊緻有彈性的狀態。

> **50代（ごじゅうだい）？全然（ぜんぜん）見（み）えませんね。お肌（はだ）にとても張（は）りがありますよ。**
>
> gojûdai? zenzen. miemasen. ne. ohada. ni. totemo. hari. ga. arimasu. yo
>
> **你50多歲？完全看不出來耶。你的皮膚好有彈性喔。**

⑤④ 鼻塞

鼻が詰まる／鼻詰まり

hana. ga. tsumaru / hanazumari

💬「詰まる」是「沒有縫隙、完全填滿」的意思。

鼻詰まりがひどくてにおいが全然わからない。

hanazumari. ga. hidokute. nioi. ga. zenzen. wakaranai

我鼻塞得很嚴重，完全聞不到味道。

⑤⑤ 挖鼻孔

鼻（糞）をほじる

hana (kuso) . o. hojiru

💬「鼻糞」是「鼻屎」，而「ほじる」則是把洞裡的東西挖出來的意思。

彼は人前でも平気で鼻糞をほじるから恥ずかしい。

kare. wa. hitomae. demo. hêki. de. hanakuso. o. hojiru. kara. hazukashî

我男朋友在大庭廣眾之下也會挖鼻孔，害我覺得好丟臉。

⑤⑥ 恐慌症

パニック障害

panikku. shôgai

💬因為突發性的不安和恐懼，而產生頭暈、心悸、呼吸困難等症狀的焦慮性精神官能症。

ストレスでパニック障害を発症し、会社を長期休養しました。

sutoresu. de. panikku. shôgai. o. hasshô. shi, kaisha. o. chôki. kyûyô. shimashita

我因為壓力過大而罹患恐慌症，向公司請了長假，在家休養。

⑤⑦ 單眼皮 / 雙眼皮

一重（まぶた）／二重（まぶた）

hitoe (mabuta) / futae (mabuta)

💬「一重」是單層的意思。

彼女、最近整形して二重になったのよ。

kanojo, saikin. sêkê. shite. futae. ni. natta. no. yo

她最近割了雙眼皮唷。

(58) 手腳冰冷

ひ しょう
冷え性

hieshô

手腳或腰部經常感到冰冷的人。

冷え性なので、夏でも靴下をはいています。

hieshô. na. node, natsu. demo. kutsushita. o. haite. imasu

我經常手腳冰冷，所以在夏天也會穿著襪子。

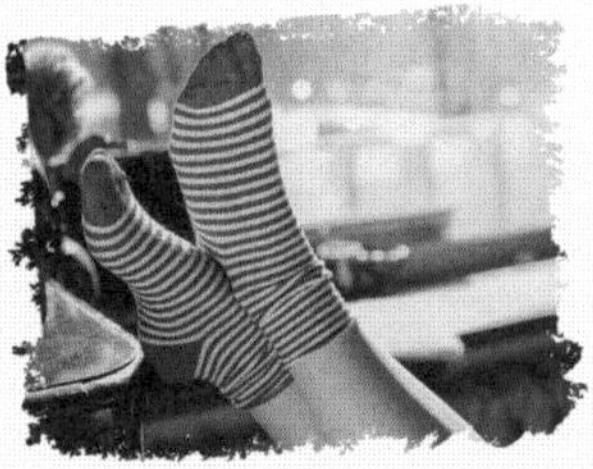

(59) 膝蓋

ひざこぞう
膝小僧

hizakozô

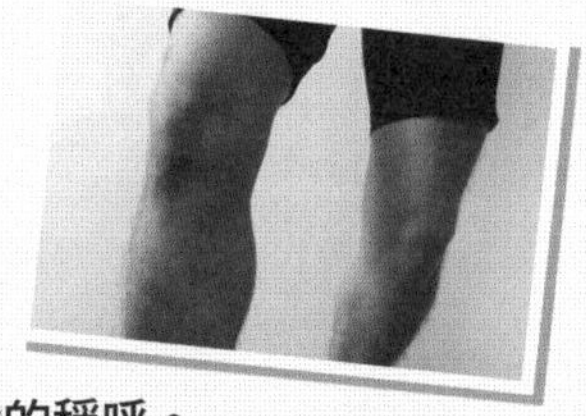

將膝蓋擬人化的稱呼。

もう若くないんだから、膝小僧が見えるような短いスカートはかないでよ。

mô. wakakunai. n. dakara, hizakozô. ga. mieru. yôna. mijikai. sukâto. hakanaide. yo

妳已經不年輕了，不要穿那種膝上的短裙啦。

(60) 抖腳

びんぼうゆ
貧乏揺すり

binbôyusuri

傳說抖腳的動作會招來窮神。

電車で隣の人がずっと貧乏揺すりをしていて、いらいらする。

densha. de. tonari. no. hito. ga. zutto. binbôyusuri. o. shiteite. irairasuru

電車上坐我隔壁的人一直抖腳，讓我好心煩。

(61) 頭皮屑

ふけ

fuke

頭皮分泌物形成的碎屑。

毎日シャンプーしてるのに、ふけが出るんです。

mainichi. shanpû. shiteru. noni, fuke. ga. deru. n. desu

我每天都洗頭，但還是有頭皮屑。

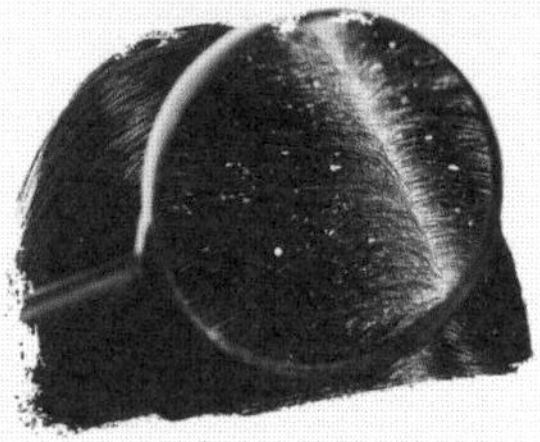

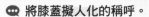

(62) 眨眼

まばたきする

mabataki. suru

「ま」是「目（め）：眼睛」的意思，而「はたく」則是「叩（たた）く：拍打」。

人(ひと)はうそをつくとき、まばたきが多(おお)くなるんだよ。

hito. wa. uso. o. tsuku. toki, mabataki. ga. ôku. naru. n. da. yo

人在撒謊的時候，眨眼的次數會變多唷。

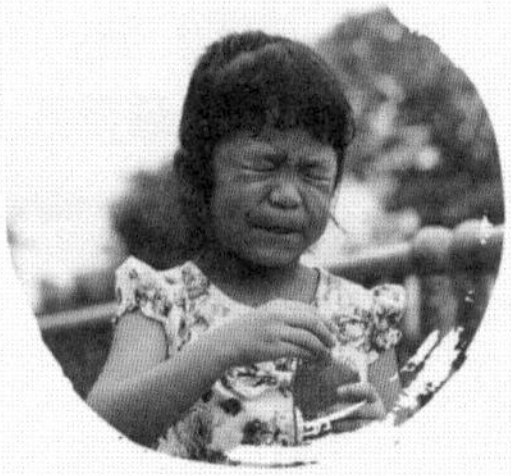

(63) 起水泡

まめができる

mame. ga. dekiru

手腳因摩擦硬物而生成水泡。

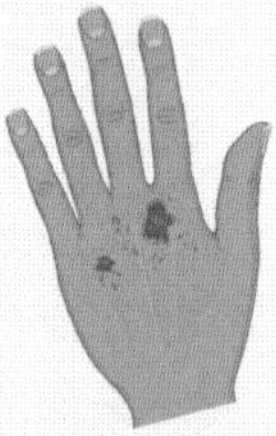

毎日逆上(まいにちさかあ)がりの練習(れんしゅう)をしていたら、手(て)にまめができた。

mainichi. sakaagari. no. renshû. o. shite. itara, te. ni. mame. ga. dekita

我每天練習在單槓上翻轉，結果手起了水泡。

(64) 香港腳

水虫(みずむし)

mizumushi

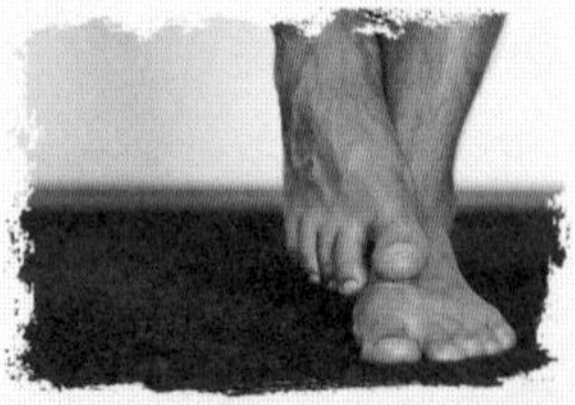

「足白癬（あしはくせん）」：足癬」的俗稱。早期人們在田裡耕作時覺得腳癢，都以為是被蟲叮咬的關係。

お父(とう)さん、水虫(みずむし)でしょ。同(おな)じ足(あし)ふきマット使(つか)いたくないよ。

otôsan, mizumushi. desho. onaji. ashifuki. matto. tsukaitakunai. yo

爸爸，你有香港腳不是嗎？我不想跟你用同一張腳踏墊啦。

(65) 耳背；重聽

耳(みみ)が遠(とお)い

mimi. ga. tôi

慣用句。指「聽覺不靈敏」。

おばあちゃんは耳(みみ)が遠(とお)いから、耳元(みみもと)で大(おお)きい声(こえ)で言(い)わないと聞(き)こえないよ。

obâchan. wa. mimi. ga. tôi. kara, mimimoto. de. ôkî. koe. de. iwanai. to. kikoenai. yo

祖母耳背，必須在她的耳邊大聲說話，她才聽得見。

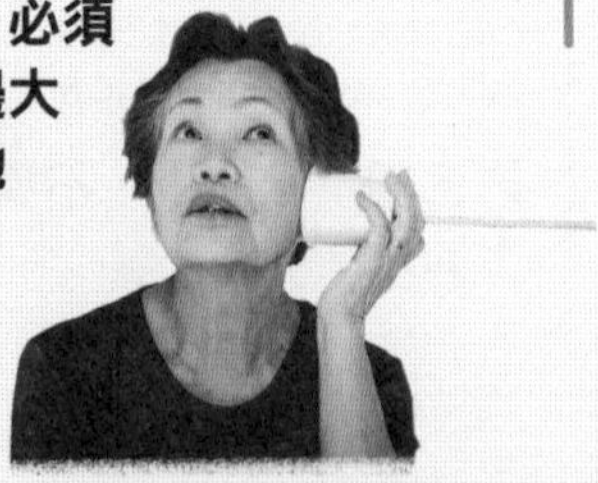

(66) 掏耳棒

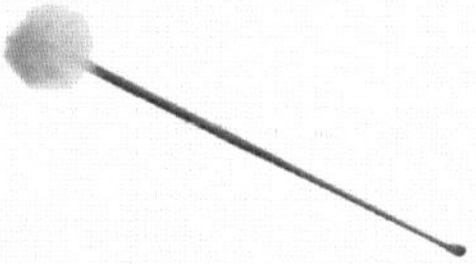

耳(みみ)かき

mimikaki

指清理耳垢或清理耳垢時使用的棒狀工具。「掻(か)く」是「抓、搔」的意思。

耳(みみ)かきはやりすぎると耳(みみ)の中(なか)を傷(きず)つけますよ。

mimikaki. wa. yarisugiru. to. mimi. no. naka. o. kizutsukemasu. yo

太常掏耳朵會使耳道受傷喔。

(67) 耳屎

耳垢(みみあか)／耳糞(みみくそ)

mimiaka / mimikuso

耳朵裡的污垢。

この前(まえ)耳(みみ)かきしてたら巨大(きょだい)な耳垢(みみあか)がとれてすっきりしたんだ。

konomae. mimikaki. shitetara. kyodai. na. mimiaka. ga. torete. sukkiri. shita. n. da

我上次掏耳朵，挖出了一大塊耳屎，感覺好暢快。

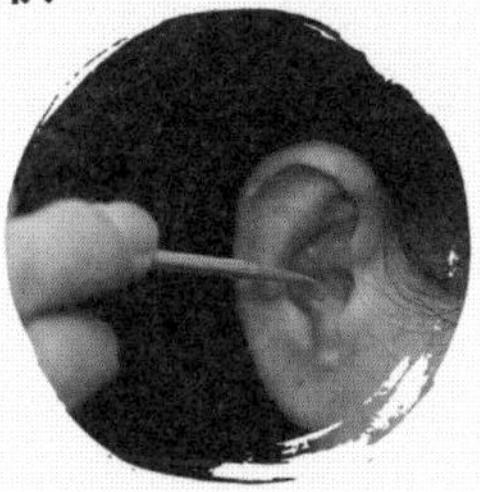

(68) 蛀牙

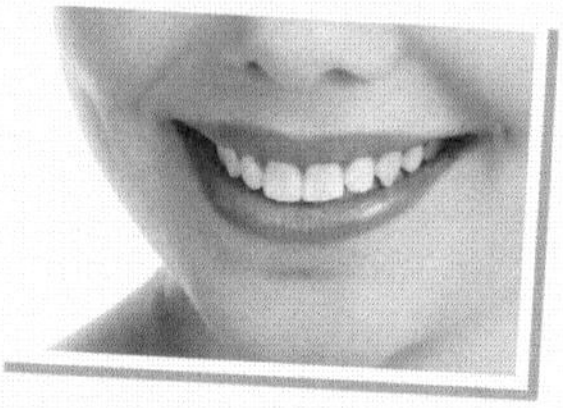

虫歯(むしば)

mushiba

因為過去人們認為蛀牙的成因是牙齒被蟲啃蝕的關係。

私(わたし)、今(いま)まで一本(いっぽん)も虫歯(むしば)になったことがないんですよ。

watashi, ima. made. ippon. mo. mushiba. ni. natta. koto. ga. nai. n. desu. yo

我從小到大都沒有半顆蛀牙喔。

(69) 無用的毛髮

無駄毛(むだげ)

mudage

從美容的角度看來無用的毛髮，例如腋毛、手腳毛、後頸髮際的毛髮等。

カミソリでの無駄毛処理(むだげしょり)は肌(はだ)を傷(いた)めることがあります。

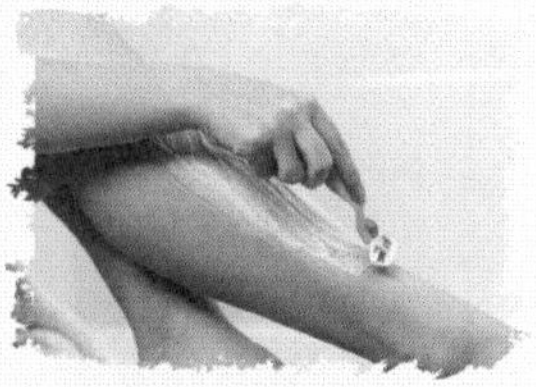

kamisori. de. no. mudage. shori. wa. hada. o. itameru. koto. ga. arimasu

用刮鬍刀處理無用的毛髮，可能會對肌膚造成傷害。

⑦⓪ 胸口灼熱

胸焼けがする
muneyake. ga. suru

💬 因為胃食道逆流等症狀而感到胸口灼熱。

> 甘い物の食べ過ぎで胸焼けがするんです。
>
> amai. mono. no. tabesugi. de. muneyake. ga. suru. n. desu
>
> 我吃太多甜食，現在覺得胸口灼熱。

- - - - - - - - - - - - - - - - - - -

⑦① 視線模糊

目がかすむ
me. ga. kasumu

💬「かすむ」是彷彿隔著一層霧霾，看不清楚景物的意思。

> パソコンの見すぎで目がかすむ。目薬をさそう。
>
> pasokon. no. misugi. de. me. ga. kasumu. megusuri. o. sasô
>
> 我盯著電腦看太久了，覺得視線模糊。滴個眼藥水吧。

⑦② 代謝症候群

メタボ（メタボリック・シンドローム）
metabo (metaborikku. shindorômu)

💬 源自英文的 Metabolic syndrome，指內臟脂肪過高，男性腰圍超過 85cm，女性腰圍超過 90cm 的人。實際使用時，大多單純指腹部突出的狀態。

> 糖質オフのビールはメタボ気味の方におすすめです。
>
> tôshitsu. ofu. no. bîru. wa. metabo. gimi. no. kata. ni. osusume. desu
>
> 無糖啤酒很推薦給有代謝症候群的人。

- - - - - - - - - - - - - - - - - - -

⑦③ 眼屎

目やに
meyani

💬「やに」指樹液或香菸所含的焦油等物質。

> 朝起きたら目やにがたくさんたまっているんですが、目の病気でしょうか。
>
> asa. okitara. meyani. ga. takusan. tamatte. iru. n. desu. ga. me. no. byôki. deshô. ka
>
> 我早上起床時都有很多眼屎，不知道是不是眼睛疾病。

⑦④ 嘔吐

もどす
modosu

💬 「戻（もど）す」是物歸原處的意思，在這裡用於委婉地表示嘔吐。

> 車（くるま）に酔（よ）ってもどしてしまいました。
>
> kuruma. ni. yotte. modoshite. shimaimashita
>
> **我暈車，結果吐了。**

◦ ◦ ◦ ◦ ◦ ◦ ◦ ◦ ◦ ◦ ◦ ◦

⑦⑤ 健忘

物忘（ものわす）れが激（はげ）しい
monowasure. ga. hageshî

💬 指容易忘記事情。

> 最近（さいきん）物忘（ものわす）れが激（はげ）しいんだけど、まさか認知症（にんちしょう）じゃないよね。
>
> saikin. monowasure. ga. hageshî. n. dakedo, masaka. ninchishô. janai. yo. ne
>
> **我最近很健忘，該不會是得了失智症吧。**

⑦⑥ 鬢角

もみあげ
momiage

💬 據說過去日本人會用油將耳前的毛髮搓成一束並往上提，因而得名。

> A: もみあげはどのようにされますか？
>
> momiage. wa. donoyô. ni. saremasu. ka?
>
> **請問您鬢角要怎麼剪？**
>
> B: 自然（しぜん）な感（かん）じでお願（ねが）いします。
>
> shizen. na. kanji. de. onegai. shimasu
>
> **自然就好。**

◦ ◦ ◦ ◦ ◦ ◦ ◦ ◦ ◦ ◦ ◦ ◦

⑦⑦ 虎牙

八重歯（やえば）
yaeba

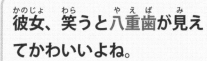

💬 牙齒呈現重疊的狀態，主要指上排犬齒。在日本常被視為可愛的象徵。

> 彼女（かのじょ）、笑（わら）うと八重歯（やえば）が見（み）えてかわいいよね。
>
> kanojo, warau. to. yaeba. ga. miete. kawaî. yo. ne
>
> **她一笑就露出虎牙，好可愛喔。**

⑱ 心理會影響生理

病は気から
yamai. wa. ki. kara

💬 指「心情的好壞會影響病情的起伏」。

A: 最近だるくて。

saikin. darukute

最近好沒精神喔。

B: 大丈夫？病は気からって言うし、カラオケでも行って、ストレス発散しようよ。

daijôbu? yamai. wa. ki. kara. tte. yû. shi, karaoke. demo. itte, sutoresu. hassan. shiyô. yo

你沒事吧？大家都說心理會影響生理，要不要去 KTV 唱個歌，紓解一下壓力？

⑲ 狐臭

わきが
wakiga

💬 這是指「わき：腋下」的「香（か）：味道」。

あの人、わきががひどくて手術したらしいよ。

ano. hito, wakiga. ga. hidokute. shujutsu. shita. rashî. yo

聽說那個人因為狐臭太嚴重，於是動了手術呢。

2-7 不當舉止

① 闖空門

空き巣
あ　す
akisu

💬 指闖入沒人在家的房子偷竊財物，或指竊賊。

先週空き巣に入
せんしゅう　あ　す　はい
られて、夏のボーナスで買
なつ　か
った時計とられたんだよ。
とけい
ショック。

senshû. akisu. ni. hairarete, natsu. no. bônasu. de. katta. tokê. torareta. n. da. yo

上週我家遭小偷，我用夏季獎金買的錶被偷走了。好崩潰喔。

- - - - - - - - - - - -

② 金盆洗手

足を洗う
あし　あら
ashi. o. arau

💬 比喻「離開壞同伴或不再做壞事」。

やくざから足を洗って、堅
あし　あら　かた
気になりました。
ぎ

yakuza. kara. ashi. o. aratte, katagi. ni. narimashita

我已經金盆洗手，不當流氓了。

③ 製造假車禍的人

当たり屋
あ　や
atariya

💬 故意去撞汽車或腳踏車，製造假車禍，向對方索討醫藥費或賠償金的人。

この人、自分からぶつかっ
ひと　じぶん
てきたくせに、「病院に行
びょういん　い
くから治療費出せ」って言
ちりょうひ　だ　い
うんです。絶対当たり屋で
ぜったい　あ　や
すよ。

kono. hito, jibun. kara. butsukatte. kita. kuse. ni, "byôin. ni. iku. kara. chiryôhi. dase". tte. yû. n. desu. zettai. atariya. desu. yo

這個人明明是自己撞上來的，卻說他要去醫院，要求我賠償醫藥費。我看他一定是製造假車禍的人。

- - - - - - - - - - - -

④ 低頭族

歩きスマホ
ある
aruki. sumaho

💬 在戶外或車站內邊走邊使用「スマホ（スマートフォン）：智慧型手機」。

歩きスマホに
よる事故が多
発しており、
社会問題に
なっている。

aruki. sumaho. ni. yoru. jiko. ga. tahatsu.
shite. ori, shakai. mondai. ni. natte. iru

低頭族所造成的意外層出不窮，
形成一種社會問題。

○○○○○○○○○○○○○○○○○○○○

⑤ 邊走邊抽菸

歩きタバコ
aruki. tabako

💬 在路上或廣場等場所邊走邊抽煙。

最近は日本でも歩きタバコ
が禁止されているところが
増えてきましたね。

saikin. wa. nihon. demo. aruki. tabako.
ga. kinshi. sarete. iru. tokoro. ga. fuete.
kimashita. ne

最近日本禁止邊走邊抽菸的地方
愈來愈多了呢。

喫煙所
Smoking Area
吸烟処
흡연 구역

⑥ 挑剔、找碴

言いがかりをつけ
る／いちゃもんを
つける
îgakari. o. tsukeru / ichamon. o. tsukeru

💬 對人提出無理的要求，使人感到困擾。
「いちゃもん」是關西腔用語。

ネット上にはすぐに他人の
意見にいちゃもんをつけた
がる人が大勢いる。

netto. jô. ni. wa. suguni. tanin. no. iken. ni.
ichamon. o. tsuketagaru. hito. ga. ôzê. iru

許多人在網路上動不動就找別人
的碴。

○○○○○○○○○○○○○○○○○○○○

⑦ 出老千

如何様
ikasama

💬 一般以平假名書寫。是從「非常相
似」衍生出來的詞彙，指冒牌貨。通常指
「在賭博時出老千」。

全自動卓になってからマー
ジャンでいかさまをする人
は減りました。

zenjidôtaku. ni. natte. kara. mâjan. de.
ikasama. o. suru. hito. wa. herimashita

自從換成全自動麻將桌之後，出
老千的人就變少了。

⑧ 霸凌

いじめ
ijime

💬 對比自己弱小的人施加暴力或欺負對方，使其感到痛苦。通常指不為人知的校園暴力。

ネットでのいじめは世界中で深刻な問題になっている。

netto. deno. ijime. wa. sekaijû. de. shinkokuna. mondai. ni. natte. iru

網路霸凌已成為世界共通的嚴重問題。

⑨ 惡作劇

いたずらする
itazura. suru

💬 做出令人感到困擾的行為。有時會用來委婉地指某些「猥褻行為」。

子供のときは誰でも1つや2つ、いたずらをするものです。

kodomo. no. toki. wa. dare. demo. hitotsu. ya. futatsu, itazura. o. suru. mono. desu

每個人小時候都曾經惡作劇過吧。

⑩ 欺負

嫌がらせする
iyagarase. suru

💬 故意用「言語或行為」使對方感到不舒服。

職場の先輩から陰口をたたかれたり、無視されたり、といろいろ嫌がらせをされて、会社に行きたくない。

shokuba. no. senpai. kara. kageguchi. o. tatakaretari, mushi. saretari, to. iroiro. iyagarase. o. sarete, kaisha. ni. ikitakunai

公司的前輩會欺負我，例如在背後說我壞話或故意無視我，讓我很不想去上班。

⑪ 黑錢

裏金
uragane

💬 為了交易或交涉而私下給對方的金錢；或是沒有記在帳上，以其他名目取得的金錢。

あの政治家は建設会社に3000万円の裏金を要求していたらしい。

ano. sêjika. wa. kensetsu. gaisha. ni. sanzen. man. en. no. uragane. o. yôkyû. shite. ita. rashî

據說那名政治人物向建設公司索求 3000 萬日圓的黑錢。

○ ○ ○ ○ ○ ○ ○ ○ ○ ○ ○ ○

⑫ 走後門

裏口入学

uraguchi. nyûgaku

💬 以「賄賂或靠關係等不正當的方式入學」。

大企業の社長の息子が裏口入学で一流大学に入ったらしいよ。

daikigyô. no. shachô. o. musuko. ga. uraguchi. nyûgaku. de. ichiryû. daigaku. ni. haitta. rashî. yo

聽說某大企業老闆的兒子走後門上了一流的大學。

⑬ 偏心、獨厚

依怙贔屓する

ekohîki. suru

💬 一般以平假名書寫，指「只偏袒自己喜歡的人」。

今の担任、かわいい子ばっかりえこひいきして最悪なんだよ。

ima. no. tannin, kawaî. ko. bakkari. ekohîki. shite. saiaku. na. n. da. yo

我們現在的導師只對可愛的同學偏心，真是差勁透頂。

○ ○ ○ ○ ○ ○ ○ ○ ○ ○ ○ ○

⑭ 盜用公款、挪用公物

横領する

ôryô. suru

💬 以不法手段將他人的物品或公共物品據為己有。

銀行員が7年にわたり、4億円横領していたことが発覚した。

ginkôin. ga. nana. nen. ni. watari, yon. oku. en. ôryô. shite. ita. koto. ga. hakkaku. shita

一名銀行行員被揭發在 7 年內盜領了 4 億日圓。

⑮ 順手牽羊

置き引き
okibiki

💬 偷竊他人放在某處的物品。

駅のベンチにかばんを置いて電車を待っていたら、置き引きの被害にあった。

eki. no. benchi. ni. kaban. o. oite. densha. o. matte. itara, okibiki. no. higai. ni. atta

我等電車時把包包放在車站的長凳上，沒想到竟然被人順手牽羊。

⑯ 強迫推銷

押し売り
oshiuri

💬 有人突然來到家裡敲門按門鈴，強迫屋主購買他根本不想要的東西。

○○県のりんごを買ってください、1万円です、ってたまに来るんだけど、あれって押し売りかな。

○○ken. no. ringo. o. katte. kudasai, ichi. man. en. desu, tte. tamani. kuru. n. dakedo, arette. oshiuri. kana

偶爾會有人來家裡兜售：「要不要買○○縣的蘋果？只要1萬日圓！」這應該就是所謂的強迫推銷吧。

⑰ 懲罰

お仕置きする
oshioki. suru

💬 指「對小孩等對象施加體罰作為懲處」。

月に代わって、お仕置きよ！

tsuki. ni. kawatte, oshioki. yo!

我要代替月亮懲罰你！

⑱ 盜版

海賊版
kaizokuban

💬 指「沒有取得著作權人的同意，就私自複製書籍、CD、DVD、軟體等著作物」。

ネットで安いゲームソフトを買ったら、海外の海賊版だった。

netto. de. yasui. gêmu. sofuto. o. kattara, kaigai. no. kaizokuban. datta

我在網路上買了一片很便宜的遊戲軟體，沒想到是外國的盜版貨。

⑲ 代考

替え玉受験
か だまじゅけん

kaedama. juken

💬 指「由槍手冒充應考者應試」的行為。

> 最近の就職試験ってWEB
> さいきん しゅうしょく し けん ウェブ
> テストが多いけど、こんな
> おお
> の簡単に替え玉受験でき
> かんたん か だまじゅけん
> ちゃうよね。
>
> saikin. no. shûshoku. shiken. tte. WEB.
> tesuto. ga. ôi. kedo, konnano. kantanni.
> kaedama. juken. dekichau. yo. ne
>
> 最近有許多公司在徵人時會要求
> 線上考試，但這樣很容易有槍手
> 代考吧？

---

⑳ 擠上車

駆け込み乗車
か こ じょうしゃ

kakekomi. jôsha

💬 指「急著跑進即將關閉車門的電車或公車」。

> 駆け込み乗
> か こ じょう
> 車は危険で
> しゃ きけん
> すので、お止めください。
> や
>
> kakekomi. jôsha. wa. kiken. desu. node,
> oyame. kudasai
>
> 請不要在車門即將關閉時硬擠上
> 車，非常危險。

㉑ 勒索

喝上げ
かつ あ

katsuage

💬 恐嚇勒索的暗語，一般以片假名書寫。

> ゲーセンに行ったら、高校
> い こうこう
> 生にカツアゲされた。
> せい
>
> gêsen. ni. ittara, kôkôsê. ni. katsuage. sareta
>
> 我去遊樂場的時候被高中生勒索
> 了。

㉒ 詐騙

カモにする／
カモる

kamo. ni. suru / kamoru

💬「鴨（かも）」是很容易捕捉到的禽類，因此稱容易上當的人為「カモ」。這裡指透過賭博或交易圈套來設計容易受騙的對象，榨取金錢。

> 日本人は海外で詐欺のカモ
> に ほんじん かいがい さぎ
> にされやすいから気をつけ
> き
> てね。
>
> nihonjin. wa. kaigai.
> de. sagi. no. kamo. ni.
> sareyasui. kara. ki. o.
> tsukete. ne
>
> 日本人很容易在國
> 外遇上詐騙，要小
> 心點喔。

㉓ 品行不良、治安不好

柄が悪い
gara. ga. warui

💬 指一個人的「品行不良」，或是地方的「治安不好」。

> あそこは柄が悪い地域だから行かないほうがいい。
>
> asoko. wa. gara. ga. warui. chiiki. dakara. ikanai. hô. ga. î
>
> 那個地區治安很差，還是別去比較好。

㉔ 作弊

カンニングする
kanningu. suru

💬 源自英文的 cunning 一詞，原為「奸詐、狡猾」等意思。指「考試的時候偷看小抄或別人的答案」。

> 中二のときにカンニングがばれて、全科目0点になった。
>
> chûni. no. toki. ni. kanningu. ga. barete, zenkamoku. rêten. ni. natta
>
> 我國二的時候曾經作弊被抓到，結果所有科目都以零分計算。

㉕ 隨機推銷

キャッチセールス
kyacchi. sêrusu

💬 由 catch ＋ sales 拼成的和製英語。在路上隨機攬客，將客人帶進大樓裡販售商品或要求客人簽訂契約。

> A: 道で声かけられたからついて行ったら、エステの契約させられちゃった。
>
> michi. de. koe. kakerareta. kara. tsuite. ittara, esute. no. kêyaku. saserarechatta
>
> 我在路上被人叫住，跟對方去了之後，結果被強迫簽下美容沙龍的療程契約。
>
> B: それキャッチセールスだよ。
>
> sore. kyacchi. sêrusu. da. yo
>
> 那就是隨機推銷唷。

㉖ 吃霸王餐

食い逃げ
kuinige

💬 指「吃完東西沒付錢就逃走」或做出此行為的人。

> あいつ食い逃げだ！捕まえろ！
>
> aitsu. kuinige. da! tsukamaero!
>
> 那傢伙是吃霸王餐的！抓住他！

㉗ 予取予求

食い物にする
kuimono. ni. suru

💬 指「為了自己的利益而利用某人或某事物」。

結婚しているくせに女を騙して付き合って、金づるにするなんて、そんな女を食い物にするような男は最低だ。

kekkon. shite. iru. kuse. ni. onna. o.
damashite. tsukiatte, kanezuru. ni. suru.
nante, sonna. onna. o. kuimono. ni. suru.
yôna. otoko. wa. saitê. da

明明已經結婚，卻還騙別的女人跟他交往，藉以索求金錢，這種對女人予取予求的男人最差勁了。

㉘ 學壞

グレる
gureru

💬 少年、少女誤入歧途。

彼女は昔はまじめだったが、中学に入って親が離婚してからグレた。

kanojo. wa. mukashi. wa. majime. datta.
ga, chûgaku. ni. haitte. oya. ga. rikon. shite.
kara. gureta

她以前很認真，但上了國中後，因為父母離婚，所以就學壞了。

㉙ 挑釁

喧嘩を売る
kenka. o. uru

💬 故意引起爭端，找別人吵架。

てめえ、その言い方、俺に喧嘩売ってんのか？

temê, sono. îkata, ore. ni. kenka. utte. n. no.
ka?

你這傢伙，講話這種態度，是想挑釁老子嗎？

㉚ 假客人

サクラ
sakura

💬 假裝是客人，刻意讚賞或購買商品，引起其他客人買氣的人。有一說認為這個詞的由來是因為觀賞櫻花是免費的，之後又稱免費觀賞戲劇為「サクラ」，最後演變成今日用法。

ネットショッピングの口コミって、結構サクラも多いから気をつけて。

netto. shoppingu. no. kuchikomi. tte,
kekkô. sakura. mo. ôi. kara. ki. o. tsukete

網路購物的評價有很多都是假客人留的，要小心點喔。

㉛ 報復

仕返しする
しかえ

shikaeshi. suru

💬 指「對於傷害自己的人進行反擊」。

> 学生時代に私のことをいじ
> がくせい じだい わたし
> めていたやつに仕返しして
> しかえ
> やろうと思っている。
> おも
>
> gakusê. jidai. ni. watashi. no. koto. o.
> ijimete. ita. yatsu. ni. shikaeshi. shite. yarô.
> to. omotte. iru
>
> 我一直很想報復在學生時代欺負
> 過我的人。

㉜ 無視

しかとする

shikato. suru

💬 這是「無視（むし）する」的俗語。在日本的花牌遊戲中，10 月的圖樣是一隻別過頭去的鹿，因而由「鹿（しか）」加上「十（とお）」產生了「しかと」一詞。

> なんであいつ、最近俺のこ
> さいきんおれ
> としかとしてんの？
>
> nande. aitsu, saikin. ore. no. koto. shikato.
> shite. n. no?
>
> 那傢伙最近好像完全無視於我的存在耶？

㉝ 緩刑

執行猶予
しっこうゆうよ

shikkôyûyo

💬 犯人經受刑宣告後，依據特定情形，在一定期間內暫緩執行。在緩刑期間內如果表現良好，則該刑之宣告就會失效。

> 裁判では被告に懲役１年、
> さいばん ひこく ちょうえきいちねん
> 執行猶予３年の刑が言い渡
> しっこうゆうよ さんねん けい い わた
> された。
>
> saiban. de. wa. hikoku. ni. chôeki. ichi.
> nen, shikkôyûyo. san. nen. no. kê. ga.
> îwatasareta
>
> 被告遭法院宣判有期徒刑１年，
> 緩刑３年。

㉞ 通緝

指名手配
しめいてはい

shimêtehai

💬 指法院通令全國警察捉拿行蹤不明的在逃人犯。

> 指名手配犯のポスターが
> しめいてはいはん
> 貼ってあるが、その中の
> は なか
> 一人が知り合いによく似て
> ひとり し あ に
> いる。
>
> shimêtehai. han. no. posutâ. ga. hatte.
> aru. ga, sono. naka. no. hitori. ga. shiriai. ni.
> yoku. nite. iru
>
> 通緝犯的海報上，有一個通緝犯
> 長得很像我朋友。

㉟ 偷竊車上財物

車上荒(しゃじょうあ)らし

shajô. arashi

指「偷竊車上的現金、物品或汽車零件等」。

> パチンコ屋(や)の駐車場(ちゅうしゃじょう)でまた車上荒(しゃじょうあ)らしにあって、かばんを盗(と)られた。
>
> pachinkoya. no. chûshajô. de. mata. shajô. arashi. ni. atte, kaban. o. torareta
>
> **我把車停在小鋼珠店的停車場，結果又遇到小偷，把我車上的包包給偷走了。**

㊱ 闖紅燈

信号無視(しんごうむし)

shingô. mushi

「信号：紅綠燈」。行人或車輛無視於紅燈，擅自闖越通過。

> 車(くるま)で青信号(あおしんごう)で交差点(こうさてん)に進入(しんにゅう)したところ、信号無視(しんごうむし)の自転車(じてんしゃ)と衝突(しょうとつ)した。
>
> kuruma. de. aoshingô. de. kôsaten. ni. shinnyû. shita. tokoro, shingô. mushi. no. jitensha. to. shôtotsu. shita
>
> **我開著車，綠燈後行駛到十字路口時，撞上了一台闖紅燈的自行車。**

㊲ 跟蹤

ストーカー

sutôkâ

源自英文的 stalker 一詞，指「跟蹤、埋伏、騷擾特定的對象」。

> アルバイト先(さき)の客(きゃく)にずっとストーカーされていて困(こま)っている。
>
> arubaito. saki. no. kyaku. ni. zutto. sutôkâ. sarete. ite. komatte. iru
>
> **我打工時遇到的客人一直跟蹤我，讓我很困擾。**

㊳ 超速

スピード違反(いはん)

supîdo. ihan

「スピード」即英文的 speed，指行車速度超過規定的限度。

> スピード違反(いはん)でオービスに写真(しゃしん)を撮(と)られた。
>
> supîdo. ihan. de. ôbisu. ni. shashin. o. torareta
>
> **我超速，結果被測速照相拍到了。**

㊴ 扒手

スリ

suri

💬 因為扒手行竊時都會貼著對方的身體，因此用「擦（す）り：摩擦」來指「趁別人不注意時偷偷竊取別人的物品」。

海外旅行のとき、リュックを背負っていたら、電車でスリに遭った。

kaigai. ryokô. no. toki, ryukku. o. seotte. itara, densha. de. suri. ni. atta

我出國旅遊時背著後背包，結果在電車上遇到了扒手。

㊵ 性騷擾

セクハラ

sekuhara

💬 這是「セクシャル・ハラスメント（sexual harassment）」的簡稱，多指在職場或學校裡的性騷擾。

A: まだ結婚しないの？

mada. kekkon. shinai. no?

妳還不結婚嗎？

B: あ、部長、そんなこと言うと、セクハラで訴えられますよ！

a, buchô, sonna. koto. yû. to, sekuhara. de. uttaeraremasu. yo!

部長，說這種話，可是會被告性騷擾的喔！

㊶ 店內閱讀

立ち読みする

tachiyomi. suru

💬 指「在書店現場看書但不購買」。

コンビニで雑誌を立ち読みしてたら、店員に注意された。

konbini. de. zasshi. o. tachiyomi. shitetara, ten'in. ni. chûi. sareta

我在便利商店翻閱了一下雜誌，結果被店員警告了。

㊷ 黃牛

ダフ<ruby>屋<rt>や</rt></ruby>
dafuya

💬「ダフ」是將「札（ふだ）：票券」倒過來的說法，指「專門購買演唱會或其他活動的票來轉賣的人」。

> あのアイドルグループのライブチケット、ダフ<ruby>屋<rt>や</rt></ruby>が<ruby>１０万円<rt>じゅうまんえん</rt></ruby>で<ruby>売<rt>う</rt></ruby>ってたよ。
>
> ano. aidoru. gurûpu. no. raibu. chiketto, dafuya. ga. jû. man. en. de. utteta. yo
>
> 那個偶像團體的演唱會黃牛票，之前賣到 10 萬日圓耶。

○ ○ ○ ○ ○ ○ ○ ○ ○ ○ ○ ○ ○

㊸ 小混混

チンピラ
chinpira

💬 等級最低的流氓。

> <ruby>飲<rt>の</rt></ruby>み<ruby>屋<rt>や</rt></ruby>から<ruby>出<rt>で</rt></ruby>て<ruby>来<rt>き</rt></ruby>たところで、<ruby>柄<rt>がら</rt></ruby>の<ruby>悪<rt>わる</rt></ruby>いチンピラにからまれた。
>
> nomiya. kara. dete. kita. tokoro. de, gara. no. warui. chinpira. ni. karamareta
>
> 我喝完酒一走出店外，就被一群品行不良的小混混給纏上了。

㊹ 告密、打小報告

<ruby>告<rt>つ</rt></ruby>げ<ruby>口<rt>ぐち</rt></ruby>する
tsugeguchi. suru

💬 把別人的過失或祕密偷偷告訴第三者。

> <ruby>俺<rt>おれ</rt></ruby>が<ruby>掃除<rt>そうじ</rt></ruby>さぼったの、<ruby>先生<rt>せんせい</rt></ruby>に<ruby>告<rt>つ</rt></ruby>げ<ruby>口<rt>ぐち</rt></ruby>したやつ、<ruby>誰<rt>だれ</rt></ruby>だよ！
>
> ore. ga. sôji. sabotta. no, sensê. ni. tsugeguchi. shita. yatsu, dare. da. yo!
>
> 是誰向老師打小報告說我沒打掃的！

○ ○ ○ ○ ○ ○ ○ ○ ○ ○ ○ ○ ○

㊺ 仙人跳

<ruby>美人局<rt>つつもたせ</rt></ruby>
tsutsumotase

💬 當女性色誘男性，在嘗試或已經與對方發生肉體關係時，會有一名男性自稱是該女性的丈夫或男友現身斥責對方，並索求鉅額賠償。原為賭博用語，後來借用中文的「美人局」當作漢字。最近也有人使用「ハニートラップ（Honey Trap）」的說法。

未成年に猥褻行為をしたって報道された俳優、結局美人局だったみたいだよ。

misênen. ni. waisetsu. kôi. o. shita. tte. hôdô. sareta. haiyû, kekkyoku. tsutsumotase. datta. mitai. da. yo

新聞報導的那個猥褻未成年少女的演員，好像是被仙人跳了。

○ ○ ○ ○ ○ ○ ○ ○ ○ ○ ○ ○ ○ ○

㊻ 隨機犯案者

通り魔

tôrima

💬 指「毫無理由隨機加害路人的人」。

さっきニュースでやってたけど、近所で通り魔殺人事件があったみたいだよ。怖いね。

sakki. nyûsu. de. yatteta. kedo, kinjo. de. tôrima. satsujin. jiken. ga. atta. mitai. da. yo. kowai. ne

剛才新聞報導，我們家附近發生了路上隨機殺人事件耶。好可怕喔。

㊼ 家暴

DV（ドメスティック・バイオレンス）

ディーブイ

dîbui (domesutikku. baiorensu)

💬 源自英文的 **domestic violence** 一詞。指配偶或擁有事實婚姻關係的男女之間的家庭暴力，不包括虐待兒童。

毎日暴力を振るう、DV夫と離婚したい。

mainichi. bôryoku. o. furuu, dîbui. otto. to. rikon. shitai

我想和每天對我家暴的丈夫離婚。

○ ○ ○ ○ ○ ○ ○ ○ ○ ○ ○ ○ ○ ○

㊽ 手腳不乾淨

手癖が悪い

tekuse. ga. warui

💬 指「偷竊成癖或淫亂」的意思。

ママ友の中に手癖が悪い人がいて、その人が家に来る度、何かなくなる。

mamatomo. no. naka. ni. tekuse. ga. warui. hito. ga. ite, sono. hito. ga. ie. ni. kuru. tabi, nanika. nakunaru

我的媽媽友當中有人手腳不乾淨，每次她來家裡，都會有東西失竊。

⑲ 手法

手口
てぐち
teguchi

💬 進行犯罪等惡事的方法或手法。

最近の詐欺電話の手口が巧
さいきん　さぎでんわ　てぐち　こう
妙になってきている。
みょう

saikin. no. sagi. denwa. no.
teguchi. ga. kômyô. ni. natte.
kite. iru

最近詐騙電話的
手法愈來愈
高明了。

○ ○ ○ ○ ○ ○ ○ ○ ○ ○ ○

⑳ 染上惡習

手を染める
て　そ
te. o. someru

💬 原本是指剛開始進行某事，最近多用
於開始從事犯罪行為等惡事。

どんな事情があっても、
じじょう
犯罪に手を染めてはいけな
はんざい　て　そ
い。

donna. jijô. ga.
attemo, hanzai.
ni. te. o. somete.
wa. ikenai

不論有什麼
苦衷，都不能做出犯罪的行為。

㉑ 陷害

濡れ衣を着せる
ぬ　ぎぬ　き
nureginu. o. kiseru

💬「濡れ衣」是潮濕
的衣服，比喻為「強
加的罪名」。引申為
「羅織罪名，強加在
別人身上」。

学校でクラス
がっこう
メートのお金
かね
がなくなったとき、「お前が
まえ
盗ったんだろう」と濡れ衣
と　　　　　　　　　　ぬ　ぎぬ
を着せられた。
き

gakkô. de. kurasumêto. no. okane. ga.
nakunatta. toki, "omae. ga. totta. n. darô".
to. nureginu. o. kiserareta

班上同學錢不見的時候，竟有人
陷害我，說：「就是你偷的吧」。

○ ○ ○ ○ ○ ○ ○ ○ ○ ○ ○

㉒ 佔為己有

ネコババする
nekobaba. suru

💬 因為「猫（ねこ）」在排泄「ばば：糞
便」之後會用砂把排泄物蓋起來。引申為
「把撿來的東西偷偷
據為己有」。

でんしゃ すわ よこ ごひゃくえん
電車で座ったら横に500円
お
落ちてたから、ネコババし
ちゃった。

densha. de. suwattara. yoko. ni. gohyaku.
en. ochiteta. kara, nekobaba. shichatta

我在電車上一坐下，就看到 500
日圓掉在隔壁座位，所以就佔為
己有了。

ゆうめい
このデザインって有名ブラ
ンドのパクりだよね？

kono. dezain. tte. yûmê. burando. no.
pakuri. da. yo. ne?

這個設計是仿冒名牌的對吧？

53 遭到逮捕

パクられる
pakurareru

💬 俗語，指被警
察逮捕。

し あ
知り合いが
しょうがいざい けいさつ
傷害罪で警察にパクられ
た。

shiriai. ga. shôgaizai. de. kêsatsu. ni.
pakurareta

我的朋友因為傷害罪被警察抓了。

55 仿冒品

ばったもん／
コピー商品
しょうひん

battamon / kopî. shôhin

💬 指名牌商品的仿冒品。

ネットオークションで
らくさつ
ヴィトンのバッグを落札し
とど
たが、届いたらばったもん
だった。

netto. ôkushon. de.
viton. no. baggu. o.
rakusatsu. shita. ga,
todoitara. battamon.
datta

我在網路拍賣標到
一個 **LV** 的包包，
寄來之後才發現原來是仿冒品。

54 剽竊

パクる
pakuru

💬 俗語，指
「竊取東西」，或
是「剽竊他人的
設計、音樂等創作財產」。

56 中計

はめられる
hamerareru

💬 落入對方的圈套。

信じていた相手にまんまと
はめられて、会社を辞める
ことになった。

shinjite. ita. aite. ni. manmato. hamerarete,
kaisha. o. yameru. koto. ni. natta

我被一個本來很信任的人設計陷
害，結果現在
必須辭職了。

💬 這是和製英語「パワー・ハラスメン
ト (power harassment)」的簡稱，指在職
場上利用權力欺負別人。包括上司反覆對
部下施暴、惡言相向、無視，要求部下從
事不合理的工作等行為。

会社でひどいパワハラに
あって、鬱になって1年休
職した。

kaisha. de. hidoi. pawahara. ni. atte, utsu.
ni. natte. ichinen. kyûshoku. shita

我在公司遇到嚴重的
權力霸凌，得
了憂鬱症，留
職停薪一年。

⑤⑦ 提早吃便當

早弁
hayaben

💬 在午休之前就先吃便當。

先生に早弁が見つかって、
廊下に立たされた。

sensê. ni. hayaben. ga. mitsukatte, rôka. ni.
tatasareta

我提早吃便當被老師發現，於是
被叫到走廊罰站。

⑤⑧ 權力霸凌

パワハラ
pawahara

⑤⑨ 肇事逃逸

ひき逃げ
hikinige

💬 車子撞到人之後直接離開事故現場。

ひき逃げの疑いで５４歳
の会社員が逮捕された。

hikinige. no. utagai. de. gojûyon. sai. no.
kaishain. ga. taiho. sareta

一名 54 歲的上班族因涉嫌肇事逃
逸而遭到逮捕。

⑥⓪ 跟蹤

尾行する
びこう
bikô. suru

💬 為了探查或監視對方的行動，悄悄地跟在對方身後。

> 警察は容疑者を一週間ずっと尾行していたらしい。
> けいさつ　ようぎしゃ　いっしゅうかん
> びこう
>
> kêsatsu. wa. yôgisha. o. isshûkan. zutto. bikô. shite. ita. rashî
>
> 據說警方跟蹤嫌犯一整個星期。

⑥① 路上隨機行搶

引っ手繰り
ひ　　て　く
hittakuri

💬 在與人擦身而過的時候搶走對方身上的東西並逃走。

> 最近この付近で、バイクに乗った二人組みによるひったくりが多発しているので気をつけてください。
> さいきん　　ふきん
> の　　　　　　ふたりぐ
> た　はつ
> き
>
> saikin. kono. fukin. de, baiku. ni. notta. futarigumi. ni. yoru. hittakuri. ga. tahatsu. shite. iru. node. ki. o. tsukete. kudasai
>
> 最近這附近常有兩名騎乘機車的人在路上行搶，要小心點喔。

⑥② 甩巴掌

びんた／平手打ち
ひら て う
binta / hirate. uchi

💬 日文稱左右兩邊的鬢角稱為「鬢（びん）」。這裡是指「用手掌打別人臉頰」。

> 浮気した彼に、思いっきりびんたを食らわせた。
> うわき　　　　かれ　　　おも
> く
>
> uwaki. shita. kare. ni, omoikkiri. binta. o. kurawaseta
>
> 我狠狠地甩了我那個劈腿的男朋友一巴掌。

⑥③ 亂按電鈴

ピンポンダッシュ
pinpon. dasshu

💬「ピンポン：叮咚（電鈴聲）」；「ダッシュ(dash)：衝刺」。指一種亂按別人家的電鈴後就快速離開的惡作劇。

> 最近毎日のように近所の子供たちにピンポンダッシュされていて困っている。
> さいきんまいにち　　　　　　きんじょ　こ
> ども
> こま
>
> saikin. mainichi. no. yôni. kinjo. no. kodomo. tachi. ni. pinpon. dasshu. sarete. ite. komatte. iru
>
> 最近鄰居家的小孩每天都會來我家亂按電鈴，真傷腦筋。

⑥⑥④ 黒心企業

ブラック企業
burakku. kigyô

💬「ブラック」是英文的 **black**。指工作條件或工作環境惡劣、要求員工長時間工作或免費加班、強迫員工達到不合理業績的血汗企業。

> あの会社、過労で自殺する人が続出したブラック企業だよ。
>
> ano. kaisha, karô. de. jisatsu. suru. hito. ga. zokushutsu. shita. burakku. kigyô. da. yo

那間公司是黑心企業，已經連續好幾個員工因為過勞而自殺了。

---

⑥⑤ 匯款詐騙

振り込め詐欺
furikome. sagi

💬「振り込む：匯款」。起初原是詐騙集團在電話裡假冒對方的小孩或孫子，說「オレオレ：是我！是我！」，並要求對方匯款到銀行帳戶，因此稱為「オレオレ詐欺」。後來因為犯案手法翻新，此名稱不再適合，因此從 2004 年起改稱為「振り込め詐欺」。

> 祖父が振り込め詐欺の被害に遭い、お金を３０万円振り込んでしまった。
>
> sofu. ga. furikome. sagi. no. higai. ni. ai, okane. o. sanjû. man. en. furikonde. shimatta

我爺爺遇到詐騙，匯了 30 萬日圓給對方。

---

⑥⑥ 漫天要價、獅子大開口

ぼったくり
bottakuri

💬 由「暴利（ぼうり）」衍生出的詞彙。指店家用商品或服務向客人收取不合理的高額費用。

> 新宿で客引きしてる店に入ったらぼったくりバーで、ビール４、５杯飲んだだけで１５万円請求された。
>
> Shinjyuku. de. kyakuhiki. shiteru. mise. ni. haittara. bottakuri. bâ. de, bîru. shi, go. hai. nonda. dake. de. jûgo. man. en. sêkyû. sareta

我去了新宿某間在街頭攬客的店，結果那是一間獅子大開口的酒吧，只不過喝了 4、5 杯啤酒，就被收了 15 萬日圓。

⑥⑦ 隨手亂丟

ポイ捨て
poisute

💬「ポイ」是把東西輕輕拋出的意思。這裡是指「隨意丟棄喝完的飲料罐或菸蒂」。

先日発生した火災はたばこのポイ捨てによるものだった。

senjitsu. hassê. shita. kasai. wa. tabako. no. poisute. ni. yoru. mono. datta

前幾天發生的火災，原來是有人亂丟菸蒂引起的。

⑥⑧ 毒品

麻薬
mayaku

💬 嗎啡、古柯鹼、大麻、安非他命等，會麻痺中樞神經，使人藥物成癮的物質。

人気アイドルが麻薬で逮捕されたみたいだよ。

ninki. aidoru. ga. mayaku. de. taiho. sareta. mitai. da. yo

那個當紅偶像好像因為吸食毒品遭到逮捕了耶。

⑥⑨ 偷竊

万引き
manbiki

💬 佯裝成客人，趁店員不注意的時候偷竊店內商品。

スーパーでお年寄りが万引きしているのを目撃してしまった。

sûpâ. de. otoshiyori. ga. manbiki. shite. iru. no. o. mokugeki. shite. shimatta

我在超市親眼看到一位老人行竊。

⑦⓪ 走私

密輸する
mitsuyu. suru

💬 沒有經過正規的手續就進出口物品。通常指違法進出口毒品、槍枝、仿冒品、瀕臨絕種的動植物等物品。

海外から金塊を密輸したとして、男二人が逮捕された。

kaigai. kara. kinkai. o. mitsuyu. shita. to. shite, otoko. futari. ga. taiho. sareta

兩名男子因為從國外走私金塊而被逮捕。

㉑ 假比賽

八百長
（や　お　ちょう）
yaochô

💬 指「在大相撲或其他運動項目前事先決定好勝負，進行假比賽」。由來是據說從前有一個叫長兵衛的「八百屋（やおや）：蔬果店」老闆，在和熟識的相撲力士下圍棋時，為了討好對方而故意輸給對方。

> テニスの世界大会で八百長（せかいたいかい）（やおちょう）があったとして、一人の選（ひとり）（せん）手が永久追放された。（しゅ）（えいきゅうついほう）
>
> tenisu. no. sekai. taikai. de. yaochô. ga. atta. to. shite, hitori. no. senshu. ga. êkyûtsuihô. sareta
>
> 有一名網球選手在世界大賽上打假球，遭到永久除名。

○ ○ ○ ○ ○ ○ ○ ○ ○ ○ ○ ○ ○ ○ ○

㉒ 高利貸

ヤミ金
（きん）
yamikin

💬「闇金融（やみきんゆう）」的簡稱，指沒有完成正規登記，或是已正規登記卻違法收取高額利息的金融業者。

> ヤミ金（きん）でお金（かね）を借（か）りたが、利子（りし）が高（たか）くてとても返（かえ）せない。
>
> yamikin. de. okane. o. karita. ga, rishi. ga. takakute. totemo. kaesenai
>
> 我向高利貸借了錢，但利息太高，怎麼都還不完。

㉓ 造假

やらせ
yarase

💬 源自「やらせる：強迫他人做出某種行為」這個動詞。本來是媒體界用語，現在普及為一般用語。指電視上的實境節目事先串通好，將安排好的內容捏造為事實。

> あのドキュメンタリー番組（ばんぐみ）って、全部台本通（ぜんぶ）（だいほんどお）りにやってただけだって。やらせだよね。
>
> ano. dokyumentarî. bangumi. tte. zenbu. daihon. dôri. ni. yatteta. dake. datte. yarase. da. yo. ne
>
> 聽說那個實境節目原來全都是照著劇本演的，根本就是造假嘛。

○ ○ ○ ○ ○ ○ ○ ○ ○ ○ ○ ○ ○ ○ ○

㉔ 不良少年少女

ヤンキー
yankî

💬 源自於英文中指美國人的俗語 Yankee 一詞。是不良少年少女的俗稱。

> あのかわいいアイドルの女（おんな）の子（こ）、昔（むかし）は地元（じもと）で有名（ゆうめい）なヤンキーだったらしいよ。
>
> ano. kawaî. aidoru. no. onna. no. ko, mukashi. wa. jimoto. de. yûmê. na. yankî. datta. rashî. yo
>
> 聽說那個可愛的偶像明星以前是她老家那邊出名的不良少女耶。

㊙ 嫌犯

容疑者
ようぎしゃ

yôgisha

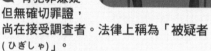

💬 有犯罪嫌疑但無確切罪證，尚在接受調查者。法律上稱為「被疑者（ひぎしゃ）」。

> 彼は警察に同行させられ、容疑者として取り調べを受けた。
> かれ　けいさつ　どうこう　ようぎしゃ　と　しら　う

kare. wa. kêsatsu. ni. dôkô. saserare, yôgisha. to. shite. torishirabe. o. uketa

他被警方視為嫌犯，被帶回警局接受偵訊。

○ ○ ○ ○ ○ ○ ○ ○ ○ ○ ○

㊆ 塗鴉

落書きする
らくが

rakugaki. suru

💬 指在牆壁或某些本來不應該書寫的地方亂塗亂畫。

> 子供が壁に油性ペンで落書きしてしまい、とれなくて困っている。
> こども　かべ　ゆせい　らくが　こま

kodomo. ga. kabe. ni. yusê. pen. de. rakugaki. shite. shimai, torenakute. komatte. iru

小孩用油性筆在牆壁上塗鴉，現在擦不掉，實在頭痛。

㊆ 私刑

リンチする
rinchi. suru

💬 源自美國維吉尼亞州一名法官的名字，另外英文的私刑說法也是 lynch。意思是私下進行暴力制裁的行為，多指圍毆。

> １５歳の少年が集団リンチを受け、死亡した。
> じゅうごさい　しょうねん　しゅうだん　う　しぼう

jûgo. sai. no. shônen. ga. shûdan. rinchi. o. uke, shibô. shita

一名十五歲的少年遭受集體施加私刑而死亡。

○ ○ ○ ○ ○ ○ ○ ○ ○ ○ ○

㊆ 插隊

割り込む
わ　こ

warikomu

💬 指「不按次序，任意從中插入隊伍」。

> ラーメン屋の行列に並んでいたら、前に割り込んで来た人がいたので注意した。
> や　ぎょうれつ　なら　まえ　わ　こ　き　ひと　ちゅうい

râmen'ya. no. gyôretsu. ni. narande. itara, mae. ni. warikonde. kita. hito. ga. ita. node. chûi. shita

我在拉麵店排隊的時候，有人在我前面插隊，於是我警告了他。

NOTE

索引

あ行

ああ言えばこう言う 180
愛想を尽かす 136
相乗り 56
阿吽の呼吸 202
アカウント乗っ取り 126
垢抜ける 38
上がり症 180
空き巣 254
胡坐をかく 72
揚げ足を取る 202
朝が弱い 232
足がつる 232
足が早い 14
足の裏 232
足の踏み場もない 72
足を洗う 254
当たり屋 254
呆気に取られる 218
あっけらかん 218
後味が悪い 218
穴があったら入りたい 218
アニソン 88
姉御肌 180

姉さん女房 136
アヒル口 38
脂が乗る 14
アプリ 126
甘えん坊 156
甘党／辛党 156
天の邪鬼 180
雨宿りする 202
網戸 72
アメカジ 38
アラサー／アラフォー／
アラフィフ 156
荒らし 126
歩きスマホ 254
歩きタバコ 255
言いがかりをつける／
いちゃもんをつける 255
イイね！ 126
如何様 255
行き当たりばったり 203
活き作り 14
行き止まり 56
息抜きをする 88
意気地がない 181
イクメン 157

イケメン 157

いける口（くち） 14

意地が悪い（いじわる）／意地悪（いじわる） 181

いじめ 256

いじめっ子（こ） 157

いじられキャラ 157

意地を張る（いじは） 219

痛い（イタい）（いた） 181

いたずらする 256

至れり尽くせり（いたつ） 203

一見さん（いちげん） 15

一途（いちず） 136

一目散（いちもくさん） 203

いちゃいちゃする 136

一攫千金（いっかくせんきん） 108

一括払い（いっかつばらい） 108

一気飲み（いっきの） 15

一戸建て（いっこだ） 72

一糸纏わぬ（いっしまと） 38

一線を越える（いっせんこ） 137

一張羅（いっちょうら） 39

一杯ひっかける（いっぱい） 15

一発屋（いっぱつや） 158

一方通行（いっぽうつうこう） 56

居眠り運転（いねむ うんてん） 56

いびきをかく 232

意表を突かれる（いひょう つ） 219

嫌がらせする（いや） 256

癒し系（いや けい） 158

嫌味（いやみ） 182

入れ墨（刺青）／タトゥー（い ずみ いれずみ） 39

色気がある（いろ け） 182

色違い（いろちが） 40

飲酒運転（いんしゅうんてん） 57

インスタ映えする（ば） 127

インする 40

インテリ 158

ウィンカーを出す（だ） 57

上から目線（うえ めせん） 137

ウォシュレット 73

魚の目（うお め） 233

ウケる 219

ウザい 182

後ろ髪を引かれる（うし がみ ひ） 219

後ろ前（うし まえ） 40

後ろ指を指される（うし ゆび さ） 204

薄着する（うすぎ） 40

うそつき 158

梲が上がらない（うだつ あ） 108

打たれ強い（う づよ） 182

277

内弁慶 …………………………… 183

内股 …………………………… 233

有頂天になる …………………………… 220

内輪ネタ …………………………… 88

現を抜かす …………………………… 220

器が大きい／小さい …………………………… 183

腕に縒りをかける …………………………… 73

腕捲りする …………………………… 41

うとうとする …………………………… 233

うぶ …………………………… 183

馬が合う …………………………… 137

裏アカ／裏垢 …………………………… 127

裏表がある …………………………… 183

裏返し …………………………… 41

裏金 …………………………… 256

裏切り者 …………………………… 159

裏口 …………………………… 73

裏口入学 …………………………… 257

裏サイト …………………………… 127

裏地 …………………………… 41

裏メニュー …………………………… 15

売り言葉に買い言葉 …………………………… 220

うれしい悲鳴 …………………………… 220

浮気 …………………………… 138

上の空 …………………………… 221

エクステ …………………………… 41

エコバッグ …………………………… 74

依怙贔屓する …………………………… 257

エステ …………………………… 88

枝毛 …………………………… 233

エッチ …………………………… 184

エロい …………………………… 184

炎上 …………………………… 128

エンスト …………………………… 57

エンタメ …………………………… 89

遠恋 …………………………… 138

縁を切る …………………………… 138

置いてけぼり …………………………… 58

横断歩道 …………………………… 58

鸚鵡返し …………………………… 204

横領する …………………………… 257

大きなお世話 …………………………… 204

大御所 …………………………… 159

大雑把 …………………………… 184

オーダーメイド …………………………… 42

オートマ車 …………………………… 57

オートロック …………………………… 74

大盤振る舞い …………………………… 108

大物 …………………………… 159

大盛り／デカ盛り …………………………… 16

オーラがある …………………………… 185

オール電化 …………………………… 74

お買い得 …………………………… 109

お河童 …………………………… 42

おかま …………………………… 160

おかわりする 16

置き引き 258

奥手 185

奥歯に物が挟まったよう 205

臆病 185

奥行き 74

お子様ランチ 16

幼馴染 138

押し入れ 75

押し売り 258

お仕置きする 258

推しメン 89

おしゃべり 160

御裾分け 205

御節料理 16

お節介 185

お揃い 42

オタ芸（ヲタ芸）を打つ 89

落ち 89

落ちこぼれ 160

お茶する 17

お調子者 160

お通じがいい 234

追っかけ 161

おつまみ／酒の肴 17

お転婆 186

男受け 42

男前 161

音沙汰がない 205

大人買い 205

踊り食い 17

お取り寄せグルメ 18

お腹を壊す／腹を下す 234

鬼ごっこ 90

オネエ 161

おねしょする 234

お化け屋敷 90

お人好し 186

お袋の味 18

お古／お下がり 42

おまけする／まける 109

お見合い結婚 139

おめかしする 43

思い遣りがある 186

おもてなし 90

お漏らしする 234

親父ギャグ／駄洒落 91

親知らず 235

親の脛を齧る 109

折に触れて 110

恩着せがましい 186

御曹司 161

女ったらし 139

負んぶに抱っこ 206

279

か行

かいそう
回送 58

かいぞくばん
海賊版 258

かいちゅうでんとう
懐中電灯 75

かいてん　はや
回転が速い 18

つか　す
（使い捨て）カイロ 79

か　だま
替え玉 18

か　だまじゅけん
替え玉受験 259

でん か
かかあ天下 139

が　つよ
我が強い 187

がき
餓鬼 162

かく　ご
隠し子 139

かくせん
角栓 235

がくや
楽屋 91

かくれんぼ 91

か　お
駆け落ち 140

か　こ　じょうしゃ
駆け込み乗車 259

がさつ 187

かさぶた 235

かし　そうざい
菓子パン／惣菜パン 19

ガスコンロ 75

ガソリンスタンド 59

かたおも
片思い 140

かた　こ　かた こ
肩が凝る／肩凝り 236

かたがみ
型紙 43

かた が
肩代わりする 110

かたず　の
固唾を呑む 221

かた　ばし
片っ端から 206

かたぶつ
堅物 162

かたみち　おうふく
片道／往復 59

か　ぐみ
勝ち組 162

ガチャポン／ガチャガチャ 91

ガチンコ 206

く
カチンと来る 221

かつ あ
喝上げ 259

かつぜつ
滑舌がいい 236

かっぱ
合羽 43

か ていてき
家庭的 187

かなしば
金縛りにあう 236

カナヅチ 163

かねづか　　あら
金遣いが荒い 110

かねづる
金蔓 110

かね　いとめ
金に糸目をつけない 111

かね　き　め　えん　き　め
金の切れ目が縁の切れ目 111

かま
構ってちゃん 128

かみたいおう　しおたいおう
神対応／塩対応 92

カモにする／カモる 259

がら　わる
柄が悪い 260

カラコン 44

がり 19

がりがり 163

カリスマ 163

べん
ガリ勉 163

ひゃくにんいっしゅ
かるた／百人一首 92

かんしょく
間食 19

勘当する	140
カンニングする	260
堪忍袋の緒が切れる	222
ガン見する	207
観覧車	92
貫禄がある	164
気が利く	187
聞き耳を立てる	207
生地	44
着せ替え人形	93
基礎化粧品	44
几帳面	188
切符を切られる	59
既読スルー／既読無視	128
気晴らし／気分転換	93
気分屋	164
気前がよい	188
気まぐれ	188
決まり悪い／ばつが悪い	222
着回しがきく	45
キモい	222
逆ギレ	222
逆玉	140
着痩せする	44
キャッチセールス	260
キャバクラ	93
キャラが被る	164
キャラ弁	19
急須	75
きょとんとする	223
きれいめ系	45
きれがある	20
筋トレ	94
食いしん坊	164
食い逃げ	260
食い物にする	261
空気が読めない	141
釘を刺す	207
ググる	128
ぐず	188
癖毛／天パ（天然パーマ）	236
口が肥える／舌が肥える	20
口癖	207
口答えをする	208
口に合う	20
口パク	94
靴擦れ	45
屈託がない	223
食っちゃ寝	76
首が回らない	111
くま	237
工面する	112
クラクションを鳴らす	59
グリーン車	60

グルメ／食通 ……………………… 20

クレーマー ………………………… 165

グレる ……………………………… 261

黒幕 ………………………………… 165

食わず嫌い ………………………… 21

軍手 ………………………………… 76

計算高い …………………………… 189

軽自動車 …………………………… 60

下戸 ………………………………… 21

下宿 ………………………………… 76

化粧下地 …………………………… 45

ゲス（下衆・下種） ……………… 189

げそ ………………………………… 21

下駄箱 ……………………………… 76

けちを付ける ……………………… 208

血液サラサラ／血液ドロドロ …… 237

ゲロ ………………………………… 237

犬猿の仲 …………………………… 141

喧嘩を売る ………………………… 261

原付 ………………………………… 60

剣幕 ………………………………… 223

興行成績 …………………………… 94

合コン ……………………………… 141

（預金）口座 ……………………… 112

行楽日和 …………………………… 94

業を煮やす ………………………… 223

ゴールド免許 ……………………… 60

小切手／手形 ……………………… 112

こくがある ………………………… 22

柿落とし …………………………… 95

小言を言う ………………………… 208

心が折れる ………………………… 224

腰がある／腰が強い ……………… 22

腰巾着 ……………………………… 165

コスパが高い（いい） …………… 112

ゴスロリ …………………………… 46

ご当地グルメ ……………………… 22

ご飯のお供 ………………………… 22

コミケ（コミックマーケット） … 95

コミュ障 …………………………… 142

こめかみ …………………………… 238

コラボ ……………………………… 95

婚活 ………………………………… 142

コンセント ………………………… 77

コンプリートする ………………… 95

さ行

財布の紐が固い …………………… 113

財布を握る ………………………… 113

先物取引 …………………………… 113

先を越される ……………………… 114

先を読む …………………………… 114

サクラ ……………………………… 261

桜肉 ………………………………… 23

酒に強い／弱い 23

酒に飲まれる 23

サバゲー 96

サビ 96

さび抜き 23

寒気がする／ぞくぞくする 238

サムネ 129

触り 96

産後鬱 238

三枚おろし／三枚におろす 24

ジージャン 46

仕送り 77

潮干狩り 96

仕返しする 262

しかとする 262

敷金／礼金 77

仕草 208

地獄耳 165

自己中 189

自炊する 77

下心 224

地団駄を踏む 209

執行猶予 262

実写化する 97

自動車教習所 61

自撮り 97

芝居 97

自腹を切る 114

痺れを切らす 224

締まり屋 115

締め 24

指名手配 262

下ネタ 97

ジャージ 46

蛇口 78

癪に障る 224

車上荒らし 263

借金の形 114

ジャニオタ／ジャニヲタ 166

じゃんけん 98

渋滞する 61

十八番／十八番 90

縮毛矯正 46

酒豪／ざる 24

修羅場 142

小心者 166

勝負下着 47

食が進む／箸が進む 25

食が細い 24

女子会 143

助手席 61

女子力が高い 47

初心者マーク 62

しらふ 25

尻が軽い 143

白バイ 62

芯が強い 189

信号無視 263

心配性 190

スイーツ／デザート 25

図々しい／面の皮が厚い 190

スウェット／トレーナー 47

スーパー銭湯／健康ランド 98

スキンシップ 143

スクールカースト 143

すけべ 190

裾上げ 47

スタンプ 129

スタンプラリー 98

素っ頓狂 209

すっぽんぽん 48

ステマ 129

ストーカー 263

素泊まり 98

図に乗る 225

スピード違反 263

図太い 191

ずぼら 191

スリ 264

擦る 115

スレ 129

生計を立てる 115

咳払いをする 209

セクハラ 264

せっかち 191

絶叫マシン 99

セフレ 144

セレブ 166

線路 62

雑巾がけをする 78

相殺する 115

草食系男子/肉食系男子 167

素っ気無い 191

外方を向く 210

外面がいい 144

外股／がに股 238

反りが合わない 144

た行

大黒柱 167

太鼓持ち 167

大食漢 167

代引き 116

タイヤがパンクする 62

ダイヤが乱れる 63

高くつく 116

高嶺の花 168

鷹の爪 25

高飛車 145

宅飲み 26

ダサい 48

駄々を捏ねる 210

立ち往生 63

立ち食い／立ち飲み 26

立ちくらみ（する） 239

立ち読みする 264

タッパー 78

伊達めがね 48

狸寝入り 210

ダフ屋 265

食べてすぐ寝ると牛になる 78

食べ放題／飲み放題 26

玉突き事故 63

玉の輿に乗る 145

だるまさんが転んだ 99

タワーマンション 79

痰が絡む 239

箪笥の肥やし 48

短パン 49

弾幕 130

ちび 168

チャイルドシート 64

茶柱が立つ 27

チャラい 192

チャラにする 116

ちゃらんぽらん 192

チャリンコ 64

ちゃんぽん 27

駐禁 64

帳消し 117

長者番付 117

貯金箱 79

チンする 27

チンピラ 265

束の間 117

突き当たり 64

付け 117

つけ睫毛 49

告げ口する 265

都合のいい女 145

土踏まず 239

突っ込みを入れる 99

美人局 265

つぶやく 130

つぶれる 28

つべこべ言わずに 210

（笑いの）ツボ 225

つぼを押す 239

つまみ食い 28

爪楊枝 79

ヅラ 49

釣り 130

吊り革 65

つわり 240

ツンデレ 168

出会い頭 _____ 65

出会い系サイト _____ 130

ＤＶ
（ドメスティック・バイオレンス） _____ 266

亭主関白 _____ 146

泥酔 _____ 28

ディスる _____ 131

定番アイテム _____ 49

できちゃった結婚 _____ 147

手際がいい _____ 192

手癖が悪い _____ 266

手口 _____ 267

手首/足首 _____ 240

出っ歯 _____ 169

鉄板ネタ _____ 99

手羽先 _____ 28

デパ地下 _____ 29

デブ _____ 169

出前を取る _____ 29

てるてる坊主 _____ 80

照れ屋 _____ 169

手を切る _____ 146

手を染める _____ 267

手を出す _____ 146

テンションが高い／
ハイテンション _____ 192

天然（ボケ） _____ 169

テンパる _____ 225

天むす _____ 29

トイレが近い／おしっこが近い _____ 240

動悸がする _____ 240

同棲 _____ 146

ドＳ／ドＭ _____ 193

通り魔 _____ 266

度肝を抜く _____ 225

DQN _____ 131

毒を吐く _____ 193

時計が遅れる／時計が進む _____ 118

土下座する _____ 211

床の間 _____ 80

どじ _____ 193

ドタキャン _____ 147

ドッキリ _____ 100

徳利／（お）猪口 _____ 80

取って付けたよう _____ 211

ドヤ顔 _____ 211

ドライブレコーダー _____ 65

トランプ _____ 100

トリ _____ 170

鳥肌が立つ _____ 241

トレンド _____ 50

とろい _____ 194

泥沼 _____ 147

とんとん _____ 118

ドン引きする _____ 226

ドンマイ _____ 212

途方に暮れる 226

な行

内縁／事実婚 148

中敷き 50

仲直りする 148

泣き上戸／笑い上戸 29

泣き虫 170

夏バテする 241

鍋奉行 170

生意気 194

生焼け 30

涙袋 241

成金 118

なりすまし 131

馴れ馴れしい 194

ナンパする 148

にきび／吹き出物 241

憎まれ口を叩く 212

ニコニコ動画 131

二世帯住宅 80

二束三文 118

2ちゃんねる（2ch） 132

二度寝する 81

二の腕 242

二枚目/三枚目 170

ニューハーフ 171

睨めっこ 100

庭弄り 101

妊活 242

人間ドック 242

認知する 148

抜け感 50

濡れ衣を着せる 267

値上げ 119

寝返りを打つ 244

値切る 119

寝癖がつく 243

根暗 194

猫舌 171

猫背 243

猫っ毛 243

寝言 243

猫撫で声 212

ネコババする 267

猫をかぶる 195

鼠捕り 66

寝相が悪い 81

寝違える 244

寝つきが悪い／いい 244

熱中症 244

ネトウヨ 132

寝取る 149

値引き ………………………………………… 119

値札 ………………………………………… 119

根掘り葉掘り聞く …………………………… 212

ノイローゼ …………………………………… 245

ノースリーブ ………………………………… 50

ノーブランド ………………………………… 51

ノーメイク／すっぴん ……………………… 51

喉越しがいい ………………………………… 30

ノリがいい …………………………………… 195

乗り越し精算 ………………………………… 66

乗り過ごす …………………………………… 66

は行

パーカー ……………………………………… 51

ハイオク ……………………………………… 66

バイキング／ビュッフェ …………………… 30

ハイタッチ …………………………………… 213

這い這いする ………………………………… 245

バカ正直 ……………………………………… 195

バカッター …………………………………… 132

バカップル …………………………………… 149

馬鹿の一つ覚え ……………………………… 213

歯軋りをする ………………………………… 226

パクられる …………………………………… 268

パクる ………………………………………… 268

箱入り娘 ……………………………………… 171

歯応えがある ………………………………… 31

はしご（酒） ………………………………… 30

パシリ ………………………………………… 172

バズる ………………………………………… 133

肌が荒れる …………………………………… 245

肌に張りがある ……………………………… 245

鉢合わせする ………………………………… 149

パチスロ ……………………………………… 101

バツイチ ……………………………………… 172

パックツアー／パッケージツアー ………… 101

バックミラー ………………………………… 67

ばったもん／コピー商品 …………………… 268

八方美人 ……………………………………… 172

パトカー ……………………………………… 67

鼻（糞）をほじる …………………………… 246

鼻が詰まる／鼻詰まり ……………………… 246

歯に衣着せぬ ………………………………… 213

パニック障害 ………………………………… 246

羽を伸ばす …………………………………… 101

ハブられる …………………………………… 149

羽振りがいい ………………………………… 120

ハマる ………………………………………… 226

はめられる …………………………………… 268

ハモる ………………………………………… 102

早弁 …………………………………………… 269

払い戻し ……………………………………… 120

腹黒い ………………………………………… 195

腹八分目 ……………………………………… 31

パリピ ………………………………………… 172

春雨 …………………………………………… 31

晴れ着 ………………………………………… 51

腫れ物に触るよう ………………… 214

パワハラ ………………… 269

晩酌 ………………… 31

〜番線 ………………… 67

半ドア ………………… 67

ハンドルを切る ………………… 68

パンの耳 ………………… 32

ビアガーデン ………………… 32

ピアス ………………… 52

火遊び ………………… 150

Ｂ級グルメ ………………… 32

ビーサン ………………… 52

ヒートテック ………………… 52

冷え性 ………………… 247

日帰り旅行 ………………… 102

引き落とし ………………… 120

弾き語り ………………… 102

引きこもり ………………… 173

引き立て役 ………………… 173

ひき逃げ ………………… 269

尾行する ………………… 270

膝小僧 ………………… 247

鐚一文 ………………… 120

引っ込み思案 ………………… 196

引っ手繰り ………………… 270

引っ張りだこ ………………… 196

一重（まぶた）／二重（まぶた）………… 246

人見知り ………………… 196

一目惚れ ………………… 150

一人っ子 ………………… 173

火の車 ………………… 121

ビビる ………………… 227

暇を持て余す ………………… 102

ヒモ ………………… 173

１００均 ………………… 81

冷奴 ………………… 33

拍子抜けする ………………… 227

平屋 ………………… 82

ピリ辛 ………………… 33

ピンキリ ………………… 121

顰蹙を買う ………………… 227

びんた／平手打ち ………………… 270

ピンと来る ………………… 227

貧乏揺すり ………………… 247

ピンボケ ………………… 103

ピンポンダッシュ ………………… 270

ファミレス ………………… 33

フェス ………………… 103

吹き替え ………………… 103

ふけ ………………… 247

不思議ちゃん ………………… 174

腐女子 ………………… 174

ブス ………………… 174

双子コーデ ………………… 53

二股をかける ………………… 150

プチプラ ……… 52

ふつかよ
二日酔い ……… 33

ぶっちょうづら
仏頂面 ……… 228

ふところ　　あたた
懐が暖かい ……… 121

ふと　　ぱら
太っ腹 ……… 196

ふ　き
踏み切り ……… 68

ふ　たお
踏み倒す ……… 121

プラスアルファ ……… 214

きぎょう
ブラック企業 ……… 271

プラモデル ……… 103

ぎゅう
ブランド牛 ……… 34

フリーサイズ ……… 53

ふりかえきゅうじつ
振替休日 ……… 82

ふりかえ ゆ そう
振替輸送 ……… 68

ふ　こ　さぎ
振り込め詐欺 ……… 271

ふりん
不倫 ……… 150

かいてん
フル回転する ……… 214

ふるぎ
古着 ……… 53

フロントガラス ……… 68

ふ わた
不渡り ……… 122

ペアルック ……… 53

ペーパードライバー ……… 69

へこむ ……… 228

ヘタレ ……… 175

ぺったんこ ……… 54

べっぱら
別腹 ……… 34

へ りくつ　い
屁理屈を言う ……… 197

へんぴん
返品 ……… 122

す
ポイ捨て ……… 272

ほうこうおんち
方向音痴 ……… 175

ほうちょう　　と
包丁を研ぐ ……… 82

ぼう よ
棒読み ……… 104

ほお　お　　　　　　　　　　　　　お
頰が落ちる／ほっぺたが落ちる ……… 34

ボーダー ……… 54

ホームベーカリー ……… 82

ボカロ（ボーカロイド） ……… 104

ほ こうしゃてんごく
歩行者天国 ……… 69

ホストクラブ ……… 104

ぼ たんなべ
牡丹鍋 ……… 34

ぼったくり ……… 271

ぼっち ……… 150

ぽっちゃり ……… 175

ホットプレート ……… 83

ポテチ ……… 35

ほ どうきょう
歩道橋 ……… 69

ぶくろ
ポリ袋 ……… 83

や
ホルモン焼き ……… 35

よ
ほろ酔い ……… 35

ポンコツ ……… 175

ほんめい
本命 ……… 176

ま行

マイカー ……… 70

マイナンバー ……… 83

マイペース ……… 197

マイホーム ……… 84

まえむ　　　　うし　む
前向き／後ろ向き ……… 197

賄い（料理） 35

マキシ丈 54

負け犬 176

負けず嫌い 198

馬子にも衣装 54

孫の手 84

マザコン 176

間取り 84

まばたきする 248

魔法使い 177

飯事 104

ママ友 151

まめ 197

まめができる 248

麻薬 272

マント 55

マンネリ 151

万引き 272

見合わせる 70

見栄を張る 198

見送る 70

ミシンをかける 84

水虫 248

密輸する 272

見晴らしがいい 105

耳垢／耳糞 249

耳かき 249

耳が遠い 248

耳を揃える 122

脈がある 151

未練 152

民泊 105

ムカつく 228

向きになる 228

麦藁帽子 55

無口 198

虫の居所が悪い 229

虫歯 249

無邪気 199

無心する 122

無駄毛 249

無茶振り 105

無鉄砲／向こう見ず 199

無頓着 199

胸が一杯になる 229

胸キュン 152

胸焼けがする 250

迷路 105

目がかすむ 250

目が点になる 229

目がない 229

目から鱗が落ちる 230

目くじらを立てる 230

メタボ
（メタボリック・シンドローム）.......... 250

目玉焼き ……………………………… 36
目と鼻の先 ……………………………… 70
目やに ……………………………… 250
メル友 ……………………………… 152
メルマガ ……………………………… 133
面食い ……………………………… 152
萌えキャラ ……………………………… 177
モーニング／モーニングサービス 36
勿体ぶる ……………………………… 214
もつ鍋 ……………………………… 36
モデルルーム ……………………………… 85
元カノ ……………………………… 153
もどす ……………………………… 251
元の鞘に収まる ……………………………… 153
蛻の殻 ……………………………… 215
物真似 ……………………………… 106
物忘れが激しい ……………………………… 251
もみあげ ……………………………… 251
紅葉狩り ……………………………… 106
盛る ……………………………… 215
モンスターペアレント ……………………………… 177

や行

八重歯 ……………………………… 251
八百長 ……………………………… 273
焼き餅を妬く ……………………………… 153

やけを起こす／やけくそ ……………………………… 230
野次馬 ……………………………… 178
夜食 ……………………………… 37
痩せの大食い ……………………………… 178
ヤバい ……………………………… 230
野暮ったい ……………………………… 55
病は気から ……………………………… 252
ヤミ金 ……………………………… 273
病み付きになる ……………………………… 231
やらせ ……………………………… 273
遣り繰りする ……………………………… 123
ヤンキー ……………………………… 273
やんちゃ ……………………………… 199
ゆとり（世代） ……………………………… 178
ユニットバス ……………………………… 85
湯船 ……………………………… 85
湯水のように使う ……………………………… 123
ゆるキャラ ……………………………… 179
容疑者 ……………………………… 274
要領がいい ……………………………… 200
預金通帳 ……………………………… 123
欲張る ……………………………… 200
横槍を入れる ……………………………… 215
夜逃げ ……………………………… 86
呼び捨て ……………………………… 215
縒りを戻す ……………………………… 154

ら行

落書きする 274

ラジオ体操 106

ラジコン 106

ラッパ飲み 37

ラブホ 107

ランドセル 86

リア充 133

律儀 200

リボ払い 124

溜飲が下がる 231

両思い 154

両替する 124

リンチする 274

ルーティン 216

レジ袋 86

レス 134

レトルト食品 37

蓮華 86

レンタカー 71

連チャン 216

〜ロス 231

路駐 71

ロリコン 179

わ行

ワイシャツ／カッターシャツ 55

わきが 252

脇見運転 71

輪ゴム 87

W 134

割り勘する 124

割り切れない 231

割り込む 274

割り箸 87

割引 125

腕白 200

ワンパターン 216

ワンルーム（・マンション） 87

圖片版權

Images, used under license from Shutterstock.com

口袋書介紹

生活日語口袋書系列

日文圖解實務口語

看圖片，不硬背，學日文口語，就是這麼輕鬆又有趣！

本書歸納成「職場」、「校園」和「生活」等三大主題，其下再細分類為 14 個單元。包括職場上的人事應對進退、辦公室裡外的大小事項、做事的方法和態度；校園裡的課業生活、各種考試和競賽、放學後的活動；生活中的影視娛樂、旅遊觀光，日本婚喪喜慶的文化習俗等等。由日文老師精心整理出約 800 個日本人最常使用的慣用語，針對這些用語的來源及用法情境，加上簡單易懂的說明及實用例句，藉以增加學習的成就感。全書搭配全彩圖片幫助記憶，讓讀者能看圖理解並靈活運用這些慣用語。

隨身書 特價：NT299元

日本經典故事選

閱讀故事學日語，輕鬆有趣容易上手！

本書集結了 18 篇經典的日本民間故事，無論是「報恩系列」的《鶴的報恩》、「人鬼鬥智」的《木匠與鬼六》、或是「因果報應」的《猴蟹大戰》等……，都是以曲折有趣的情節構成的故事，帶有正面的寓意，勸人行善行樂。故事的改寫皆以 N5~N3 適用程度為範圍，日中對照的同步翻譯，不僅更容易閱讀，也能讓讀者試著自己唸出故事，理解文意。希望能激發初學者或程度較淺的讀者們的閱讀動機，進而領略到閱讀故事的樂趣。

隨身書 特價：NT249元

彩繪圖解日本語

圖解單字＋會話練習＋知識小補充
用輕鬆的方式，學好實用的日語

本書精挑細選 85 個日常生活中你我最常出入的場所和從事的活動情境，依照主題分類而成「日本文化節慶」、「居家」、「生活城市」、「旅遊休閒」等四大部份。採用圖解方式呈現每一課要教的單字，搭配文中所列出的日文、漢字、羅馬字唸法、加上重音及中譯輔助學習，讀者們可邊玩邊學習。每一課結束之前還設計了知識小補充，讓大家了解更深一層的日本文化及生活習慣。期待這本圖解情境工具書，能作為你學習的堅強後盾。

隨身書 特價：NT299元

檢定日語口袋書系列

新日檢N5~N3單字王

記好日文老師說一定會考的日檢單字，日檢合格大成功！

本書挑選了符合 JLPT 裡 N5~N3 級數程度將近 3000 個字彙，加上了漢字或外來語的源字、中譯、重音標線、詞性、同反義及衍生字、說明和用法等。符合 N5~N3 文法程度的日中例句，搭配適時補充的圖解衍生單字，讓讀者快速有效地牢記住單字及用法。讀者們可到官網下載 MP3 ，或是利用智慧型手機下載 QR Code 掃描程式，在有網路連線的環境裡掃描 QR 碼，輕鬆收聽課文內容，非常方便。

隨身書 特價：NT299元

新日檢N2單字王

跟著老師記好日檢高頻率必考單字，攻上日檢合格頂峰！

本書挑選了符合 JLPT 裡 N2 級數程度超過 1200 個字彙，加上了漢字或外來語的源字、中譯、重音標線、詞性、同反義及衍生字、說明和用法等。符合 N2 文法程度的日中例句，搭配適時補充的圖解衍生單字，讓讀者快速有效地牢記住單字及用法。建議讀者們可到官網下載 MP3 或是利用智慧型手機在有網路連線的環境裡掃描書上的 QR Code 來收聽課文內容，增加反覆複習的機會。

隨身書 特價：NT249元

新日檢N1單字王

掌握得分關鍵，你需要的重點整理都在這一本！

本書編彙超過 2300 個字，每個字加上了漢字或外來語的源字、中譯、重音標線、詞性、同反義及衍生字、說明和用法等補充。為了讓讀者更能掌控字彙用法，我們在每個單字旁邊都加上符合 N1 文法程度的日中例句，搭配適時補充的圖解衍生單字，讓讀者在最短的時間內快速有效地牢記住單字及用法。

隨身書 特價：NT299元

圖解外語口袋書系列

圖解英語單字王

看著圖、跟著唸，背英文單字就是這麼簡單！

本書精選日常生活中最息息相關的 15 個主題，每個主題下再細分成共 118 個單元，囊括 3000 多個單字。主題包含居家、用餐、城市、觀光、交通旅遊、工作、娛樂，甚至是動植物以及地理太空，主題多元豐富。另外我們還加入了 25 則和主題相關的趣聞、笑話和實用資訊，讓想進階學習的讀者，磨練自己的英文實力。從生活單字打好英文基礎，進一步發揮英文的口說、閱讀、寫作及聽力能力。

隨身書 特價：NT299元

圖解日語單字王

學日語，一本就上手！

本書分為十二大類，七十二個實用主題，收錄了約 1300 個單字。除了圖解字彙之外，還收錄了活動慶典相關用字，同時兼顧了日語初學者必備的「丁寧語」和一般常用口語表達，搭配重點解析及中文翻譯，讓讀者有效學習。另外書中的 18 篇輕鬆小品，不僅搭配單元主題單字，還呈現了日語多種句型及用法，讓你立即提升日語能力！

隨身書 特價：NT299元

圖解韓語單字王

學韓語有效率更有樂趣！

本書分 16 大類主題、共 90 單元，將日常生活中使用頻率最高的單字分門別類地歸納，也收集了許多跟韓國特有文化習慣有關的用字。所有單字都以圖像來呈現，能增加學習樂趣，更能提升單字背誦的成效。除了字彙，本書還精選了 17 個初級韓語句型及 22 篇文化櫥窗，除了增加閱讀樂趣外，對於學習韓語也有莫大的助益。

隨身書 特價：NT249元

互動日本語年度特刊

我的第一本旅遊日語手帖 日本名勝X旅遊會話

我的第一本旅遊日語手帖，帶你無痛學日語！

本刊分為「觀光旅遊篇」和「旅遊會話篇」兩個部分。在「觀光旅遊篇」當中，我們特別於日本都道府縣中精選了 14 處具特色的觀光景點。例如廣受歡迎的關西「京阪神」(京都、大阪、神戶)、日本旅遊必去的東京淺草、北海道，甚至是內行人才知道的松山、山形等地方，不僅帶您深入淺出遊歷日本，還能讓您在閱讀文章的同時，學習到實用又有趣的日語。文末的補充知識單元，讓您掌握更多富饒趣味的日本小知識，帶您走遍日本學好日語！

書＋DVD-ROM互動光碟 (含朗讀MP3功能) 特價：NT299元

一本合格！

JLPT日檢完全攻略(試題+解析)N5

升學考試、就職準備，日檢助你一臂之力

準備檢定考試時，最重要的就是掌握「關鍵單字」，並且在了解考試題型之後，再透過「模擬試題」不斷地演練。本書可分為「N5 關鍵單字」、「JLPT 模擬試題」以及「JLPT 模擬試題詳解」三大部分：精選 400 個出題頻率高的單字，輔以清楚易懂的排版，並加上重音、詞性及例句等完整標示，讓您可以迅速理解詞義和用法，開口唸出單字加深印象，希望能提供有志報考日檢的讀者應試準備方向。

書＋CD-ROM 電腦互動光碟(含單字例句、試題MP3)
特價：NT315元

每日用得上的日本語4000句（**數位學習版**）

用適當的日語溝通，應答如流不失禮

本書規劃為 13 個主題，72 個單元，我們搜集日常生活中最常用到的好用句，以最清楚的條列式呈現 4000 個左右實用的日語句。從人與人見面最先需要的「問候」開始，展開一系列後續的相關發展主題。包含「人際」之間的相處、「聊天」哈拉、「居家」生活瑣事、跟食衣住行有著密切關係的「飲食」、「購物」、「交通」，一直延伸到「休閒」和「戶外」等娛樂活動，以及上班上學都需要的「商務」與「校園」等範圍。另外搭配老師的有聲朗讀教學，希望能讓讀者用輕鬆的方式學到好用的日語句。

書＋DVD-ROM互動光碟(含MP3朗讀功能) 特價：NT499元

生活情境日語圖解大百科（數位學習版）

把日本生活場景搬到你面前，來去日本，就帶這本！

本書精挑細選出 85 個日常生活中最常出入的場所和從事的活動情境，依照主題分類而成「日本文化節慶」、「居家」、「生活城市」、「旅遊休閒」等四大部份。本書單元，是從生動精細的插畫所開始。採用圖解方式來呈現要教的單字，搭配文中所列出的日文、漢字、羅馬字唸法、加上重音及中譯輔助學習，讀者們可隨時進入主題情境中邊玩邊學習。除了單字和對話之外，還有和主題相關的知識小補充，讓大家了解更深一層的日本文化及生活習慣。

書＋DVD-ROM互動光碟 (含朗讀MP3功能) 特價：NT499元

日語必學基本功
五十音＋句型＋會話（數位學習版）

認真讀、仔細聽、開口唸、勤手寫，建立紮實基本功

本書從一開始就要培養你邊寫字，邊聽發音，然後正確唸出來的習慣，透過精心設計的練習題，不僅可以幫你打穩基礎，還能提升之後的對話能力，藉以提高「聽、說、讀、寫」各種綜合能力。除了書上的內容外，建議讀者們一定要搭配書中的 MP3 光碟一起學習。如果你有點讀筆，我們在書上也設計了點讀碼，讓你能邊點邊學習。聽聽日籍 老師的標準發音和唸法，然後自己也試著唸唸看。請好好地利用這本書來打穩你學習日語的基礎。背完五十音，同時提升日語聽力和口說能力！

書＋MP3學習光碟 特價：NT399元

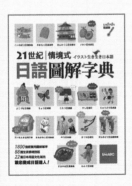

21世紀情境式日語圖解字典（全新擴編版）

用最自然的圖像記憶法背單字，簡單又有效率

本書分為 14 大類、88 個主題，共 1800 個必學單字，包含家族、用餐、校園、工作、動植物、街道、餐廳等實用內容，搭配生動的圖解插畫，讓背單字變成有趣又有效率的學習。每篇主題都有一篇實用會話，採中日對照，方便閱讀與學習。本書收錄了 22 則「輕鬆小品」，提供許多有用的資訊給想去日本旅行或留學的人。讀者可以使用隨書附上的電腦互動光碟及 MP3 ，實際演練多聽多說，日語不進步也難。

書＋DVD-ROM互動光碟(含MP3朗讀功能) 特價：NT499元